Jamie Scallion
Rock 4 Life

Jamie Scallion

Rock 4 Life

Aus dem Englischen übersetzt von Ulrich Thiele

Loewe

FSC
www.fsc.org
MIX
Papier aus verantwortungsvollen Quellen
FSC® C083411

ISBN 978-3-7855-8084-4
1. Auflage 2015
Die Handlung dieses Romans ist frei erfunden.
In einigen wenigen Fällen treten reale Personen auf, doch ihre Handlungen und Worte sind fiktional. Alle anderen Figuren sind frei erfunden, jede Ähnlichkeit mit realen Personen oder Begebenheiten ist rein zufällig und nicht beabsichtigt.
Erschienen unter dem Originaltitel *The Rock 'n' Roll Diaries: Making it*

Aus dem Englischen übersetzt von Ulrich Thiele
Umschlaggestaltung: Franziska Trotzer
unter Verwendung von Bildern von Shutterstock/133007042 © totally out und iStockphoto/18369449 © Cochran-Artworks
Printed in Germany

www.loewe-verlag.de

Für meine beiden Mädchen
Alix und Amelie

Burt – 9. September

Mein Name ist Burt Windsor und ich habe alles: das Aussehen, den Style, ein riesiges Haus, coole Freunde und natürlich alle Mädchen, die ich will.

Wenn ich einen Lebenslauf schreiben müsste, was ich zum Glück nicht muss, weil ich erst fünfzehn bin, wäre das der erste Satz. Da würde sich jeder denken: Shit, der muss was draufhaben, und ich hätte den Job so was von in der Tasche.

Bloß das Letzte wäre leider gelogen. Das Einzige, was ich wirklich will, seit ich elf bin, habe ich nämlich nicht: Rebecca Vargas. Schon als ich sie zum ersten Mal gesehen habe, wusste ich es – die und keine andere! Damals war ich noch ein armseliges Sackgesicht aus der Siebten, aber Rebecca war schon das schärfste Mädchen der Klasse. Jetzt ist sie das schärfste Mädchen der Schule, und ihr sind auch noch die besten Brüste gewachsen.

Langes schwarzes Haar, olivbraune Haut, grüne Augen

und Monstertitten. Das ist die ideale Kombination, wenn ihr mich fragt. Wenn ich so darüber nachdenke, was ich unbedingt noch erledigen muss, bevor ich abtrete, fällt mir nur eines ein: Bex rumkriegen. Aber das ist bisher jedes Mal brutal in die Hose gegangen.

#Herzschmerzhochzehn

Zum ersten Mal habe ich sie beim Abschlussball der Siebten gefragt. Da hat sie einfach Nein gesagt. In der Achten, bei Zayns Silvesterparty, meinte sie, ich wäre ihr zu arrogant.

Und in der Neunten, auf einem Schulausflug nach Brighton, erklärte sie mir, dass sie nicht auf verzogene reiche Jungs steht. Letztes Jahr, als ich schon älter und ungefähr hundertmal weiser war, habe ich meinen Versuch bei der Hohen Bank im Greenwich Park gestartet, meinem absoluten Lieblingsplatz, denn da ist es extrem romantisch.

Wie ich sie da hinbekommen habe? Ich habe ihr gesagt, ich müsste mit ihr über ihre Freundin Riana reden. Blöderweise hat sich dann herausgestellt, dass Riana wirklich was von mir wollte, und ich saß in der Scheiße. Jedes verdammte Jahr hat sie mich abserviert wie einen schwanzlosen Versager.

Und jetzt stehen die ganzen Vollpfosten bei ihr Schlange. Auch ein paar Freunde von mir. Aber das kann ich nicht zulassen. Mittlerweile sind wir in der Elften, und dieses Jahr fahre ich eine ganz natürliche Strategie: Ich werde zu dem Typen, den sie will. Ich werde nicht aufgeben, ich werde nicht scheitern. Der Burtmeister ist bereit.

* * *

1. Song
Mitgliedersuche

»Also war's das?«

»Was?«

»Das ist deine endgültige Antwort?«

»Wie oft denn noch, Burt? Ich will nichts von dir.«

»Aber diesmal brauche ich ein bisschen Feedback. Findest du meinen Style scheiße? Am Aussehen kann's ja nicht liegen.«

»Ist das dein Ernst?« Bex musterte Burt von Kopf bis Fuß. »Na gut. Erstens stehe ich auf Rockbands, und du ziehst dich an wie ein Boy-Band-Idiot. Diese Schuhe! Gott!«

»Was ist denn damit?«

»Mann, es geht doch nicht um die Schuhe!«

Bex verdrehte die Augen, kehrte ihm den Rücken zu und ging zum Klassenzimmer. Burt blickte ihr hinterher. Hatte sie denn gar keine Ahnung, was für ein gut aussehendes Paar sie wären? Und: *Boy Band!?* Das war doch wohl ein Scherz. Er sah doch nicht nach Boy Band aus? Jetzt brauchte Burt erst mal eine Kippe und ein bisschen Zeit zum Nachdenken.

Er lief zum Schulgarten. Das kleine eingemauerte Gemüsebeet schien extra als Zuflucht für Raucher gebaut worden zu sein. Dort fand Burt es ganz nett, vor allem wenn alle anderen im Unterricht saßen. Er ließ sich auf einen moosbewachsenen Plastikstuhl sinken und drehte sich eine Zigarette.

Wieder hatte Bex ihn gnadenlos abblitzen lassen. Fünf bittere Niederlagen in fünf Schuljahren. Eine traurige Serie. Irgendwas musste sich ändern. Einfach nur hartnäckig zu sein brachte offenbar gar nichts. Die ganze Schule wusste, dass er schon ewig hinter Bex her war, und inzwischen musste er sich deshalb selbst von seinen Freunden verarschen lassen. Burt sah zu, wie der Rauch seiner Zigarette über das verfallene Gewächshaus geweht wurde, und überdachte seine Taktik.

Die Schuhe würde er in die Tonne treten. Dieses Problem war schnell gelöst. Und plötzlich hatte er die Erleuchtung: Ein komplett neuer Look musste her. Bex stand auf Rock, und es konnte doch nicht so schwierig sein, sich wie ein Rocker anzuziehen. Eine Lederjacke, enge Jeans, vielleicht noch Cowboystiefel und die Sache wäre geritzt.

Nein, wäre sie eben nicht.

Burt nahm einen langen Zug von seiner Selbstgedrehten und konzentrierte sich mit aller Kraft. Er wusste: Um an Bex Vargas ranzukommen, musste er an seine Grenzen gehen. Und darüber hinaus.

Die Idee brach über ihn herein wie ein Wirbelsturm. Er drückte die Kippe in einer schlaffen Tomatenpflanze aus und rannte in die Schule.

* * *

Edward Poacher, der von seinen Mitschülern nur Egg genannt wurde, hatte keinen großen Spaß daran, jeden Mittag allein in der Mensa zu sitzen. Aber was sollte er machen? Er war kein sportlicher, cooler oder witziger Typ, das wusste er ganz genau. Schon am ersten Tag der Siebten hatten ihn die anderen als Nerd abgestempelt und er hatte sich nicht dagegen gewehrt. An seinem flammend roten Haar und seiner blassen, fleckigen Haut konnte er nichts ändern, seine Drahtgestellbrille hatte seine Mum ausgesucht, seine billigen Klamotten auch. Und wenn man über eins achtzig war, konnte man sich schlecht unauffällig verhalten, selbst wenn man absichtlich geduckt ging. All das ergab eine tragische Mischung, die jedes berühmt-berüchtigte Arschloch seiner Jahrgangsstufe magisch anzog, während die weibliche Hälfte der Schule ihn noch nie bewusst wahrgenommen hatte.

Musik war Eggs Leben. Jedes Instrument, das Egg in die Finger bekam, beherrschte er sofort. Beim Klavier hatte er schon mit zehn Jahren ein Level erreicht, das normalen Klavierunterricht unnötig machte. Jede freie Minute drehte sich um musikalische Neuentdeckungen. Wenn es darum ging, Meisterwerke der Musik auszugraben, war ihm kein Weg zu weit. Klassik, Rock, Roots, Alternative – alles, was irgendwie gut war, würde Egg eines Tages aufspüren. Die Musik und der immer gleiche Trott des Schulalltags waren seine Freunde.

Egg saß auf seinem Stuhl, saugte die letzten traurigen Reste aus einer Billigmarken-Safttüte und sah zu, wie die coolen Jungs und Mädchen miteinander lachten und scherzten. Er sah Rebecca Vargas zu. Sie war rundum perfekt und zehn Nummern zu groß für ihn. Er konnte sie nicht mal direkt anschauen, ohne Gewissensbisse zu bekommen, und wenn sie lächelte, schoss ihm ein Kribbeln durch den Nacken und mitten in den Kopf. Würde er es überhaupt überleben, wenn sie ihn *anlächelte*? Egg wusste es zwar nicht, aber er hätte es gern drauf ankommen lassen.

* * *

Als er Egg so beobachtete, kamen Burt ernsthafte Zweifel. Burt Windsor in einer Band mit *dem da*? Er ließ die Augen durch den Saal schweifen. Hoffentlich merkte niemand, dass er sich auf der falschen Seite der Mensa aufhielt. Bex saß bei Riana und sah dabei unverschämt heiß aus. Burt musste sich anpassen. Kompromisse eingehen. Worauf wartete er noch?

Unauffällig huschte er zu Eggs Tisch. »Hey, Kumpel!«

Egg blickte von seinem Salatsandwich auf. Seine Augen weiteten sich. Es war das erste Mal, dass er den attraktivsten Jungen der Schule aus der Nähe sah. Er suchte Burts Gesicht nach Schönheitsfehlern ab und fand keine: hohe Wangenknochen, ein ausgeprägtes Kinn, strahlend blaue Augen. Und was wollte so einer von ihm?

»Hast du was drauf?«, fragte Burt und deutete lässig auf den Tubakasten unter dem Mensatisch.

Egg wurde rot. »Also ich bin jetzt kein Anfänger mehr …«

»Und Gitarre kannst du auch, oder?«

»Ja. Wieso?«

»Hab gehört, du hast ganz schön was auf dem Kasten.«

»Geht so.«

Burt atmete tief ein und räusperte sich. »Ich will eine Band gründen und brauche noch jemanden für die Leadgitarre. Deshalb dachte ich mir, ich frag mal dich.«

Egg rutschte bloß auf seinem Stuhl hin und her.

»Bist du dabei?«, fragte Burt.

Einige Sekunden lang herrschte Stille. Dann nickte Egg vorsichtig.

»Perfekt! Nächsten Donnerstag nach der Schule machen wir in der Aula ein Casting für den Bassisten und den Drummer. Wir zwei sitzen in der Jury, du weißt schon, so *Good Cop/Bad Cop*-mäßig, wie bei *Starfinder* … das ist eine Fernsehshow, falls du das nicht kennst.« Burt ballte die Faust und streckte sie Egg entgegen. »Deal?«

Egg starrte auf Burts Faust, runzelte die Stirn und hielt ihm die Hand hin. Daraufhin seufzte Burt, schüttelte den Kopf und stupste Eggs Knöchel mit der Faust an, ehe er zurück zu seinen Freunden schlenderte.

Wieder saß Egg da und sah den coolen Jungs und Mädchen zu. Aber irgendetwas hatte sich verändert. Ein paar Tropfen Farbe sickerten in sein Schwarz-Weiß-Leben. Ihm schwirrte der Kopf. Auf einmal schien vieles möglich zu sein.

* * *

Burt – 12. September

Wenn Bex mich nicht bald ranlässt, sterbe ich noch vor Geilheit. Zum Glück habe ich ein Foto von Bex in Sportklamotten auf meinem iPhone, das bringt schon was. Ich habe mich vollständig neu eingekleidet und Bex gefragt, ob sie jetzt mit mir ausgeht. Sie hat gelacht und ist abgehauen. Ich bin ihr hinterher, um sie zu fragen, ob sie mich neulich nur veralbert hat. Da hat sie mir erklärt, dass ein Typ in einer Lederjacke noch lange kein Rock 'n' Roller ist. Rock muss man »leben«. Also habe ich ihr von der Band erzählt. Sie hat geantwortet, dass ich vom Aussehen her auf einer Skala von eins bis zehn nur eine Sechs wäre, aber wenn das mit der Band stimmt, wäre ich eventuell eine glatte Zehn. Hallo, eine Sechs? Sorry, aber das kann doch nur Verarsche sein. Dass ich nach Boy Band aussehen soll, war schon weit hergeholt, aber das mit der Sechs, das ist purer Schwachsinn. Doch ich nehme die Herausforderung an.

Ich werde eine Zehn auf der Bex-Hotness-Skala erreichen. Es geht nicht anders. Und sie hat ja noch keine Ahnung, wie verdammt heiß meine Band sein wird.

Ich hab Egg gefragt, ob er mitmachen will. Der Typ ist ein unfassbarer Loser mit abstoßenden roten Haaren, aber ich hatte keine Wahl. Irgendwer muss schließlich ein Instrument spielen können. Die Lage spitzt sich zu. Absolute Alarmbereitschaft.

Nächste Woche veranstalte ich ein Casting, Egg und ich machen einen auf Jury. Dad erzählt mir bei jeder Gelegenheit, ich hätte eine große Klappe und nichts dahinter und dass ich noch nie was auf die Reihe gekriegt hätte. Ich bin fünfzehn, was erwartet der von mir? Ich muss »scheiße cool« sein, alles andere interessiert die Leute einen feuchten Furz. Ich habe mal versucht, es ihm zu erklären, aber Dad hat bloß durch mich durchgeschaut. Sorry, aber wer das nicht checkt, ist ein Vollpfosten. Ich habe eine große Klappe und sehr viel dahinter, und ich werde noch eine Menge auf die Reihe kriegen. Also fick dich doch, Dad. Und richte Mum aus, dass ich auf eure elterlichen Ratschläge verzichten kann, solange ihr nie länger als fünf Minuten im Land seid.

Die letzte Reihe des Oberdecks war der gefährlichste Ort der Welt, und dort war Michael Twining, besser bekannt als Tea, exakt richtig. Er ließ sich auf den Hartschalensitz sinken, zündete sich seinen Joint an, inhalierte tief und legte den Kopf in den Nacken. Beim Ausatmen fragte er sich, wieso er eigentlich schon seit einem ganzen Jahr nichts mehr gesprayt hatte. Der blaue Rauch sammelte sich unter der Decke des leeren Busses. Tea zog seinen iPod hervor und scrollte sich durch die Musikbibliothek bis zu Public Enemy. Ein Klassiker. Er drehte die Lautstärke voll auf.

Vielleicht war er raus aus dem Alter? Vielleicht hatte er sich *weiterentwickelt*? Seine Mum hätte sicher nichts dagegen gehabt, wenn er in Zukunft keine Tags mehr sprayen würde, und seine Mum war großartig. Tea durfte in der Wohnung rauchen und Mädchen mitbringen, und seit sein Dad die Biege gemacht hatte, konnte er abends wegbleiben, so lange er wollte. Aber er nutzte seine Freiheiten nicht übermäßig aus.

Manchmal erwischte er seine Mum, wie sie mit traurigem Gesicht aus dem Fenster auf das heruntergekommene Viertel starrte. Es tat ihm weh, sie so zu sehen. Wie konnte Dad sie nur mit den ganzen Schulden sitzen lassen? Onkel Frank, Mums Bruder, tat zwar, was er konnte, aber im Wesentlichen mussten sie sich allein durchschlagen. Zu zweit gegen den Rest der Welt.

Als Burt Windsor den Gang hinaufgetaumelt kam, verkrampften sich Teas Schultern. Scheiße, was wollte der denn hier? Hinten im Bus hatten Schönlinge wie Burt nichts zu suchen. Wollte er ihm den Joint verbieten? Bisher hatte Tea ihn nicht als Moralapostel eingeschätzt. Als schmierigen Poser schon, aber nicht als Moralapostel.

Burt sagte nichts. Ohne die Miene zu verziehen, hielt er Tea einen Flyer hin:

MITGLIEDER FÜR MEHR ALS GENIALE ROCKBAND GESUCHT. CASTING AM DIENSTAG 18. SEPTEMBER NACH DER SCHULE IM MUSIKZIMMER. BITTE NUR BEI ERNSTHAFTEM INTERESSE ERSCHEINEN!

Tea hievte sich hoch, bis er einigermaßen gerade saß. In seinem Leben gab es nur eine Sache, die er wirklich ernst nahm und sogar noch besser konnte als Gras rauchen: Bass spielen. Sein Fender Precision war alles, was sein Vater ihm hinterlassen hatte. Und Bass spielen war das Einzige, was er Tea beigebracht hatte. Das heißt, nicht das Einzige, aber alles andere verstieß gegen das Gesetz.

* * *

Um zur Schule zu gelangen, musste Egg den steilsten Hügel Südlondons hinaufstapfen. An diesem Septembermorgen lag schon etwas Winter in der Luft. Eggs Jacke war zu dünn, und noch dazu lastete die Tuba schwer auf seinen Schultern und klatschte bei jedem Schritt gegen seine Oberschenkel.

Hinter sich hörte er einen Schrei. »Hey-ho! Egg von Schleck!«

Mit der Tuba auf dem Rücken konnte Egg kaum über die Schulter blicken. Aber er wusste auch so, wer es war: George Graves, sein schlimmster Peiniger. George konnte es sich erlauben, andere fertigzumachen – er war in der LBC, Burt Windsors Gang. Er sah gut aus. Er war beliebt. Er war der hinterhältigste Bastard der ganzen Jahrgangsstufe.

»Alles senkrecht, Käsegesicht? Oder plauderst du mal wieder mit toten Menschen?«

George tänzelte neben ihm her und schubste ihn so kräftig von hinten, dass Egg nach vorn torkelte und sich nur mit Müh und Not auf den Beinen halten konnte.

»Was geht, Schleck?« In der kalten Luft war Georges Atem zu sehen – beißende Dampffetzen. »Willst du für die Band vorspielen?«

»Ich spiele für gar nichts vor. Keine Ahnung, was du meinst.« Egg wagte kaum, George anzusehen.

George hatte nicht bei John Lewis vorbeigeschaut, um sich eine Schuluniform zu besorgen. Statt schwarzen Schuhen, weißem Hemd, blauer Hose und Krawatte in den offiziellen Farben der Schule trug er schwarze Mokassins ohne Socken, hautenge blaue Jeans, ein weißes Polohemd von Fred Perry und eine maßgefertigte, burgunderrote Krawatte. George hatte makellose Haut und schulterlanges blondes Haar und war rund ums Jahr perfekt gebräunt. Bei der Wahl zum bestaussehenden Typen der Schule war er auf dem zweiten Platz gelandet. Egg hatte den Verdacht, dass er sich die Haare färbte, um Burt ähnlicher zu sein, und manche spekulierten sogar, dass er sich die dunklen Augenbrauen zupfte. Aber Egg fand, dass Georges gefühllose blaue Augen viel zu tief in den Höhlen lagen. Sie wirkten hohl und leer, wie ausgehungert.

»Burt hat gesagt, du kannst ganz gut Gitarre spielen.«

»Hat er das?«

»Ja. Aber dann hat er auch noch gesagt, du bist der größte Schlappschwanz in ganz London. Also mach dir mal keine Hoffnungen.«

Egg beschleunigte seine Schritte, doch George holte ihn ein

und verpasste ihm einen Tritt an den Knöchel. Egg kippte vornüber und knallte mit dem Gesicht auf den Asphalt, während die Tuba auf seinen Hinterkopf donnerte. George lachte und spazierte fröhlich weiter.

* * *

Clipper raste den Flügel hinauf, umkurvte den rechten Außenverteidiger, schnitt scharf nach innen und schlug eine perfekt bemessene Flanke auf den Kopf des Mittelstürmers – und Burt schloss den Angriff wundervoll ab. Das vierte Tor. Zum vierten Mal sprintete Clipper los, schlang die Arme um seinen Mannschaftskameraden und zerquetschte ihm fast die Hüfte.

Später in der Umkleide studierte er Burts Bauchmuskulatur. Burts Sixpack war nicht von dieser Welt. Clipper warf einen Blick auf die anderen halb bekleideten Jungs und entdeckte keinen Bauch, der auch nur halb so definiert war wie Burts. Als Burt aufsah, blickte Clipper zu Boden.

»Gutes Spiel, Clip!«, rief Burt durch das Gequatsche der anderen. »Wann hast du noch mal das Probetraining bei Charlton Youth?«

»Nächsten Donnerstag«, antwortete Clipper. Er konnte seinem Kameraden nicht in die Augen sehen.

»Hey, spielst du nicht Schlagzeug?« Burt marschierte rüber und drückte ihm einen Flyer in die Hand.

Clipper las den Flyer. Er ließ sich Zeit damit. Abseits des Platzes redeten Burt und er kaum miteinander. Burt hatte seine LBC, Clipper hing mit den Fußballverrückten ab. »Äh … ja«, sagte er – und flüchtete dann aus der Umkleide.

Wirklich sicher fühlte er sich erst, als er den kleinen Laden an der Ecke seiner Wohnsiedlung erreicht hatte. Hierher kam Justin Liam Clipper, wenn er in Ruhe nachdenken musste. Es gab kaum etwas Schöneres, als zuerst an der Schokoriegeltheke entlangzuschlendern und sich dann bei den Zeitschriften umzuschauen. Warum schüchterte Burt ihn so sehr ein? Das musste er in den Griff kriegen, wenn er mit dem Typen in einer Band spielen wollte.

Clipper hatte ein festes Ritual: Er nahm ein Fußballheft aus dem Regal, blätterte es kurz durch, blickte sich unauffällig um, schnappte sich eine Modezeitschrift und vertiefte sich in die neuesten Kollektionen. So konnte er locker eine volle Stunde totschlagen. Den Besitzer des Ladens störte es nicht, denn Clipper war ein netter Junge.

Manchmal fragte Clipper sich, wie er wohl in einem der Outfits aus den Magazinen aussähe. Seine Augen blieben meist an den extravaganteren Looks hängen. Warum kaufte er sich nicht einfach ein Heft? Würde das irgendwen jucken? Und selbst wenn – Clipper war der härteste Kerl der Schule. Sieben Kämpfe, sieben Siege.

Mit seinem letzten Fight, einem Duell mit einem Typen namens George Graves, hatte Clipper sich endgültig einen Namen gemacht. George war ein Dreckskerl, der kleinere und schwächere Kids herumschubste, und solche Typen verabscheute Clipper. Sein Dad war in der Schule jahrelang herumgeschubst worden.

Dass George zur LBC gehörte, interessierte Clipper dabei nicht weiter. Keiner, der auf dicke Hose machte, war unantastbar. Es fing damit an, dass George einen nerdigen Typen stresste, der allein an einem Mensatisch saß. Clipper forderte ihn auf, die Sache nach allen Regeln der Kunst auszutragen, und

George nahm an. Zeit und Ort wurden festgelegt: nach Schulschluss am Fußgängertunnel. Die Mitte der Unterführung befand sich unter freiem Himmel, zwischen den vier Ausgängen lagen steile, grasbewachsene Böschungen. Das beste Amphitheater weit und breit. Ideal für Gladiatorenkämpfe.

Die Kids standen dicht an dicht auf den Hängen. Niemand wollte den Kampf des Jahres verpassen. Nach vierzig Sekunden lag George am Boden und die Zuschauer hatten jede einzelne genossen. Clipper war der neue Daddy der Schule.

Ihm würde keiner blöd kommen. Niemals. Also warum machte er ein Geheimnis daraus, dass er sich für Mode interessierte?

Am Morgen nach dem großen Spiel schleppte Clipper sich auf müden Beinen in die Schule. Der Flyer, den Burt ihm in der Umkleide überreicht hatte, hatte ihn die halbe Nacht wach gehalten. Und als er den Spielbericht auf dem schwarzen Brett las, sah er, dass darunter der gleiche Flyer hing, mit Kaugummi an die Tafel gepappt. Er überflog ihn noch einmal, atmete tief durch und traf eine Entscheidung.

2. Song
Casting

Egg stand auf der weitläufigen Schottereinfahrt, betrachtete das riesige Haus und fragte sich, wie man in so viel Luxus leben konnte. Was fingen die Leute bloß mit dem ganzen Platz an? Egg hätte nur ein Musikzimmer und ein Schlafzimmer gebraucht. Vielleicht noch eine Küche und ein Bad. Doch dieses Haus hatte drei Stockwerke, und allein von seinem Standort aus zählte Egg sechzehn Fenster.

In der Einfahrt standen drei Wagen. Egg war kein Autofachmann, aber einen Lamborghini und einen Porsche erkannte selbst er. Den großen silbernen Range Rover hatte er schon mal gesehen – letztes Schuljahr war Burt damit zur Schule gefahren und hatte ihn neben dem Kia des Rektors geparkt. Er hatte eine Woche Schulverbot bekommen.

Es fiel Egg nicht leicht, auf die prächtige Treppe vor dem Eingangsportal zuzugehen. Es war nicht körperlich schwer, sondern mental. Seit Burt ihn gefragt hatte, ob er bei der Band mitmachen wolle, wurde Egg von zahlreichen Sorgen geplagt: Er machte sich Sorgen über die Reaktion seiner Mum, über die Reaktion von Burts Freunden, über seine Fähigkeiten als Gitarrist. Und seit Burt ihm klargemacht hatte, dass er zu einer ersten Bandbesprechung vorbeikommen musste, konnte Egg überhaupt nicht mehr schlafen. Er hatte eine Stunde lang im Schrank gewühlt und hin und her überlegt, was er anziehen sollte.

Oben schwang die Tür auf. Egg wirbelte auf dem Absatz herum und wollte die Flucht ergreifen.

»Egg? Was machst du da?«

Er erstarrte, lief tiefrot an und drehte sich zögerlich zu der Stimme in seinem Rücken. »Ich, äh … ich hab noch was zu Hause vergessen.«

»Was denn?«, fragte Burt, der locker in der Tür lehnte.

»Mei… meine Gitarre.«

»Ich hab dir doch gestern gesagt, dass ich genug Gitarren dahabe. Ich habe alles.«

»Ja, das sieht man.« Egg entspannte sich ein bisschen. Er nickte Richtung Villa. »Wahnsinnshaus.«

»Gib mir 3,3 Millionen und es gehört dir.« Burt grinste. »Komm rein. Wir sollten anfangen.«

Drinnen verrenkte Egg sich den Hals hierhin und dorthin, bis sich sein Genick anfühlte wie Gummi. Es war richtig anstrengend, den ganzen Reichtum zu erfassen – die vielen chinesischen Vasen, vergoldeten Spiegel, samtigen Teppiche und verschnörkelten Uraltmöbel. Die Eingangshalle wurde von einer großen Treppe beherrscht, die sich hinauf in den ersten Stock schwang, mindestens fünf Mal so breit wie die Treppe zu Hause bei Egg. Kopfschüttelnd folgte er Burt durch einen Flur mit Marmorboden in die Küche. Doch die »Küche« hatte keinerlei Ähnlichkeit mit den Küchen, die Egg bisher gesehen hatte. Sie war riesig. In der Mitte prangte eine gewaltige quadratische Kochinsel, darüber hingen unzählige glänzende Töpfe, Pfannen und andere Küchenutensilien an Stahlhaken. Gegenüber, in einer Nische vor dem gigantischen Doppelfenster, befand sich der Essbereich, dessen Herzstück ein runder, mit kunstvollen Schnitzereien verzierter Tisch war. Und an dem Tisch saß eine kleine Gestalt. Es war ein Mädchen, neun oder zehn Jahre alt, mit einer Riesenmenge Locken auf dem Kopf und einer blauen Plastikbrille auf der Nase.

Damit hatte Egg nicht gerechnet.

»Hi«, sagte das Mädchen.

»Hallo«, antwortete er, zur Salzsäule erstarrt. »Ich bin Edward, aber alle nennen mich Egg.«

Das Mädchen lächelte. »Du bist anders als Burts andere Freunde.« In ihren Augen brannte eine unbändige Neugier. »Willst du was zu trinken?«

»Oh. Okay. Ein Wasser, bitte.«

»Du musst ihn nicht bemuttern, Millie«, sagte Burt. »Wir haben was Wichtiges zu besprechen.«

»Du meinst wichtigen *Musikkram*?«, fragte Millie, während sie zum mannshohen und meterbreiten Kühlschrank hopste.

»Woher weißt du das schon wieder?«

»Hab ich auf deinem Laptop gelesen.« Sie füllte ein elegantes Glas mit Sprudelwasser aus einem eingebauten Wasserspender.

Burt schüttelte den Kopf. »Mein Laptop ist Privatsache, das habe ich dir schon tausendmal gesagt. Kannst du das bitte mal bleiben lassen?«

Millie brachte Egg das Wasser. »Und du bist das Musikgenie der Schule?«

»Das würde ich so nicht sagen …«, murmelte Egg.

»Was für Instrumente spielst du denn?«

»Hmmm … mal nachdenken.« Zum ersten Mal lächelte Egg. »Bei Klavier, Gitarre, Geige und Tuba habe ich schon ein anständiges Niveau erreicht. Und eine Zeit lang habe ich Tabla-Unterricht genommen, das ist ein indisches Schlaginstrument. Also wenn ich ehrlich bin, kann ich wohl die meisten Instrumente spielen. Weißt du, wenn man mal ein Blas-, Schlag-, Saiten-, Zupf-, Plink- und Plonkinstrument beherrscht, kommt der Rest so ziemlich von allein.«

Millie brach in ein Gelächter aus, das so ansteckend war, dass Egg einen Schwall Wasser aus der Nase schnaubte. Vor Scham starrte er stumm auf die Fliesen.

»Schon gut, Egg. Du musst ihr nicht gleich dein ganzes Leben erzählen«, sagte Burt ungeduldig. »Sollen wir mal raufgehen und das Musikzimmer auschecken?«

»Hat mich gefreut, dich kennenzulernen, Edward Egg«, meinte Millie.

Schnell trank Egg das restliche Wasser aus und lief zur Spüle. Er wollte das Glas abspülen, doch nach einem Blick auf den hypermodernen Wasserhahn, der quasi aus einem einzigen Hebel bestand, überlegte er es sich anders. Außerdem gab es keinen Platz, wo man das Geschirr abtropfen lassen konnte. Es gab überhaupt nur ein Loch in der Granitarbeitsplatte. Behutsam stellte er das Glas ab.

»Mann, Schleck, du bist aber gut dressiert«, sagte Burt, der schon halb im ausufernden Flur verschwunden war. Egg eilte ihm hinterher und die Treppe hinauf, über staubfreie Treppenabsätze, die mit weiteren erlesenen Möbelstücken und Antiquitäten dekoriert waren.

»Wo sind eigentlich deine Eltern?«, fragte Egg, als sie hoch in den obersten Stock stiegen.

»Weg«, sagte Burt tonlos. »Die verpissen sich immer monatelang.«

»Und wer kümmert sich dann um dich und Millie?«

»Niemand. Ich hab meinem Dad eingeredet, ich wäre schon zwei Jahre älter. Und dass er Geld sparen kann, indem er die Haushälterin rausschmeißt, die vorher bei uns gewohnt hat. Seitdem haben wir immer sturmfrei. Dreimal die Woche kommt eine Putzfrau vorbei, einmal die Woche wird Essen geliefert, und das war's.«

Egg runzelte die Stirn. »Aber dein Dad weiß doch sicher, wie alt du bist. Und was ist mit deiner Mum?«

»Ja, wahrscheinlich weiß er's schon«, erwiderte Burt, ohne stehen zu bleiben. »Aber die Sache ist die, Egg: Es geht ihm am Arsch vorbei. Und meiner Mum auch. Mills und ich brauchen die beiden eh nicht. Uns geht's gut.«

Langsam wurde Egg klar, dass Burt nicht allzu gern über das Thema sprach. Er schluckte seine Neugier hinunter und folgte ihm die letzten Stufen hinauf. Das Musikzimmer befand sich im dritten Stock.

Egg blieb in der Tür stehen und staunte. Burt besaß jedes Instrument. Wirklich jedes.

»Ist das eine Bouzouki?«, fragte Egg, während er sich fasziniert ins Zimmer wagte.

»Mann, Egg. Ich weiß nicht mal, was für eine Sprache das sein soll.«

Egg tastete sich durch den vollgestopften Raum. Er befreite ein gitarrenartiges Instrument aus der Wandhalterung, stützte es auf das Knie, stellte den Fuß auf einen Klavierhocker und zupfte ein paar Noten. Harte, metallische Klänge erfüllten das Zimmer. Burt riss die Augen auf.

»Das ist ein griechisches Instrument aus der Familie der Laute!«, rief Egg. Er konnte nicht aufhören zu spielen.

»Mir egal, ob das Teil chinesisch, mexikanisch oder schwedisch ist«, sagte Burt. »Aber bei dir klingt es einfach geil!«

* * *

Burt – 18. September

Die Leute respektieren mich wie keinen anderen. Sie respektieren mein Aussehen, meine Markenklamotten, meine Gang aus treuen Burt-Fans, meinen Fuhrpark aus Luxuskarossen. (Hallo Dad! Ich hab dein neues Schlüsselversteck gefunden! Du bist echt dumm wie Brot.) Seit ich auf die Sekundarschule gekommen bin, wurde ich jedes Jahr zum bestaussehenden Typen gewählt. Also warum zur Hölle will Bex nichts von mir? Das ist einfach unlogisch.

Heute ist das Casting! Mum war zwei Monate unterwegs und kommt morgen für zwei Tage zurück. Die will mich wohl verarschen. Sie ist nicht mal auf die Idee gekommen, mich zu fragen, was ich zu meinem sechzehnten Geburtstag will. Der übrigens schon war, Mum, nur so zur Info. Wäre trotzdem schön gewesen, sie mal länger als zwei Tage zu sehen. Aber scheiß drauf, ich habe eine Band, was will ich da noch mit Mummy und Daddy? Gestern war Egg da. Der Typ ist krass schräg drauf, aber er kann sehr gut spielen und mein Musikzimmer hat ihn ordentlich beeindruckt.

Dad hat noch nie was Sinnvolles gemacht, jedenfalls

nicht für mich, aber für die Instrumentensammlung bin ich ihm wirklich dankbar. Auch wenn er den Kram nicht direkt für mich gesammelt hat.

* * *

Egg saß seit zwei Stunden auf seinem Stuhl. Er durfte nicht weg. Dabei musste er schon so dringend, dass ihm der Schmerz von der Blase bis in den Magen zuckte.

Burt warf einen Blick auf sein Klemmbrett. »Okay. Noch drei.«

Er hatte Mr Andrews um Erlaubnis gebeten, das Casting im Musikzimmer der Schule abhalten zu dürfen. Offensichtlich nahm er das Ganze sehr ernst. Egg und er saßen hinter einem eigens aufgestellten Tisch, während vor ihnen das Trauerspiel seinen Lauf nahm. Bisher hatte Egg sich alle kritischen Kommentare verkniffen – aber jetzt konnte er sich nicht mehr zurückhalten. Vielleicht lag es an den Schmerzattacken auf seine Eingeweide, vielleicht auch an der Folter für seine Ohren.

»Burt«, sagte er, »das ist doch Wahnsinn. Wir sitzen hier seit Stunden rum und hören Leuten zu, die weder singen noch irgendein Instrument spielen können. Das bringt doch nichts!«

Burt war empört. »Wie bitte? Was machst du hier die Leute schlecht? Nur weil du der totale Musikchecker bist!? Halt die Fresse und tu mal was für dein Geld, klar?«

»Geld? Ich krieg kein Geld. Und als ich gestern bei dir war, meintest du, ich soll meine ehrliche Meinung sagen. Weil ich hier der Experte bin.«

»Aha«, sagte Burt. »Und jetzt?«

»Und jetzt sage ich dir, dass es nichts bringt, deine Freunde vorspielen zu lassen, weil deine Freunde alle kein Talent haben.«

Nun regte Burt sich richtig auf. »Pass mal auf, was du sagst, Kleiner!« Er hämmerte die Faust auf den Tisch. Egg zuckte zusammen. »Meinetwegen haben sie kein Talent, aber sie ziehen sich wenigstens vernünftig an!« Er atmete durch. »Was ist denn mit Sid Vicious und Stuart Sutcliffe? Die hatten auch kein Talent, aber sie sahen großartig aus.«

Egg hob die Hände, als wollte er sich ergeben. »Okay, okay. Noch drei, oder? Wer kommt als Nächstes?«

»George Graves!«

Eggs Kopf sank in die Hände, während die nächste Schmerzwelle durch seinen Magen schwappte.

George stolzierte herein und zwinkerte Egg zu.

»Wie heißt du und woher kommst du?«, fragte Burt, als George an der für die Kandidaten vorgesehenen Stelle angekommen war.

»Du weißt doch, wer ich bin.« George lächelte spöttisch. »Und wo ich wohne auch.«

»Ja, ja, aber bitte sag doch kurz deinen Namen und woher du kommst. Meinem Jurykollegen zuliebe.«

»*Dem zuliebe* lasse ich nicht mal einen fahren.«

Burt wandte sich an Egg. »Ihr kennt euch?«

»George hilft mir manchmal, meine Tuba den Hügel raufzutragen«, sagte Egg leise.

»Na dann …« Mit verwirrtem Gesicht drehte Burt sich wieder nach vorn. »Okay, was willst du für uns spielen?«

»Spielen kann ich nichts. Ich singe euch was vor.«

»Und was singst du uns vor?«

»*Who Shot The Sheriff* von Bob Marley.«

Und bevor Burt noch etwas sagen konnte, schmetterte George eine ganz eigene Interpretation des bekannten Songs – ein unmelodisches, abgehacktes A-cappella-Klagelied, das Eggs Ohren leiden ließ wie nie zuvor.

Bei der ersten Zeile der zweiten Strophe riss Burt die Hand hoch. »Das war wirklich richtig super, George. Wir melden uns dann bei dir.«

Mit einer gewissen Schadenfreude sah Egg dabei zu, wie Georges Gesichtsausdruck innerhalb weniger Sekunden drei Phasen durchlief: Konzentration, Verwunderung, Demütigung. Er warf Egg noch einen bösen Blick zu und stapfte aus dem Zimmer.

»Das ist ja klasse gelaufen«, sagte Egg feierlich.

Burt ignorierte seinen Kommentar. »Als Nächster ist Clipper dran, der Kapitän der Schulfußballmannschaft und Daddy der Schule.«

»Daddy der Schule? Was ist das?«, fragte Egg.

»Der härteste Typ der Schule«, erklärte Burt ihm entnervt. »Außerdem soll er ganz gut Schlagzeug spielen. Deswegen hab ich dich das Schlagzeug aufbauen lassen.«

Ein Junge kam herein: breiter Brustkorb, sandfarbenes Haar, buschige Augenbrauen, freundliches Gesicht. Er trug Trainingsklamotten und hatte seine eigenen Trommelstöcke mitgebracht. Egg sah ihm sofort an, wie nervös er war.

»Hi«, sagte Burt. »Sagst du uns bitte, wer du bist und woher du kommst?«

»Ich bin Clipper und ich komme von hier«, antwortete Clipper, die Augen auf seine großen weißen Sportschuhe gerichtet.

Burt seufzte gedehnt und fuhr sich mit den Händen über

das Gesicht. »Okay. Setz dich doch bitte an die Drums, Clip, und zeig uns, was du zu bieten hast.«

Clipper hockte sich ans Schlagzeug, schloss die Augen und hob eine fleischige Riesenfaust, die so verkrampft war, dass die Knöchel weiß hervortraten. Dann fing er an, einen 3-über-4-Polyrhythmus zu spielen, während sein rechter Fuß das Pedal der Bassdrum bediente und sein linker das der Hi-Hat.

Egg drehte sich zu Burt und hob die Augenbrauen. »Gar nicht mal so schlecht.«

Burt, der seinen Mannschaftskameraden aufmerksam beobachtete, nickte zustimmend. Als er fertig war, schoss Clipper mit tiefrotem Gesicht in die Höhe und lief im Vollsprint zurück zu seinem Platz vor dem Richterpult.

»Okay, Clip«, sagte Burt. »Wir melden uns dann bei dir. Danke, dass du da warst.«

Clipper knirschte mit den Zähnen und presste die Augen zusammen. »Wollt ihr denn gar nichts dazu sagen?« Eine kurze Pause. »Nein, sagt lieber nichts. Ich weiß, es war scheiße. Ich hätte gar nicht kommen sollen.«

Egg blickte von Burt zu Clipper und meinte: »Du warst der Beste von allen.«

Clipper öffnete die Augen. Langsam krümmten sich seine Lippen zu einem strahlenden Lächeln. »Echt? Im Ernst?«

»Ja, ja, im Ernst«, sagte Burt und starrte Egg zornig an. »Und jetzt raus mit dir!«

Clipper joggte zum Tisch, um den beiden Juroren die Hände zu schütteln. »Ich bin euch so dankbar! Das ist eine große Chance für mich!« Dann machte er kehrt und rannte in einem halben Hopserlauf aus dem Musikzimmer.

»Und wer kommt jetzt?«, fragte Egg, als wäre nichts gewesen.

»Mach das nie wieder!«, zischte Burt. »Wir dürfen den Leuten keine falschen Hoffnungen machen. Das wäre unfair.«

Egg unterdrückte ein Lachen. »Ja, stimmt schon. Aber wer kommt als Nächster?«

»Tea. Er ist ein Jahr über uns, aber Mr Andrews meint, er sei ein genialer Bassist. Wohnt im Asozialenviertel. Der Neffe von Frankie ›The Hat‹ Sheehan.«

»Kenne ich nicht. Ist das so ein Promi?«

Seufzend schüttelte Burt den Kopf. »Nein, das ist kein Promi. Egal. Tea hält sich ziemlich raus. Wir anderen sind ihm wohl nicht gut genug. Die Tussis finden ihn voll süß und so, aber aus dem Kerl wird keiner schlau. Ein paarmal ist er mit irgendeiner Braut im Arm bei einer von meinen Partys aufgetaucht. Ich glaube, er ist …« Doch da schlenderte Tea bereits herein. Er trug Schlabberjeans und riesige Sneaker. Ein gut aussehender, aber düsterer Typ mit olivbrauner Haut und langem, glattem, glänzendem schwarzen Haar. Das exakte Gegenteil von Clipper.

Tea stellte seinen Gitarrenkasten ab, klappte die Verschlüsse auf und zog einen uralten, aber hervorragend erhaltenen E-Bass hervor. Er stöpselte den Klinkenstecker ein, schlang sich den Gurt um den Hals und fing an zu spielen. Seine Finger preschten über die vier dicken Saiten und brachten einen vollen, wohlklingenden und fehlerfreien Sound hervor. Egg lauschte mit wachsender Begeisterung. Als Burt die Hand hob, feuerte Tea einen kurzen Blick auf die erhobene Hand ab, kehrte ihm den Rücken zu und begann die hohen Töne zu beackern. Die oberen Bünde erlaubten es ihm, eine klarere Melodie herauszuarbeiten, die er nach einer guten Minute mit einem virtuosen Triller abschloss. Er drehte sich zurück zum

Richtertisch und sah Burt fest in die Augen, bis dieser schließlich die Hand sinken ließ.

»Äh … vielen Dank«, sagte Burt. »Wir melden uns bei dir.«

Tea nickte, streifte den Gurt ab und tat alles, was er zuvor gemacht hatte, nur in umgekehrter Reihenfolge.

»Ist das ein 66er Fender Blacktop?«, hauchte Egg ehrfürchtig.

Tea, der momentan auf dem Boden kauerte, blickte auf und schloss den Gitarrenkasten. Er nickte.

»Wow«, schwärmte Egg. »Ein wundervolles Instrument.«

»Ja. Das Einzige, was mir mein Wichserdaddy vererbt hat.« Teas Stimme war tief und heiser. »Und wie man das Scheißteil spielt, schätze ich.«

»Das machst du auf jeden Fall sehr gut«, sagte Egg und wurde rot.

Tea nickte, warf Burt einen hasserfüllten Blick zu und schlurfte davon.

Aufgeregt wandte Egg sich an Burt. »Das war der Beste von allen! Ich glaube, der hat gar keine Ahnung, wie gut er ist!«

Burts makelloses Gesicht verzog sich zu einer Grimasse. »Ich fürchte, er passt nicht zu uns.«

»Was? Warum denn? Er ist der Einzige, der wirklich was kann. Er passt perfekt.«

Burt marschierte zur Tür. »Ich muss mal pissen.«

* * *

Egg – 19. September

Gestern war das Casting. Das Niveau war niedrig und Burt unfassbar nervtötend. Am Anfang hat er gesagt, er wird es genau wie Wilson Cloom bei *Next Big Thing* machen (wohl

eine Fernsehsendung), aber seine Kommentare zu den Kandidaten waren dann sehr positiv, wahrscheinlich weil alle bis auf zwei in der LBC sind. Ich muss dringend herausfinden, was LBC bedeutet. Spencer, Christian und Zayn haben alle vorgespielt, und natürlich George. Alles Nichtskönner.
Deshalb war Tea eine echte Wohltat. Der war so cool. Er ist reingekommen und hat kein Wort gesagt, sondern einfach umwerfende Bassläufe gespielt. Da habe ich zum ersten Mal Hoffnung geschöpft. Mein einziger Kritikpunkt wäre, dass er etwas zu viele Noten in die einzelnen Takte presst, aber abgesehen davon spielt er wirklich sehr gut.
Vor Tea war Clipper dran. Clipper war extrem nervös, und als er angefangen hat, auf die Drums einzuhauen, musste ich gleich an einen Spruch von John Lennon denken.
Als John Lennon gefragt wurde, ob Ringo Starr der beste Drummer der Welt ist, hat er der Legende nach gesagt: »Er ist nicht mal der beste Drummer bei den Beatles.«
Ich bin ein besserer Drummer als Clipper, aber ich kann nicht alle Instrumente auf einmal spielen. Und ich bin mir ziemlich sicher, dass Clipper schnell lernen wird und dass er genug natürliches Rhythmusgefühl besitzt.
Ich habe Burt gesagt, dass wir ihn aufnehmen sollten. Letztes Jahr hat Clipper mich verteidigt, als George mich in der Mensa fertiggemacht hat, aber ich glaube, Clipper hat gar nicht kapiert, dass ich der Typ von damals bin. Bei dem Kampf zwischen den beiden war ich nicht dabei, aber soweit ich weiß, hat Clipper George ungespitzt in den Boden gerammt.
Am Ende haben wir uns auf Clipper und Tea geeinigt,

doch davor hat Burt noch ewig diskutiert. Er wollte mich überreden, ein paar von seinen Kumpels einsteigen zu lassen, aber nicht mit mir. Der große Fußballtrainer Brian Clough hat einmal gesagt: »Wir reden zwanzig Minuten darüber und entscheiden dann, dass ich recht habe.« Mit Fußball habe ich zwar nichts am Hut, aber ich mag gute Zitate.

Burt hat gesagt, ich soll ein paar Songs aussuchen, die wir bei unserer ersten Probe in Angriff nehmen können. Ich dachte mir, am besten wären Klassiker, die aber nicht zu schwer sein dürfen. Modernere Sachen habe ich absichtlich weggelassen:
Led Zeppelin: *Black Dog,* Guns N' Roses: *Knockin' On Heaven's Door,* The Who: *My Generation,* The Beatles: *Get Back,* Steppenwolf: *Born To Be Wild,* Free: *All Right Now,* Jimi Hendrix: *Voodoo Chile,* Thin Lizzy: *The Boys Are Back In Town*

Letzte Nacht habe ich von Burts Musikzimmer geträumt. War ein merkwürdiger Traum. Burt stand auf dem Konzertflügel und sein Kopf war größer als eine Kirche. Ich, Clipper und Tea saßen im Schneidersitz auf dem Boden und sahen ihm zu, wie er *Da Ya Think I'm Sexy* von Rod Stewart sang. Und als ich aufgewacht bin, ist mir plötzlich eine wichtige Frage eingefallen: Was wird Burt eigentlich in der Band machen? Will er etwa singen?

* * *

Tea – 20. September

Burt, der hirnamputierte Vollarsch aus der Klasse unter mir, hat gefragt, ob ich bei seiner Kackband einsteigen will. Ich habe ihm die naheliegenden Fragen gestellt:

1. Wie viele Gigs stehen schon?
2. Wo sollen wir proben?
3. Was kriege ich die Woche?
4. Erwartet er, dass ich mir auch so eine idiotische Jeans anziehe?
5. Wie soll die Band eigentlich heißen?

Die Antworten 1–4 habe ich gleich wieder vergessen, weil der Name der Band so ein krasser Müll ist. *The RockAteers*? Wer denkt sich denn so was aus? Ich sag euch, wer: ein schwanzloser Versager. Mann, der Name ist so schlecht. Aber Burt hat mich angebettelt, bis ich doch noch Ja gesagt habe. Ich muss ja was aus meinem Talent machen. Burt hat das größte Ego aller Zeiten und hängt mit schnuckligen Mädchen ab. Mein Plan ist, erst mal mitzuziehen, ein bisschen Kohle zu machen und einfach die Kurve zu kratzen, wenn es mir zu stressig wird. Keinen Peil, wie Burt auf Clipper als Drummer und Egg als Leadgitarrist gekommen ist. Unsere Band besteht aus einem verpeilten Loser, einem arroganten Fatzke und einem fetten Fußballer. Das kann ja heiter werden.

Heute habe ich es zum ersten Mal geschafft, mir mit einer Hand eine Tüte zu bauen. Ein historischer Moment!

* * *

Clipper – 21. September

Sie haben mich genommen! Ich bin in der Band! Ich bin der neue Drummer einer erstklassigen neuen Band! Wie genial ist das denn? Nächste Woche ist die erste Probe und ich kann es gar nicht erwarten. Mann, Mann, Mann!

* * *

Burt – 22. September

Ich muss schon sagen, ich bin verdammt zufrieden mit mir. Ich habe keine zwei Wochen gebraucht, um eine völlig neue Band auf die Beine zu stellen. #abgehts!

Das Line-up: ich als Leadsänger, Egg an der Gitarre, Tea am Bass und Clipper an den Drums. Nicht gerade das Quartett meiner Träume, aber was soll ich machen, wenn meine Kumpels alle Musikversager sind?

Echt jetzt, Leute, was waren das denn für Auftritte?

Wie konnte Spencer nur einen Justin-Bieber-Song für zwölfjährige Mädchen singen? Auf George hatte ich meine größten Hoffnungen gesetzt, und dann bringt er die schlimmste Scheiße von allen. Er hat einen Song von Bob Marley geschändet, meiner Meinung nach eine wahre Gotteslästerung. Sogar den Titel hat er falsch gesagt!

Außerdem hat sich der nervige kleine Rotschopf Egg beim Casting null an meine Anweisungen gehalten. Aber mit Tea und Clipper hat er schon recht, schätze ich. Die zwei haben was drauf. Die Sache läuft.

Ich habe eine gottverdammte Rockband.

Bex kann sich auf was gefasst machen.

3. Song
Proben

»Wenn die Band auf Kosten deiner schulischen Leistungen geht, ist sofort Schluss damit!« Das waren die Abschiedsworte seiner Mum, als Egg zur ersten Probe aufbrach.

Er nahm die Abkürzung durch den Greenwich Park. Die Mahnung seiner Mutter klang ihm in den Ohren und je näher er der Schule kam, desto nervöser wurde er. Er versuchte, seine Nerven zu beruhigen, indem er über das endgültige Line-up nachdachte: der Fußballer, der Bad Boy, der Poser und der Nerd. Eine interessante Mischung. Nicht dass es ihm Spaß gemacht hätte, den Nerd zu spielen, aber Egg versuchte schon lange nicht mehr, sein Image zu ändern. Er machte sich wieder Sorgen, dass er nicht in die Band passte.

Vor der Mensa blieb er stehen und atmete ein paarmal schnaufend durch. Als er seinen Gitarrenkoffer abstellte und seine Hände betrachtete, sah er, wie stark sie zitterten. »Du schaffst das, Egg«, flüsterte er sich zu, holte noch einmal Luft und stieß die schwere Doppeltür auf.

Ohne Tische, Stühle und andere Schüler war die Mensa

kaum wiederzuerkennen. Egg stand in der Tür und beobachtete, was in der Mitte des freigeräumten Saals passierte: Ein Schlagzeug wurde aufgebaut, Gitarrenverstärker wurden hin und her gerollt und Kabel eingestöpselt.

»Du bist spät dran!«, rief Burt und blickte von einem Riesenhaufen Kabel auf, der Egg an einen Teller schwarze Spaghetti erinnerte.

»Du bist spät dran, aber du kommst genau richtig!« Grinsend deutete Tea auf Burts Kabelsalat.

»Warum darf Egg nicht erst mal seine eigene Gitarre anschließen?«, fragte Clipper.

Egg zog den Kopf ein und schlurfte zu dem nagelneuen Verstärker, den Burt ihm borgte. Er entwirrte die Kabel, legte Schalter um und schob Stecker in Buchsen. Ein paar Minuten später war er startklar. Die Gitarre im Anschlag, sah er geduldig zu, wie sich seine Bandkollegen am Kopf kratzten und um ihr Equipment herumschlichen. Alles Leihgaben aus Burts magischer Instrumenten-Schatzkammer.

»Hey, Schleck!«, rief Burt. »Was stehst du da rum? Nimm den Finger aus dem Arsch und geh Clipper helfen!«

Clipper beugte sich über ein halb zusammengesetztes Schlagzeug und versuchte immer wieder, eine Flügelmutter auf einen Beckenständer zu schrauben, auf den sie nicht passte. »Sorry, Kumpel, aber zu Hause hatten wir das Ding fest installiert. Keine Ahnung, wie mein Dad und ich das damals hingekriegt haben.«

»Kein Problem. Ich versuch's einfach mal.« Egg nahm die Becken vom Ständer, baute die Hi-Hat ab und fing von vorn an.

»Woher weißt du, wie das geht?«, fragte Clipper.

Egg zuckte mit den Schultern. »Mein Dad war in einer Band, und als ich fünf war, haben er und Mum mich zum Musikunterricht geschickt, Klavier und Konzertgitarre.« Er steckte das letzte Becken auf den dazugehörigen Ständer und lächelte Clipper an. »Er hat noch haufenweise altes Zeug in der Garage – Drums, Amps und so weiter. Und Drums und E-Gitarren sind halt viel spannender als Klavierunterricht.«

»Wie hieß die Band von deinem Dad?«

»Kann ich dir nicht sagen.«

»Warum nicht?«

»Weil der Name furchtbar blöd war.«

»Blöder als *The RockAteers* geht's doch eh nicht!«, schrie Tea von der anderen Seite der Mensa herüber.

Egg sah Clipper an. »Wer sind die RockAteers?«

»Wir, du Schnellchecker«, sagte Clipper und gab ihm einen freundlichen Schubser.

»Was habt ihr denn alle gegen *The RockAteers*?«, rief Burt, der seine Kreation verteidigen wollte. »Denkt euch erst mal was Besseres aus!« Burt war es bisher nicht gelungen, seinem Verstärker auch nur ein Quäken zu entlocken, und allmählich war er mit den Nerven am Ende. »Was für ein Scheißteil!« Er versetzte dem Amp einen heftigen Tritt.

Egg machte sich auf den Weg.

»Verpiss dich, Egg«, sagte Burt und winkte ab. »Ich komme auch ohne dich klar.«

Egg kehrte zu seinem Verstärker zurück, hängte sich wieder die Gitarre um und tippte ein paarmal mit dem Fuß auf das Stimmgerät. Zum Aufwärmen spielte er einige sanfte Triller. Sein Sound zankte sich mit Teas Fingerübungen.

»Fick dich, Egg. Zieh hier nicht so eine Show ab!«, bellte Tea, ließ die Hände sinken und glotzte mit einer Mischung aus Aggression und Erstaunen auf Eggs linke Hand, die elegant über die sechs Saiten flog.

Egg erstarrte und wurde rot.

»Nein, nicht aufhören!« Clipper grinste. »Das klingt umwerfend, Egg!«

»Okay …«, sagte Egg. »Aber wie wär's, wenn ihr mit einsteigt? Tea, gib mir doch was Solides in A.« Egg zögerte. »Vielleicht vierviertel?«

Der Bassist verzog das Gesicht. »In Ordnung. Aber pass auf, dass du hinterherkommst.«

Tea schüttelte eine tiefe, druckvolle und etwas gehetzte Basslinie aus dem Ärmel. Clipper schlug die Trommelstöcke viermal gegeneinander und ergänzte den Rhythmus um einen simplen Bassdrum-Herzschlag.

Egg schloss die Augen und ließ die Gitarre jaulen. Das Stampfen der Drums und das Wummern des E-Basses trugen ihn aus der Schule und in eine andere Dimension. Erst nach ein paar Minuten öffnete er wieder die Augen.

In der Tür stand Rebecca Vargas. Sie strahlte Egg mit einem seligen, erwartungsvollen Lächeln an, schritt quer durch den Saal und streckte die Hand aus. »Wie geht's? Ich bin Bex. Brutal, was du aus dem Ding rausholst.«

Egg öffnete den Mund, um etwas zu sagen, und ließ dann doch nur den Kopf hängen.

Davon ließ Bex sich nicht beirren. »Ihr vier habt doch nichts dagegen, wenn ich ein bisschen bleibe?«

Burt, der mit verschränkten Armen in der Mitte der Mensa stand, neben seiner schweigenden Gitarre und seinem stummen Amp, zuckte mit den Schultern und stierte Egg an. »Wie lange willst du da noch rumstehen? Hilf mir endlich mit den beknackten Kabeln!«

Einige Minuten später konnten sie weitermachen. Egg kehrte Bex den Rücken zu und schloss die Augen – doch kurz darauf erschrak er so sehr, dass er sie wieder öffnete. Er hörte etwas. Etwas noch Schlimmeres als ihren bisherigen Sound: Burt sang.

* * *

Egg – 26. September

Bin gerade von unserer allerersten Probe zurückgekommen! Es war grauenvoll! Ich wusste gar nicht, was ich machen soll. Sollte ich mich an unserem Hundert-Noten-pro-Minute-Bass orientieren? Oder an unserem taktlosen Drummer? Ich hatte es ja schon geahnt, aber glauben konnte ich es erst, als es wirklich so weit war. Burt will singen. Als er angefangen hat, dachte ich zuerst, es wäre ein Witz. Ganz im Ernst, genau das dachte ich. Erstens sang er eine völlig andere Melodie und zweitens hatte ich das Gefühl, dass er sich den Text spontan ausdenkt. Bei *Knockin' On Heaven's Door* habe ich verstanden: »*Rama take these mums from me, we can't feed them anymore*«. Doch als er die ganze Probe aus vollem Hals Unsinn geschrien hat, habe ich es endlich kapiert: Ich bin in der miesesten Band aller Zeiten.

Aber Burt ist nicht unser einziges Problem. Unsere Rhythmussektion hat einen weiten Weg vor sich. Beim Jammen ging es noch in Ordnung, aber als wir angefangen haben, die Coversongs einzustudieren, sind unsere Schwachstellen sehr deutlich geworden. Nee, eigentlich ist die ganze Band eine einzige Schwachstelle. Das ist das zentrale Problem.

Am schlimmsten war, dass die anderen nur auf ihre eigenen Instrumente gehört haben. Wir waren überhaupt nicht zusammen und noch dazu komplett verstimmt.
Ich wollte ihnen erklären, woran es liegt, aber auf mich hört ja keiner.

Und dann ist auch noch Bex Vargas reingekommen. Gott, sie ist so schön. Wunderschön. Mit diesem katzenartigen Make-up haben ihre grünen Augen richtig geleuchtet. Sie ist schlank und hat trotzdem große Brüste. Aber ich will nicht so respektlos über sie reden wie die anderen.
Ich finde, sie hat genau die richtige Größe. Außerdem hat sie wunderschöne gebräunte Haut und tiefschwarze Haare, die sie meistens zu einem Pferdeschwanz bindet, aber gestern hat sie das Haar offen getragen.
Volles, glänzendes und ganz leicht gewelltes Haar. Als sie reingekommen ist, war auf einmal alles anders, als wären wir an einen anderen Ort gereist, und bei mir war alles aus. Ich konnte nicht mehr sprechen – und ich habe ihr den Rücken zugekehrt! Ist das zu fassen?
Ich stand die ganze Zeit mit dem Rücken zum schönsten Mädchen der Schule da, während wir unseren grausigen Lärm veranstaltet haben. Ich konnte mich erst wieder umdrehen, als sie weg war. Aber die anderen haben kein Wort dazu gesagt. Wahrscheinlich weil mein Ruf mir vorauseilt. Bei mir wundern sich die Leute über gar nichts mehr.

Um neun meinte Burt, dass wir Schluss machen sollten. Als wir das Equipment eingepackt haben, mussten wir uns noch sein irres Gerede anhören. Burt hat eindeutig Wahnvorstellungen.
»Das lief ja blendend, Jungs. In ein paar Monaten stapeln sich hier die Millionen!«
Ja, Burt ist ein verblödeter Trottel. Aber ich bin der wahre Vollidiot – ich bin freiwillig der schlechtesten Band seit Beginn der Musikgeschichte beigetreten.

* * *

Burt – 26. September
Die erste Probe war großartig. Besser hätte es nicht laufen können! Bex ist aufgetaucht und sah wie immer hammergeil aus. Spätestens in einer Woche liege ich mit ihr im Bett. Die steht auf mich. Warum soll sie denn sonst zur Probe kommen? Egg ist ein bescheuerter Stimmungskiller, aber er kann echt Gitarre spielen. Wir haben einen fetten Sound. Ich überlege, mich voll aufs Singen zu konzentrieren. Singen und Gitarre spielen auf einmal ist wirklich kompliziert. Aber fürs Erste bleibe ich dabei.
Schade, dass die zweite Probe erst nächste Woche ist. Und dass Tea sich dauernd wichtig machen muss, indem er tausend Noten runterschrammelt! Wir haben uns gestritten, weil ich ihm erklärt habe, dass der Bass kein Melodieinstrument ist, und er anderer Meinung war, und Clipper hat sich auf seine Seite geschlagen. Aber das ist mir alles scheißegal. Ich bin in einer glühend heißen Rockband und Bex geht voll drauf ab.

Mum ist wieder da, für zwei Tage. Ich habe ihr von der Band erzählt. War ihr egal. Aber Mills interessiert sich dafür. (Mills, falls du das hier liest, hörst du bitte endlich damit auf? Du bist noch viel zu klein für so was!)

* * *

In den folgenden Wochen bereitete Egg die Unfähigkeit seiner Bandkollegen zunehmend Kummer. Er konnte sich beim besten Willen nicht erklären, wieso die Begeisterung der anderen von Probe zu Probe zunahm. Zugegeben, ein paar Fortschritte waren zu erkennen, aber würden sie auf seine guten Ratschläge hören, könnten sie noch deutlich schneller vorankommen. So hatte Egg sich seine erste Band nicht vorgestellt. Er träumte von einer Band aus lauter Genies. Von einer Band wie Radiohead, nicht von einer miesen Coverband, die später in schäbigen Kneipen spielen musste. Doch er tröstete sich damit, dass die RockATeers nur eine Zwischenstation waren. Er musste die Zähne zusammenbeißen.

Und gelegentlich war Egg doch ganz zufrieden. Manche dieser Momente waren bloß musikalische Glückstreffer, in anderen entwickelte sich die Band dagegen klar in die richtige Richtung.

Zu einem dieser Augenblicke kam es, als sie gemeinsam *Black Dog* von Led Zeppelin verhunzten. Auf einmal hielten die anderen inne. Clipper sah Egg an und grinste bis über beide Ohren.

»Du musst dich doch fühlen wie Lionel Messi, wenn er für Cambridge United spielen würde«, sagte Clipper.

Egg betrachtete ihn ratlos. Erst zu Hause, als er Lionel Messi googelte, begriff er, dass Clipper ihm ein Kompliment machen wollte. Da dämmerte ihm, dass er in dem Drummer einen potenziellen Verbündeten hatte.

Bex kam zu jeder Probe. Nach einem Monat musste Egg ihr nicht mehr den Rücken zukehren. Nach zwei Monaten konnte er ihr in die Augen sehen und nach dreien war er in der Lage, sich mit ihr zu unterhalten. Sobald sie eintrat, erstrahlte die ganze Mensa, und er hätte schwören können, dass sie ihn immer am längsten anlächelte, wenn sie die Band begrüßte. Früher hatte Egg kaum etwas über sie gewusst, außer dass sie wunderschön war. Aber sie hatte auch Humor, einen scharfen Verstand und eine wirklich außergewöhnliche Persönlichkeit. Außerdem verbrachte sie den Großteil der Zeit damit, Burt zu verarschen, und das war Egg überaus sympathisch.

Mit der Zeit wurde Egg mehr und mehr die Kontrolle über die musikalische Ausrichtung der Band übertragen. Da er Clippers Unterstützung hatte, traute er sich immer öfter, den anderen einfach ins Gesicht zu sagen, was sie zu tun hatten. Keiner sprach darüber, doch es war nicht zu übersehen, dass Egg das größte Talent hatte. Wenn er den Jungs etwas beibrachte, überschlugen sie sich zwar nicht gerade vor Dankbarkeit, aber sie hörten auf ihn. Kaum hatte Egg die Zügel übernommen, machten sie schnelle Fortschritte. Bisher war er nur zu den Proben gegangen, um mit Bex rumhängen zu können, doch nun arbeitete die Band harmonischer zusammen, und Egg hatte allmählich Spaß an der Musik. Ein paar Monate später konnten sie mindestens sieben Coversongs passabel runterspielen.

* * *

Burt – 4. Dezember

Ego. Das wäre ein passenderer Name für den Typen, so wie der uns rumkommandiert. Als wären wir die Style-Behinderten und nicht er. Ich wollte mit Clipper drüber reden, aber dem ist es nicht mal aufgefallen. Deshalb habe ich »heimlicher Diktator« gegoogelt und dabei den Ausdruck »passiv-aggressiv« gefunden. Das bedeutet, dass dir einer Scheiße um die Ohren haut und du kriegst es nicht mal mit, und genau das ist die Taktik von diesem verdammten Voodoo Child Egg. #passivaggressivesOmelette

Wenigstens bläst unser Sound inzwischen so ziemlich alles weg. Aber Ego-Egg ist schuld, dass ich Bex immer noch nicht ins Bett gekriegt habe. Bei den Proben hockt sie immer in seiner Nähe, nickt mit ihrem Modelköpfchen im Takt und lächelt alle an. Alle außer mich. Ich glaube, die ist auch so ein Passiv-Aggro. Natürlich habe ich drüber nachgedacht, warum sie alle anlächelt, nur mich nicht. Vielleicht sind ihr ihre Gefühle für mich peinlich?

Auf der anderen Seite hat sie mir eventuell Müll erzählt, als sie gesagt hat, sie fände mich gut, wenn ich in einer Band wäre – jetzt bin ich in einer Band, aber wenn ich ihr ins Gesicht singe, schaut sie immer nur stur auf den Boden. Wenn sie mich dabei bloß ein einziges Mal ansehen würde, könnte ich sie hundertpro in den sexten Himmel singen. Egal. Spätestens wenn ich auf der Bühne stehe und meine Moves abziehe, wird sie zur Vernunft kommen. Dieser Power wird keine widerstehen können. Über die Ferien werden die nächsten Schritte geplant.

* * *

An einem eiskalten Januarmorgen versammelte sich die Band zur ersten Probe seit einem Monat.

Teas hektisches Bassgedudel ging Burt schon nach Sekunden auf den Geist.

»Kannst du bitte mal mit dem verdammten Schrammeln aufhören? Wir wollen uns hier unterhalten!«, blaffte er. »Wie sollen wir denn besser werden, wenn man vor lauter Krach nicht nachdenken kann?«

Tea ignorierte ihn.

»Warum musst du jetzt schon unser ganzes Zeug durchspielen? Wir arbeiten hier an der Zukunft der Band!«

Tea blickte kurz auf, zwinkerte dem Sänger zu und spielte weiter.

»Du bist so ein Vollpfosten!«, zischte Burt. Sein Gesicht rötete sich.

»Du bist hier der Vollpfosten, Blörg. Sonst wärst du froh, dass ich an *unseren Songs* arbeite.«

»Meinetwegen. Aber warum kannst du nicht damit warten, bis wir fertig diskutiert haben?«

»Und wenn ich leise spiele? Wäre doch ein Kompromiss.«

»Nein! Du hast verdammt noch mal still zu sein!«

Tea nahm die Finger von den Saiten und stand auf. »Okay. Ich bin raus. Ich muss mich hier nicht beleidigen lassen.«

Egg sah Clipper an, Clipper Burt, Tea starrte finster in die Runde. Burt machte ein besorgtes Gesicht.

»Wir finden es doch gut, dass du an unseren Songs arbeitest«, meinte Egg leise. »Aber wir wollen eben an der Zukunft der ganzen Band arbeiten, und das wäre ohne Hintergrundgeräusche leichter.«

»Ich bin also ein Hintergrundgeräusch?«, fragte Tea.

»So war das nicht gemeint.«

»Fickt euch doch alle ins Knie.« Tea legte den Bass ab und fing an, seinen Kram zusammenzupacken. »Und viel Spaß noch, ihr Schwuletten.«

»Komm schon, Kumpel!«, rief Burt. »Jetzt schmoll hier nicht rum!«

»Ich schmolle nicht rum«, sagte Tea. »Ich verlasse die Band, falls dir das noch nicht aufgefallen ist. Und ich komme nicht wieder!«

»Ich finde, wir sollten andere Songs spielen«, sagte Egg aus heiterem Himmel.

Tea ließ seinen Kram sinken und starrte ihn an.

»Wie, *andere Songs*?«, fragte Clipper verdutzt. »Jetzt, wo wir gerade ein paar Songs draufhaben?«

Egg rutschte auf seinem Stuhl hin und her. »Ich meine *eigene* Songs. Wir sollten eigene Songs schreiben. Cover sind doch langweilig. Ist doch kein Wunder, dass wir uns dauernd gegenseitig anmotzen. Eigene Songs wären mal eine Herausforderung.« Egg blickte sich um und wartete auf die höhnischen Gegenargumente der anderen. Aber es blieb still. »Ich glaube, das würde uns guttun. Ich glaube, wir müssen noch viel lernen. Was es heißt, in einer Band zu sein und so. Zum Beispiel, dass man sich gegenseitig zuhören muss.«

»Und wer soll die Songs schreiben?«, fragte Tea.

»Ich würde es mal versuchen«, flüsterte Egg.

»Aber sonst geht's dir gut?«, erwiderte Tea. »Du glaubst ernsthaft, wir wollen deine Losersongs spielen?«

»Hey!«, bellte Clipper und hob die Hände. »Egg. Hast du schon irgendwas, was du uns vorspielen kannst?«

Zögerlich nickte Egg. Er spürte bereits, wie er rot wurde.

»Der Song ist noch nicht fertig und ich will damit wirklich nicht sagen, dass wir so was spielen sollen …« Er suchte nach Worten, wusste aber nicht, wie er es am besten sagen sollte. »Er ist mir nur so eingefallen. Ich …«

»Spiel einfach den verdammten Song!«, rief Tea.

Egg schlich zum alten, ramponierten Schulklavier und setzte sich auf den Hocker, schloss die Augen und klimperte eine melancholische Melodie. Als er zu singen begann, erstarrte sein verkniffenes Gesicht zu einer Grimasse purer Verlegenheit. Er hörte Clippers überraschtes Japsen. Dreieinhalb Minuten später war Egg fertig. Es wurde still.

Bis auf einmal die schwere Eichentür aufflog und Bex hereinmarschierte. Sie steuerte auf Egg zu und küsste ihn mitten auf die Lippen, wich einen Schritt zurück, stemmte die Hände in die Hüften und starrte ihn an. »Das war der wunderwunder*wunder*schönste Song, den ich je gehört habe. Hast du noch mehr Songs geschrieben?«

Eggs Gesicht verdunkelte sich zu einer Farbe, die man kaum noch als Rot bezeichnen konnte. Verständnislos blickte er in Bex' begeisterte Augen, die ihn – und nur ihn – anfunkelten. Er nickte.

Clipper fing an zu klatschen, ein breites Grinsen auf den Lippen. »Genial, Egg! Einfach nur genial!«

Tea und Burt saßen noch immer stumm und starr auf ihren Stühlen.

»Das war gar nicht so übel«, sagte Tea schließlich und lächelte ironisch.

»Warum hast du jetzt *ihn* geküsst?«, fragte Burt und stierte Bex an.

»Du bist so ein Idiot!« Bex baute sich vor Burt auf. »Wie

lange spielst du jetzt schon mit ihm in einer Band? Sechs Monate? Und du hast nicht mitgekriegt, dass er fantastische Songs schreibt und singt wie ein Engel?«

»Ja, ja, aber musst du ihn deswegen gleich *küssen*?«

Bex seufzte aus tiefstem Herzen und widmete sich wieder Egg. »Du hast also noch mehr Songs auf Lager?«

Egg nickte noch mal.

»Und wie hieß der Song?«

»*Satellites.*«

»Das war wirklich wundervoll. Du hast eine tolle Stimme«, flüsterte Bex und setzte sich auf ihren üblichen Platz zwischen Clipper und Egg.

»Du klingst wie ein Mädchen ... aber sonst war's ganz okay«, meinte Tea. »Ich frage mich nur, warum hier ständig Yoko Ono reinplatzt und unsere Banddynamik ruiniert.«

»Red doch keinen Schwachsinn«, sagte Clipper und blickte Tea fest in die Augen. »Was für eine Banddynamik denn? Bex hat doch recht. Ich sitze jetzt seit einem halben Jahr auf meinem Hocker und hämmere immer die gleichen langweiligen Songs runter, während du Burt anzickst, weil du am liebsten die ganze Melodie spielen würdest, und Burt zurückzickt. Aber das eben ... das war richtig toll.«

Burt verfiel in Panik. »Okay. Meinetwegen kann Egg die Songs schreiben. Aber ich singe!« Er wand sich auf seinem Stuhl und blickte sich nervös in alle Richtungen um. »Egg hat keine Ausstrahlung, und ein Leadsänger braucht Ausstrahlung.«

Alle starrten ihn an. Keiner sagte etwas.

Egg – 30. Januar

Heute Abend habe ich der Band *Satellites* vorgespielt.

Bex hat draußen zugehört, und danach ist sie einfach reingekommen und hat mich geküsst und mir gesagt, dass sie es toll fand. Sie war richtig aus dem Häuschen und hat mich einfach so geküsst! Das war ein unglaubliches Gefühl. Am Ende haben wir uns geeinigt, dass ich die Songs schreibe und Burt singt. Ehrlich gesagt finde ich seine Stimme jetzt doch ganz gut, und ich glaube, für eine Rockband eignet sie sich sogar besser als meine.

Er singt auf jeden Fall schon viel, viel besser als am Anfang. Das ist alles so aufregend. Als ich Dad die ganze Geschichte erzählt habe, meinte er, die letzten sechs Monate seien sicher eine schwere Prüfung gewesen, aber damit hätten wir jetzt eine gute Grundlage für unsere »neue« Band und unsere eigenen Songs. Da hat er recht, wie immer. Aber von Mum bekomme ich weniger Unterstützung. Also viel weniger. Sie hat eine Wahnsinnsangst, dass ich drogensüchtig werde, meine Abschlussprüfungen verhaue und meine klassische Musikausbildung abbreche. Ich habe ihr erklärt, was die Jungs von meiner klassischen Musikausbildung halten – sie finden das arrogant und bescheuert. Sie war entsetzt. Ich glaube, da braut sich ein mütterlicher Orkan zusammen.

* * *

Tea und Clipper konnten ihre Eltern problemlos überreden, ihnen drei Proben pro Woche zu erlauben, und Burt fragte gar nicht nach, da seine Mum in Mailand und sein Dad in New York war. Egg dagegen wusste, dass er ein Problem hatte.

»Bitte. Das ist alles, was ich jemals wollte.« Er hockte auf der äußersten Kante des Wohnzimmersofas. Sein Dad fläzte gegenüber im Sessel, offenbar sehr erschöpft, während sich seine Mum mit verschränkten Armen vor ihm auftürmte.

Tiefe Falten gruben sich in ihr blasses Gesicht. Ihre dicken, fuchsroten Haare standen in alle Richtungen ab. »Und was ist mit der Schule?«, sagte sie mit kalter Stimme. »Und mit den vielen Jahren, die du in die klassische Musik investiert hast? Willst du das alles für so eine … so eine vorübergehende Anwandlung aufgeben?«

»Das ist keine vorübergehende Anwandlung, Mum. Wir sind wirklich gut. Und in den Probeklausuren hatte ich doch nur Einser!« Eggs flehende Augen wanderten zu seinem Dad. »Ich bin bei allen Instrumenten auf einem professionellen Niveau. Ich bin besser als meine Lehrer. Und ich schwöre euch, dass meine Abschlussprüfungen nicht darunter leiden werden.«

Sein Dad räusperte sich. »Na gut. Hör mir zu. Ich weiß, wie wir es machen. Unter zwei Bedingungen darfst du in der Band bleiben.«

»Untergrab hier bitte nicht meine Autorität, Tony!«

»Alles!«, bettelte Egg. »Ich mache alles!«

Tony stand auf und fasste seine Frau am Arm. »Keine Sorge, Carol. Ich glaube, ich weiß einen guten Kompromiss.«

»Das will ich dir auch geraten haben.«

»Wenn du die Einser wie versprochen heimbringst und mindestens eine deiner Klassikstunden weitermachst, darfst du dreimal die Woche mit der Band proben. Aber solltest du unsere Vereinbarung aus irgendeinem Grund brechen, steigst du sofort aus. Ist das klar?«

Egg nickte eifrig.

Carol blickte scharf auf ihn herab. »Und sollte ich feststellen, dass die Band irgendeinen schlechten Einfluss auf dich oder dein Verhalten hat, hörst du auf der Stelle auf. Ist *das* klar?«

Egg grinste. Er flippte fast aus vor Aufregung.

* * *

Clipper – 6. März

Ich habe beschlossen, einen Blog zu schreiben!

Heute bin ich bei Charlton Youth genommen worden.

In drei Wochen werde ich sechzehn. Und Egg hat gesagt, dass ich immer besser Schlagzeug spiele. Ich liebe meine Band! Eggs Songs sind unglaublich cool und Tea lässt das Dudeln immer öfter bleiben. Dad findet es toll, dass ich in einer Band mitmache, solange ich das Fußballspielen nicht vernachlässige. Samstags und sonntags bin ich beim Fußball, Montag und Dienstag ist Training und die restliche Woche wird geprobt. Viel zu tun, aber es ist einfach genial.

* * *

Egg – 8. März

Früher waren die Proben das Highlight meiner Woche. Jetzt sind sie der Sinn meines Lebens. Mein Alltag besitzt eine Tiefe, die ich mir niemals erträumt hätte. Ich weiß, wie kitschig das klingt, aber bei mir dreht sich im Moment wirklich alles ums Songwriting. Das ist fast schon krankhaft. Jeder einzelne Song kostet mich viel Zeit. Ich bedenke alles, sogar in welcher Reihenfolge die Songs auf ein Album passen würden, und irgendwann präsentiere ich den RockAteers dann meine neuesten Kompositionen.

Ich enthülle sie wie funkelnde Diamanten. Ich schreibe die Songs nicht nur so hin. Ich feile daran, bis alle Probleme gelöst sind.

Ich verfasse lange Listen mit Tipps für die Band, um den Sound optimal hinzukriegen. Ich denke mir sogar passende Stimmen für die anderen Instrumente aus.

Es war eine sehr gute Idee, die anderen zu überreden, dreimal die Woche zu proben. Das macht einen Riesenunterschied. Meine klassische Musikausbildung hat entscheidenden Einfluss auf unseren neuen Sound und weil die anderen mir endlich vertrauen, können wir richtig durchstarten. Es ist erst ein paar Monate her, seit ich den Jungs *Satellites* vorgespielt habe – und plötzlich sind wir keine schmierige Coverband mehr, sondern eine Rockband mit einem ausgeprägten eigenen Stil! Kaum zu glauben, was man alles erreichen kann, wenn man sich ein bisschen reinhängt.

Mit federnden Schritten ging Egg zur Schule. Er war auf dem Weg zur nächsten Probe, im Gepäck einen Song, der bei den anderen sicher gut ankommen würde. Spontan nahm er den Umweg durch den Greenwich Park, über den Hügel und vorbei an der Hohen Bank. Am blauen Frühlingshimmel hing noch immer eine strahlende Sonne. Egg fragte sich, ob er in diesem Augenblick vielleicht glücklich war.

Als er die Mensa betrat und in Burts grinsendes Gesicht

blickte, wusste er sofort, dass etwas in der Luft lag. Burt lächelte ihn nie absichtlich an. Seine Bandkollegen hatten ihr Equipment bereits installiert. Sie warteten nur noch auf Egg, der sich angewöhnt hatte, etwas später zu kommen, weil er am schnellsten startklar war. Doch bevor er zu ihnen gehen konnte, sprang Burt begeistert auf.

»Ich habe unseren ersten Gig klargemacht!«, rief er und blickte gespannt von Gitarrist zu Drummer zu Bassist.

Egg konnte sich nicht rühren. Er stand im Eingang und versuchte krampfhaft, seine Enttäuschung zu verbergen.

»Das ist ja cool!«, rief Clipper entzückt. »Und wo?«

»In meiner Garage!«, verkündete Burt. »Es wird ein Double Feature: unser erstes Konzert und die Party zu meinem sechzehnten Geburtstag, den alle vergessen haben!«

»Aber wir sind noch nicht so weit!« Egg runzelte die Stirn. »Wir haben doch erst ein paar Songs eingeübt … und heute hätte ich noch einen neuen Song dabei, den ich euch vorspielen wollte.«

»Aber vor unserem ersten Gig brauchen wir ein Demotape«, meinte Tea. »Die Studiozeit könntest du doch zahlen, Burt? Du mit deinen Millionen!«

»Und wisst ihr, was das bedeutet?«, fragte Burt, der Egg und Tea ignorierte und stattdessen Clipper ansah.

»Was denn?«

»Wir müssen uns einen Namen ausdenken. Vorschläge?«

Egg gab auf, ging zu seinem Verstärker und fing an, seine Gitarre anzuschließen.

»Ich dachte, wir sind die RockAteers?«, fragte Tea.

»Das war doch nur vorübergehend!«, rief Burt. »Oder seid ihr plötzlich ganz begeistert von dem Namen?«

»Okay. Wie wär's mit Bed Head?«, entgegnete Tea wie aus der Pistole geschossen.

»Klingt zu verschlafen.«

»Side Winder?«, fragte Tea.

»Nee. Gibt's schon.«

»Echt? Wo?«

»Keine Ahnung, aber ich bin mir ziemlich sicher«, sagte Burt wegwerfend.

»Okay …«, überlegte Tea. »Pug Dogs and Hell Cats?«

»Und wie sollen wir mit so einem Namen in die Charts kommen?« Burt schüttelte den Kopf. »Wir brauchen vernünftige Vorschläge.«

»Bei den Sex Pistols hat's doch auch geklappt«, erwiderte Tea.

»Wenn du die Sache nicht ernst nehmen kannst«, sagte Burt, »halt gefälligst die Fresse.«

»Na, wenn das so ist …« Tea stand auf und stöpselte seinen Amp aus.

»Tea!«, rief Clipper energisch. »Was hatten wir ausgemacht?«

»Ja, was noch mal?«, fragte Tea.

»Ich finde, Tea hat recht«, schaltete Egg sich ein. »Bevor wir irgendwo auftreten, sollten wir ein Demo einspielen. Das ist viel wichtiger.«

Burt überging Eggs Bemerkung. »Wir hatten ausgemacht, dass du hier nicht alle fünf Minuten rausspazieren kannst. Deswegen haben wir letzte Woche doch ein ganzes Bandtreffen abgehalten!«

»Ja, ja. Jetzt fällt mir die Scheißregel auch wieder ein«, sagte Tea. »Aber wenn du noch einmal sagst, ich soll die Fresse halten, denke ich mir meine eigenen Regeln aus. Verstanden, Junge?«

Clipper versuchte, auf das eigentliche Thema zurückzukommen. »Was haltet ihr davon: The Blood Necks?«

»Das klingt sogar ziemlich gut.« Burt nickte Tea zu. »Was denkst du?«

»Du willst wissen, was ich denke? Gerade dachte ich mir, dass du in deiner hautengen Jeans aussiehst wie ein weiblicher Zirkusclown.«

»Wirklich sehr konstruktiv, Tea!«

»Wichser!«

»Mann, was hast du eigentlich für ein Problem?«

»Sabberfresse!«

»Gott, du bist so ein Psycho!«, rief Burt und warf verzweifelt die Arme hoch.

»Arschgeburt!«

Auf einmal dröhnte ein durchdringendes Scheppern durch den Raum – Clipper prügelte energisch die Trommelstöcke auf die Snaredrum. »Leute! Könnt ihr nicht einfach mal die Klappe halten und versuchen, fünf Minuten lang miteinander klarzukommen?«

Seine Bandkollegen starrten ihn an.

»Na gut«, sagte Tea. »Wie wär's mit The Love?«

»Gab's schon«, murmelte Egg. Er konnte nicht mehr verbergen, wie enttäuscht er war, dass sein neuer Song noch warten musste. »War eine Sixties-Band von der Westküste der USA. Extrem erfolgreich damals.«

»Hey, Egg!«, kläffte Burt. »Keiner will deine weisen Vorträge hören!«

»Aber ich finde The Love richtig gut«, beharrte Tea. »Und wenn ich noch nie davon gehört habe, kann diese Oldie-Band nicht so wichtig gewesen sein.«

»Scheiße, was redet ihr denn da? The Love ist ein beschissener Name. Das klingt nach Girlband.«

»Na gut. Und *Funky* Love?«

»Genau!«, rief Clipper. »Oder Funky Love Kids!«

»Ich hab's.« Burt stand auf. »Wir sind die Funky Love Children. Das ist *die* Idee.«

4. Song
Demütigung

Sir Wilson Cloom saß auf seinem Chefsessel, betrachtete die Platin-Schallplatten, die in langen Reihen an den Wänden hingen, und sinnierte über seinen nächsten Schritt. Er hatte Lust auf etwas Neues. Das Problem war, dass er schon alles erreicht hatte. Er blickte finster und drückte den Knopf der Sprechanlage.

»Sophia, schick mir sofort Billy Visconti rein. Wenn er nicht in fünf Minuten auf der Matte steht, seid ihr beide gefeuert.«

Drei Minuten später summte die Sprechanlage. »Visconti ist da, Sir.«

Cloom mochte Visconti. Er sah in dem jungen Mann keinen Menschen, sondern einen Terrier, der sich gnadenlos in jede Aufgabe verbiss – und dadurch viel Geld einbrachte, was schließlich am wichtigsten war. Wenn irgendwer in der Lage war, eines Tages Clooms Musikimperium zu übernehmen, dann Visconti. Aber Cloom war erst fünfundfünfzig, Visconti musste sich also noch mindestens ein Jahrzehnt gedulden.

Visconti trat selbstbewusst lächelnd ein, streckte zur Begrüßung beide Daumen nach oben und ließ sich auf der anderen Seite des Schreibtischs nieder.

»Lass das, Billy«, brummte Cloom. »Wir sind keine Teenager mehr. Und du bist nicht Paul McCartney.«

»Verstanden und abgespeichert, Chef«, antwortete Billy.

Cloom studierte sein Gegenüber. Ein gepflegter, modischer, gut aussehender Kerl, der eine Menge im Kopf hatte. Nur Pluspunkte, aber der eigentliche Grund für Viscontis steile Karriere war sein bemerkenswerter Riecher für Talente. Darauf kam es Cloom bei den Mitarbeitern der A&R-Abteilung an. Mit Leuten, die keinen musikalischen Instinkt besaßen, konnte er nichts anfangen. Billy hatte die Nase eines Ameisenbären. Er witterte die Hits hundert Meilen gegen den Wind.

In Clooms Zeiten als Talentscout in der A&R-Abteilung war noch vieles anders gewesen: kein Internet, keine Castingshows. Man ging mit offenen Ohren hinaus in die Welt und besuchte Konzert um Konzert, bis man endlich einen Star entdeckt hatte. Aber eines blieb immer gleich – ein guter Song war ein guter Song. Und ein A&R-Manager, der einen großartigen Song mit einem charismatischen Pop-Act kombinieren konnte, hatte es praktisch geschafft.

Visconti war erst seit drei Jahren bei Big Tone Records, doch er hatte bereits ebenso viele hervorragende Acts an Land gezogen und zu Nummer-eins-Stars entwickelt. Sein Ameisenbär-Riecher hatte viel Geld in die Kassen von Clooms Plattenlabel gespült. Wegen dieses brillanten Gespürs für Talente hatte Cloom ihn zum Chef der A&R-Abteilung befördert – und nun in sein Büro bestellt.

»Haben wir schon mal eine Rockband unter Vertrag genommen, Billy?«, fragte Cloom und lehnte sich zurück.

Billy runzelte die Stirn. »Nein, Chef, noch nie.«

»Wieso eigentlich nicht?«

»Weil bei Bands zu viele Egos im Spiel sind, weil sie partout ihre eigenen Songs schreiben wollen, weil sie sich auf der anderen Seite des großen Teichs schwertun und weil sich damit kaum was verdienen lässt. Du willst den Massenmarkt, Wilson. Bands unter Vertrag zu nehmen macht bloß Ärger. Künstler muss man unter Kontrolle haben. So hast du's mir erklärt.«

Cloom winkte ab. »Hast du dir schon mal was von diesen Desert Kings angehört? Das Debütalbum hat sich wahnwitzig gut verkauft.«

»Das vierte Album, Boss.« Billy nickte. »Wenn du den internationalen Topseller meinst, war es das vierte Album der Desert Kings.«

»Das sind doch Details. Ich will Taten sehen!« Vor lauter Gereiztheit wurde Cloom laut. »Wir müssen unsere Haltung zur Rockmusik überdenken. Wir müssen *dabei* sein.« Er machte eine Pause. »Ich weiß, was ich früher gesagt habe, aber das war einmal. Solche Verkaufszahlen können wir nicht ignorieren!«

Billy strich sich das glatt rasierte Kinn. »Gar keine schlechte Idee. Also mache ich einen der Acts, den wir aktuell in Entwicklung haben, zur Rockband?«

»Nein!«, keifte Cloom. »Du suchst dir eine Bande Jungs, die eigene Songs schreibt und richtige Instrumente spielt. Natürlich sollten sie unglaublich gut aussehen und das gewisse Etwas haben, wie die Desert Kings eben. Eine Band, die Amerika erobern kann!« Er dachte nach. »Wusstest du, dass die Desert Kings lauter Brüder sind? Fünf Pfarrerssöhne! So was in der Art will ich, aber besser!«

»*Drei* sind Brüder, Chef. Die anderen beiden sind auch Geschwister, Bruder und Schwester. Die Schwester spielt Schlagzeug. Aber stimmt schon, auf den ersten Blick könnte man sie auch für einen Bruder halten.«

»Was soll das Gerede? Spätestens in einem Monat präsentierst du mir die neuen Desert Kings! Verstanden?«

Billy nickte zackig und verließ Clooms Büro.

* * *

Egg – 1. April

Meinen Berechnungen zufolge hießen wir insgesamt siebzehn Stunden und zwölf Minuten lang Funky Love Children. Wie es aussieht, hat Bex Burt dann gesagt, dass Funky Love Children der schlimmste Bandname seit Erfindung der Namen ist und dass sie nicht zu unserem Auftritt kommt, wenn wir weiter Funky Love Children heißen. Erstaunlich, wie bescheuert Burt seine eigene Idee auf einmal fand.

Paul Simon hat einmal gesagt: »Improvisation ist viel zu wertvoll, um sie dem Zufall zu überlassen.«

Ich wüsste auch schon einen Satz, den ich der Welt hinterlassen will: »Es ist enorm schwer, einen guten Bandnamen zu finden.«
Ich halte den Auftritt ja für eine schlechte Idee, doch da wir in einer Demokratie leben (obwohl eine demokratische Band überhaupt nicht funktionieren kann), haben wir abgestimmt: drei dafür, einer dagegen. Dann ist aber auch noch was Gutes passiert: Bex hat sich als Imageberaterin

engagieren lassen und deshalb geht sie mit mir shoppen.
Ich werde einen ganzen Tag mit ihr verbringen! Unglaublich! Aber die RockAteers??? Das klingt nicht nach einer Band, sondern nach einem Abenteuerfilm aus den Achtzigern!!!!
Da wäre mir sogar Funky Love Children lieber gewesen.
Doch da ist nichts zu machen. Queen Bex hat gesprochen.

Seit Neuestem will Burt uns einreden, dass wir uns alle gleich anziehen müssen, und zwar alle wie er, weil er angeblich den besten Style hat. Tea hat gesagt, er kann ihn mal am Arsch lecken.

* * *

Die RockAteers waren nervös. Mittags hatte Burt die Tore seiner Einfahrt für die Gäste geöffnet. Seitdem waren immer mehr Mitschüler und völlig Fremde eingetrudelt und hatten sich in allen Ecken seines Hauses eingenistet. Burt hatte auch ein paar Vertreter der Lokalpresse eingeladen, und als sie tatsächlich eine halbe Stunde vor Beginn erschienen, war er hocherfreut. Doch auf ihre Fragen war er nicht vorbereitet: »Wie lange spielt ihr schon zusammen?«, »Welche Bands haben euch beeinflusst?«, »Arbeitet ihr an einem Album?« Die Band floh in den dritten Stock und verbarrikadierte sich im Musikzimmer.

»Ich kann sie hören«, sagte Clipper, der mit dem Rücken zu den Tasten auf dem Klavierstuhl kauerte. »Die vielen Leute da draußen. Oh Gott.«

Seit er eingetroffen war, hatte der Drummer die meiste Zeit auf der Toilette verbracht.

»Ich bin null nervös«, verkündete Burt.

»Klar bist du nervös, Burt«, ätzte Tea. »Wir sind schon stundenlang hier oben und du hast fast noch kein Wort gesagt. Wobei, warum sind wir noch mal hier oben?«

»Ist doch klar, Tea. Bands geben sich nicht mit ihren Fans ab. Bands tauchen auf der Bühne auf wie eine überirdische Erscheinung. Und dann rocken sie die Scheiße fett.«

Als Clipper aufstand und Richtung Tür torkelte, lachten Tea und Burt. Egg starrte weiter in das Buch, von dem er noch keinen Satz gelesen hatte.

»Raus damit, Clip! In fünf Minuten wird's ernst!«, brüllte Burt ihm hinterher.

Eine Minute später schob Clipper sich wieder durch die Tür, kreideweiß und zutiefst verlegen.

»Alles klar, Jungs!«, rief Burt und stand so abrupt auf, dass Egg zusammenzuckte. »Geben wir den Leuten, was sie wollen!« Er winkte die anderen zu sich und breitete die Arme aus.

»Eine Gruppenumarmung?«, fragte Tea angewidert.

»Mann, Tea! So macht man das in einer Band. Bands brauchen Rituale«, antwortete Burt. »Wir müssen ein eingeschworenes Kollektiv sein. Sonst können wir die Scheiße nicht fett rocken.«

»Wenn du noch einmal *die Scheiße fett rocken* sagst, scheiß ich dir ins Gesicht«, meinte Tea, während er sich zu seinen unbeholfen zusammengeknäulten Bandkameraden gesellte.

»Oh Gott des Rocks, bitte gib uns die Kraft und heilige unseren Sound. Amen!«, flüsterte Burt durchdringend, bevor er den Kreis wieder auflöste.

Die Band schlich die Treppe hinunter in die Eingangshalle und blickte sich ratlos um.

»Wo sind die alle hin?«, ächzte Clipper.

»Ich schätze, sie sind schon drüben in der Halle!«, rief Burt begeistert.

»Das ist eine Garage«, sagte Tea und schüttelte verzweifelt den Kopf. »*Deine* Garage, Burt.«

Aber es war eine riesige Garage, und sie war knallvoll. Geduckt schlängelten sich die Musiker durch die dicht gedrängte Masse der Zuschauer und holten sich dabei unzählige ermutigende Schulterklopfer ab. Als sie auf die selbst gebaute Bühne kletterten, erhob sich lärmender Jubel.

Egg hatte den halben Tag damit verbracht, die PA-Anlage der Schule zu installieren, und nun klang sie besser denn je. Alles war vorbereitet. Doch es dauerte, bis sich die Band eingerichtet hatte. Das neugierige Publikum unterhielt sich lautstark. Enorme Spannung lag in der Luft.

Endlich schnappte Burt sich das Mikrofon. »Hey, ihr alle!« Die Menge explodierte. Im ersten Augenblick war Burt überrascht, dann grinste er. »Wow, ihr seid wirklich gekommen! Das freut mich! Ihr seid der Hammer!« Erneut lauter Jubel aus über hundert Kehlen.

Burt drehte sich um und zwinkerte seinen Bandkollegen zu. Daraufhin riss Clipper die Augen auf wie ein Kaninchen vor der Schlange, schlug die Sticks viermal gegeneinander – und die RockAteers schmissen sich in den ersten Song ihres Sets: *Bet On You.* Die Garage rastete aus. Burt wirbelte umher wie ein Irrer. Er hielt nur inne, um nacheinander sämtliche Rockerposen einzunehmen, die je auf einer Bühne zu sehen waren, und die Menge beklatschte jede davon frenetisch. Aus seiner Kehle drang ein melodischer, eigenwilliger Gesang. Einmal streckte er einer hübschen Blondine in der ersten Reihe die

Zunge raus und beobachtete dabei Bex, die sechs Reihen weiter hinten an der Wand lehnte und gelassen nach vorn blickte. Offenbar hatte sie keine Lust, sich in das Gerangel vor der Bühne zu werfen, denn dort ging es inzwischen ziemlich ab. Tea kreiselte und sprintete währenddessen vor und zurück, als müsste er die Bühne des Wembley-Stadions ausfüllen. Clipper fiel über die Drums her wie der Urenkel von Keith Moon und nutzte jede Gelegenheit, um mit den Trommelstöcken in die Menge zu deuten, selbst wenn es auf Kosten des Beats ging. Egg stand reglos da, die Gitarre locker in den Händen, und spielte makellos, ohne sich dabei übertrieben zu verausgaben. Zwischendurch veranstalteten Tea und Burt einen Headbanging-Marathon, bis lange schwarze Haare und blonde Locken miteinander verschwammen. Das Konzert hatte eine perfekte Dramaturgie. Krachende, breitbeinige, ehrgeizige Rocksongs und rasante Popnummern sorgten für ein atemloses Tempo. Das Publikum wusste nie, was als Nächstes kam, und als Burt den letzten Song ankündigte, starrte alles gebannt nach vorn. Egg ging zum Keyboard, griff in die Tasten und ließ die ersten Noten von *Satellites* ertönen. Andächtig lauschte die Menge der Ballade. Burt schaltete mehrere Gänge runter, auf einen ebenso kraftvollen, aber sanften und zarten Gesang. Als Egg schließlich den letzten Akkord spielte, rastete das Publikum komplett aus.

»Kommt rüber ins Haus, dann machen wir Party!«, schrie Burt, sprang mit ausgestreckten Armen in die Menge und ließ sich zum Ausgang tragen.

* * *

In seiner Begeisterung stimmte das Publikum ein chaotisches Ständchen für Burt an: »Happy Birthday …« Clipper stellte sich auf den Schlagzeughocker, grinste wie ein Verrückter und dirigierte den Chor mit seinen Sticks.

Egg suchte die verschwitzte Menge nach Bex ab. Als er sie fand, lächelte sie ihn an – und in diesem Augenblick fühlte er sich so befreit, dass er zurücklächeln konnte. Das Konzert war ein Sieg auf ganzer Linie. Ausnahmsweise war Egg froh, dass er sich geirrt hatte.

* * *

Der Jubel hielt an, bis auch Clipper die Bühne verlassen hatte. Dann strömte die Menge zurück ins Haus und nahm die Küche und die Flure im Erdgeschoss in Beschlag. Bierdosen wurden geöffnet und Zigaretten gedreht.

»Bald seid ihr die größte Band aller Zeiten«, redete George auf Burt ein. »Nee, noch größer!«

Burt wehrte das Lob mit einem Kopfschütteln ab, das nicht mal ihn selbst überzeugte. Der Gig war seit fünf Minuten vorbei und seitdem hatte er alle paar Sekunden mindestens ein überschäumendes Kompliment erhalten.

Egg stand am Kühlschrank und versuchte, sich möglichst unauffällig zu verhalten. Er sah zu, wie Burt sich durch die Masse schob und sich für die Schmeicheleien seiner Fans bedankte, ein blendendes Lächeln ins Gesicht getackert. Auf Egg war niemand zugegangen. Niemand hatte ihn zu seinem Auftritt beglückwünscht. Als wäre er unsichtbar. Egg wartete nur noch den richtigen Moment ab, um sich von Burt zu verabschieden und zu verschwinden. Nun ruhten seine Augen auf Bex, die mit ein paar Typen aus der LBC plauderte und lachte und dabei wie immer eine ausgezeichnete Figur machte.

»Wenn ich dich doch nur ansprechen könnte«, murmelte Egg.

»Wie war das?«, fragte Burt, der urplötzlich hinter ihm stand.

Egg fuhr herum. »Ich hab nichts gesagt.« Er wurde schon wieder rot.

»Doch, hast du. *Wenn ich dich doch nur ansprechen könnte …* Wen willst du ansprechen?«

»Niemanden!«

»Sag mal, starrst du etwa Bex an?«

»Nein!«

»Gut. Die ist nämlich nicht deine Liga. Komm mit, Schwanzgesicht, ich stell dich den anderen vor.« Er drückte Egg eine Bierdose in die Hand. »Aber nimm erst mal einen Schluck aus der Pulle. Mach dich locker. Du hast es nötig, Junge!« Nachdem Egg einen Schwall Bier geschluckt hatte, legte Burt ihm einen schlaffen Arm um die Schultern. »Der Gig hat voll reingehauen, was?«

Egg nickte, während Burt ihn zum Esstisch schob. Dort saß die LBC.

»Hey, Leute! Das ist Egg. Egg ist ein totaler Vollhonk, aber er gehört zur Band. Also gebt ihm was zu rauchen und seid nett zu ihm.«

Spencer und Zayn nickten skeptisch und musterten Egg, als hätten sie ihn noch nie gesehen. George zeigte ihm den Mittelfinger.

Als Egg sich setzte, spürte er, wie sich die Hitze in seinen Wangen noch um mehrere Grad steigerte.

»Mann, Schleck. Du siehst aus wie eine Tomate. Wie eine schwule Tomate!«, kreischte George.

»Hi, ich bin Olivia. Ich glaube, wir kennen uns noch nicht?«, fragte ein hübsches blondes Mädchen und lächelte. »Du bist auch in der Band? Warst du der Typ ganz hinten?«

»Wir haben seit drei Jahren zusammen Englisch«, sagte Egg.

»Und mit wem hängst du so ab?«, fragte Chloe, die er ebenfalls seit Ewigkeiten aus dem Unterricht kannte.

»Schwer zu sagen.«

»Hä? Der Typ weiß nicht, mit wem er abhängt?«, spottete George.

»Mit mir und der Band«, erwiderte Bex und setzte sich an den runden Tisch.

Bex war da. Egg konnte sein Glück kaum fassen.

»Schon mal Gras geraucht, Schleck?«, fragte George, als hätte Bex nichts gesagt.

»Mach ich ständig«, erwiderte Egg trotzig. Mit Bex an seiner Seite hatte er den Mut, der LBC Schwachsinn zu erzählen.

Bex legte die Hände vors Gesicht.

»Im Ernst?« George grinste. »Und woher kriegst du dein Dope so?«

Eggs Gedanken rasten. »Mein Dad kifft ständig. Ich nehme mir einfach was von seinem Stoff.«

Eggs Vater rauchte wirklich Cannabis. Er hatte einen kleinen Schuppen am Rand des Gartens. In der Ecke standen ein alter, lädierter Sessel und ein tragbares Radio, an der Wand hing ein Poster von Nick Drake und unter ein paar leeren Blumentöpfen verbarg sich ein beachtlicher Haschischblock. Jeden Abend, meist um sieben, erklärte er seiner Frau und seinem Sohn, er hätte noch etwas Gartenarbeit zu erledigen, und kehrte eine halbe Stunde später mit blutunterlaufenen Augen und starrem, abwesendem Blick ins Haus zurück. Egg hatte den Cannabisvorrat eines Tages entdeckt, zwei Tage lang an der klebrigen Masse herumgefummelt und am Schluss doch nichts davon geraucht.

George studierte Egg misstrauisch, zog noch einmal ausgiebig an seiner dicken Tüte und blies ihm den Rauch ins Gesicht. Die blauen Schwaden setzten sich in Eggs Haaren fest. Alle kicherten, nur Bex nicht.

»Hier«, sagte George und hielt Egg die Tüte hin. »Zieh einen durch. Dann lächelst du vielleicht auch mal.«

Egg nahm den Joint mit beiden Händen entgegen wie eine unbezahlbare Antiquität, hielt ihn zwischen Zeigefinger und Daumen und starrte vor sich hin. Seine Augen zuckten zu Bex.

»Du musst nicht, Egg«, sagte sie.

Er schüttelte den Kopf und paffte einmal vorsichtig. Kaum strömte der Rauch in seinen Mund, stieß er ihn wieder aus.

George durchbohrte ihn mit seinen kleinen kalten Augen. »Schlappschwanz. Nimm einen vernünftigen Zug und behalt den Rauch drin, Mann.«

Da beschloss Egg, wenigstens mit fliegenden Fahnen unterzugehen. Er steckte sich den Joint in den Mund und zog mit aller Kraft. Kurz verfing sich der Rauch in seiner Kehle, dann sank er hinab in die Lunge.

»So ist's gut!«, rief George ekstatisch. »Und jetzt drinhalten! Drinhalten!«

Egg versuchte es ja. Doch die Luft entkam schon aus seiner Nase und plötzlich hustete und röchelte er unkontrollierbar. Rauch quoll aus seinem Mund und seinen Nasenlöchern.

»Wasser!«, stöhnte er.

Während Bex zur Spüle rannte, klatschten ihm Burt und George auf den Rücken, die Gesichter zu grinsenden Fratzen verzerrt. Egg konnte kaum erkennen, wer da auf ihn einprügelte, denn die Tränen flossen ihm nur so aus den Augen. Er wollte, dass sie aufhörten, sofort aufhörten, aber er brachte kein Wort heraus, ohne zu husten.

Da war Bex wieder da, mit einem Glas Wasser in der Hand. Sie strich ihm die Haare aus der feuchten Stirn. »Hört auf, ihn zu schlagen, ihr Arschlöcher!«

Inzwischen hatte sich ein größeres Publikum versammelt, um das erstaunliche Spektakel zu verfolgen. Das Gesicht der röchelnden Hauptattraktion färbte sich bereits violett, als Bex das Glas zu Eggs Lippen führte. Er trank in kleinen Schlucken. Der Hustenanfall legte sich.

»Hab eine Weile nichts mehr geraucht«, krächzte er. »Hab es wohl ein bisschen übertrieben …«

Bex lächelte.

George setzte ein zuckersüßes Grinsen auf und reichte ihm den Joint erneut. »Dann nimm ruhig noch einen Zug.«

»Nicht, Egg«, sagte Bex.

»Nicht, Egg, sonst fallen dir noch deine wunderhübschen roten Haare aus«, säuselte George.

Bex sah George in die Augen und hob die Augenbrauen. »Du bist ein Wichser, George, und eines Tages wirst du deine ganze Scheiße noch bereuen.«

»Oooooh, jetzt hab ich aber Angst!«, jaulte George. »Los, Egg, lass mich hier nicht hängen! Nur noch einen Zug. Du willst es doch auch!«

Niemand konnte die Augen von dem faszinierenden Schauspiel abwenden: Egg nickte, warf einen verschämten Blick auf Bex und zog an der Tüte. Bex schüttelte den Kopf und verschwand aus der Küche, während George und Burt ihn zu einem weiteren Zug ermutigten, und zu noch einem. Irgendwie gelang es Egg, einen zweiten Hustenanfall zu vermeiden. Es war überstanden. Erleichtert reichte er den Joint an Olivia weiter.

Doch eine Minute später lief George wieder zur Hochform auf. Er streckte Egg den Zeigefinger ins Gesicht. »Hey, Leute! Den Typen hat's krass weggebeamt!«

»Scheiße, Egg, du siehst aus wie ein Gespenst. Hol mal irgendwer einen Spiegel!« Burt spähte auf Egg hinab – ein waberndes Gesicht irgendwo vor Eggs müden, schläfrigen Augen.

Irgendjemand hielt ihm einen Spiegel vor die Nase. Es war ein entsetzlicher Anblick. Sämtliche Farbpigmente waren aus Eggs Haut verschwunden, wodurch seine Akne umso besser zu sehen war. Ein schauriges, von rötlichen Pickeln übersätes Geistergesicht. Egg wurde schlecht. Er stand auf. Leider zu hastig – der Boden wankte unter seinen Füßen, sein Magen drehte sich um. Er stolperte vorwärts und taumelte irgendwie durch die Menge, raus aus der Küche, die Treppe hoch in den dritten Stock und ins Bad. Endlich in Sicherheit. Er kniete sich vor die Toilette und opferte dem Porzellangott seinen Mageninhalt. Danach ließ er sich auf den Boden sinken, krümmte sich um die Kloschüssel und blieb liegen. Er konnte sich nicht mehr rühren. Ihm schwirrte der Kopf, sein Magen schmerzte vom endlosen Würgen. Nach einiger Zeit hörte er Stimmen vor der Tür.

Burt trat ein. »Alles okay mit dir, Egg?«

Egg murmelte eine Art Nein.

»Soll ich dir ein Taxi rufen?«

Noch ein gehauchtes Nein. Egg konnte sich kein Taxi leisten. Außerdem durfte ihn seine Mum auf keinen Fall in diesem Zustand sehen. Als Burt ging, kroch Egg zur Tür und sperrte ab.

Aus dem Flur drangen wieder Stimmen herein.

»Ich sag's dir, der Hirni hat noch nie gekifft. Noch nie. Scheiße, was hat so ein verfickter Lügner in eurer Band zu suchen?« Das war Georges Stimme.

»Egg ist schon in Ordnung. Ist nur ein ziemlicher Streber«, erwiderte Burt. »Aber wenn wir den Vertrag in der Tasche haben, schmeißen wir ihn wahrscheinlich sowieso raus und suchen uns einen anderen.«

»Gute Idee. So ein toller Gitarrist ist er jetzt auch wieder nicht. Vielleicht sollte ich bei euch einsteigen?«

Da verlor Egg das Bewusstsein.

* * *

Clipper – 6. April

Gestern Abend war gleichzeitig unfassbar gut und die absolute Hölle. Ich glaube, ich kann mich nie wieder in der Öffentlichkeit zeigen. Nach dem Gig habe ich einiges gekippt, deswegen war ich irgendwann ziemlich durch. Und auf einmal ist George angekommen und hat mir gesagt, wie cool er den Auftritt fand und dass wir beide vergessen sollten, was früher war. Er hatte eine Friedenstüte aus irgendeinem Zeug gebaut, und weil ich nicht mehr ganz da war, habe ich mitgemacht. Am Anfang war noch alles gut. Er meinte, dass er neulich bei meinem Spiel war und dass ich krasse Skills habe.

Aber ich bin halt ein beschissener Idiot. Ich habe ihn an der Hand genommen und gesagt, dass ich ihn eigentlich ganz cool finde. Und da hat er geschrien: »Fass mich nicht an, du Schwuchtel! Hör auf, mich zu betatschen!« Er hat gar nicht mich angeschrien. Er wollte vor allem, dass es alle anderen mitkriegen. Und ich stand nur so da und wusste nicht weiter. Ich konnte mich nicht bewegen. Irgendwann bin ich dann nach Hause. Hab natürlich kaum geschlafen. Keine Ahnung, was ich jetzt machen soll.

Ich hoffe, Egg geht's gut. Das letzte Mal, als ich ihn gesehen habe, ist er aufs Klo gerannt. Sah aus wie eine lebende Leiche.

* * *

Tea – 6. April

War ein schöner Abend gestern. Gras und Alk ohne Ende und ein Haufen scharfer Weiber! Apropos Weiber – beim Konzert ist mir eine Blondine aufgefallen, die ganz vorn stand, gleich vor der Bühne. Sie war ziemlich hübsch und hatte riesige Titten und sie hatte offensichtlich ihren Spaß. Sie hat von Anfang bis Ende wie blöd gefeiert. Später hab ich sie angequatscht, aber sie hat nur von Burt geredet. Sie heißt Hazel. Ist ein bisschen anders im Kopf, würde ich sagen. Beim Gig standen Burts Spackofreunde natürlich alle zusammen rum. Muss mal rausfinden, was LBC eigentlich bedeuten soll. George Graves (die Oberwichsbirne, will wie Burt aussehen, nur mit amateurhaft gefärbten Haaren), Spencer (eine hundertprozentige Hackfresse,

die gestern in Hausschuhen und Matrosenhemd aufgetaucht ist – Hausschuhe und Matrosenhemd!), Christian (ein riesiges Rugbymonster mit roten Bäckchen und knielanger roter Hose; steht wohl auf Rot) und Zayn (hat eine Frisur wie Beckham, als ich geboren wurde; seinem Dad gehört eine Schnapsladenkette). Die Typen sahen aus wie eine Bande sonnenstudiogebräunter *Twilight*-Vampire bei einem Shooting für *GQ*. Immerhin habe ich rausgefunden, dass man bei George ordentliches Gras kaufen kann.
Nach dem Gig hab ich noch nach Clip gesucht, aber der ist wohl früher weg. Und als ich ihn heute angerufen habe, war sein Handy aus. Schon seltsam. Egg soll sich derbe zugedröhnt haben, aber nach der Show hab ich ihn nicht mehr gesehen, weil ich mich oben in Burts Zimmer mit Bex unterhalten habe. Die hat's echt drauf und verdammt witzig ist sie auch noch. Ich mag sie.
Bex ist cool.

Blöd, dass ich Eggs Totalabsturz verpasst habe.
War sicher lustig.

* * *

Burt – 6. April
Der Gig lief noch besser als erwartet. Und sorry, Jungs, ich war eindeutig der King im Ring. Ich habe die Bühne gerockt. Die widerliche Tussi in der ersten Reihe hat ganz klar nach meinem Joystick gelechzt und ich glaube, Bex fand mich auch ziemlich hot, aber die ist dann früher gegangen, wegen George. Diese Hazel hat mich echt

die ganze Zeit angestarrt, aber das hat mich kein bisschen rausgebracht. Daran muss ich mich gewöhnen, das muss ein Star abkönnen. Nach dem Gig kam Tea an, um mir zu sagen, dass irgendein Mädchen da drüben superscharf auf mich wäre, und als ich rübergeschaut habe, war da wieder diese Hazel, die mich schon beim Gig angegafft hatte.

Ich meine, wenn sie sich mal ein bisschen zurechtmachen würde, wäre sie gar nicht so hässlich. Dann war Tea wieder weg, aber immer, wenn ich mich umgedreht habe, hat Hazel mich angestarrt. Das war also meine erste Stalkerin. George und ich fanden's witzig. Wir haben uns darauf geeinigt, dass sie ab jetzt Crazy Hazel heißt. Aber Crazel hat uns dann noch besser gefallen.

Und als ich dann gegen drei Uhr nachts ins Bett gekippt bin, lag die verdammte Crazel schon unter meiner Decke. Ich war komplett dicht und sie war komplett nackt, und deshalb dachte ich mir: Warum nicht! Ihr Körper war schon ganz okay, aber ich hätte es trotzdem lassen sollen. Obwohl sie doch nicht sooo fett ist. Sie hat halt Wahnsinnsdinger und trägt viel zu kleine Oberteile (was ich ihr auch gesagt habe!).

Am Morgen hat sie mich geweckt und mir erst mal einen geblasen, und dann gab's Frühstück im Bett. Aber dabei hat sie mich leider pausenlos zugetextet: Dass wir ja sofort heiraten könnten, weil wir beide schon sechzehn sind. Dass wir zwei Skorpione sind, die sich mit Leib und Seele lieben und so weiter. Lauter durchgeknalltes Zeug, aber im Bett war sie für alles zu haben, also war's erst mal schon in Ordnung. Nach einer Weile musste ich sie dann aber rausschmeißen, zu viel Psychogerede über mich und dich und uns beide nervt halt irgendwann. Aber als ich eine Stunde später aus dem Fenster geschaut habe, stand die Frau draußen vor dem Haus. Mann, war das ein Schock. Ich schätze, Crazel muss den Millie-Test machen.

Hab ein paarmal versucht, Egg anzurufen. Was zieht der Idiot da für eine Nummer ab? Leute, ich will morgen Abend den nächsten Gig spielen! Aber George ist auch ein verschissener Idiot. Das mit Egg war echt zu übel. Obwohl es schon witzig war.

* * *

Egg erwachte in einem fremden Bett in einem fremden Zimmer. Es ging ihm besser, wenn auch nur minimal. Als sich seine Augen scharfstellten, erblickte er ein Poster, auf dem ein Teenie-Popstar zu sehen war: ein Junge mit einem beeindruckenden Pony, fast bis über die Augenbrauen, und einem sehr mädchenhaften Gesicht, dem irgendwer einen dicken schwarzen Filzstift-Schnurrbart gemalt hatte. Neben dem verunstalteten Jüngling hing eine dreidimensionale Star-Wars-Schautafel. Offenbar befand er sich in Millies Zimmer. Egg blickte sich weiter um: ein Haufen Legofiguren zwischen lauter pinkem und violettem Kram und ein Radiowecker, der 2:30 Uhr anzeigte. Als er auf den Boden schaute, packte ihn die Angst – neben dem Bett, zu einem Haufen zusammengeknüllt, lagen die neue Jeans und das coole Shirt, das Burt ihm für das Konzert geliehen hatte. Eggs Hand wanderte über seine nackte Brust und weiter nach unten. Keine Unterhose! Er hob die Herzchenbettdecke an. Seine schlimmsten Befürchtungen bestätigten sich: Die anderen hatten ihn splitternackt ausgezogen. Oh Gott.

Egg schoss aus dem Bett und schlüpfte eilig in seine Klamotten.

Auf Zehenspitzen lief er die Treppe hinunter und spähte in den Flur zur Küche. Die Luft war rein, aber es waren Stimmen zu hören. Egg wartete ab, bis das Gespräch in schallendes Gelächter überging, schlich zur Haustür und drückte die Klinke in Zeitlupe hinunter. Abgesperrt. Er tastete mit den Händen in der Dunkelheit, bis er auf den großen Schlüssel im Schloss stieß, drehte ihn herum und zerrte erneut an der schweren Tür. Sie knarrte laut. Egg erstarrte, doch nichts geschah. Nachdem er ein paar Sekunden gelauscht hatte, zog er die Tür vorsichtig auf, schob sich hindurch und schloss sie wieder behutsam. Da er wusste, dass die Einfahrt vom Küchentisch aus zu sehen war, huschte er an der dichten hohen Hecke entlang, die rundherum wuchs. Im Schatten des Gestrüpps arbeitete er sich mit langsamen, seitlichen Schritten vorwärts, wie ein Krebs, die Hände schützend vorgestreckt.

Unbemerkt gelangte er ans andere Ende der Hecke. Im Küchenfenster waren die Köpfe der LBC zu erkennen. Sie lachten, tranken und rauchten. Doch als Egg sich schon fast in Sicherheit wähnte, wurde die Einfahrt von hellem Licht geflutet. Er hatte den Bewegungsmelder ausgelöst. Einen sehr sensiblen Bewegungsmelder, denn Burts Familie kaufte keinen minderwertigen Schrott. Egg versteinerte und starrte entsetzt Richtung Küchenfenster. Hoffentlich würden die Typen denken, es wäre bloß ein Stadtfuchs auf einem nächtlichen Beutezug – aber heute hatte er einfach kein Glück: Im Fenster erschienen mehrere alkoholisierte Gesichter. Ohne groß über die Konsequenzen nachzudenken, schmiss Egg sich in die Hecke und versuchte, quer durch das Gestrüpp zu kriechen. Dicht verschlungene Äste kratzten ihm über Gesicht und Kleidung. Als er hörte, wie sich drüben die Haustür öffnete, trat er verzweifelt mit den Beinen aus. Doch er kam kaum voran.

»Nee, da war irgendwer«, lallte George. »Hab's genau gesehen. Drüben beim Lambo.«

Egg wusste, dass seine Füße noch deutlich sichtbar aus der Hecke ragten. Panisch grub er sich tiefer ins Dickicht.

»Du bist so blau, Mann!«, erwiderte Burt mit ebenso unsicherer Stimme. »Du hast schon Hallus!«

»Pssst!«, zischte George. »Hast du das gehört? Da drüben!«

Egg zwängte, quetschte und kämpfte sich durch die Hecke, bis sein Kopf und seine Schultern auf der anderen Seite aus den Blättern brachen. Mit letzter Kraft befreite er sich von dem Grünzeug und landete wenig elegant in der benachbarten Einfahrt. Er duckte sich auf den Boden und lauschte. Jetzt bloß nicht zu laut atmen.

»Muss ein Fuchs gewesen sein«, sagte Burt schließlich und die beiden Typen gingen wieder ins Haus.

Egg stieß ein tiefes Seufzen aus, blieb noch eine Weile in der Einfahrt hocken und versuchte, das volle Ausmaß seiner Demütigung zu begreifen. Dann stand er auf, aktivierte dabei natürlich den Bewegungsmelder der Nachbarn, sprintete bis zur nächsten Ecke und trat den über drei Kilometer weiten Marsch nach Hause an. Um 3:30 Uhr erreichte er endlich die rettende Haustür.

Kaum hatte er die Tür geöffnet, ging im Flur das Licht an und seine Mum versperrte ihm den Weg. Sie verschränkte die Arme und blickte auf ihn herab, flackernde Wut in den Augen.

»Egg! Wo zum Teufel warst du? Und warum sind deine ganzen Sachen zerfetzt?«

Egg schwieg.

Nun trat auch sein Vater aus dem Wohnzimmer und betrachtete ihn mit müdem, sorgenvollem Gesicht. »Egg …« Sein erschrockener Blick richtete sich auf einen Punkt knapp über Eggs Augen. »Mein Gott, was ist mit deinen Augenbrauen passiert?«

Egg fasste sich an die Stirn, tastete seine Haut ab – und bekam Panik. Er schob seine Eltern beiseite, rannte die Treppe hoch ins Bad und sah in den Spiegel.

Seine Augenbrauen waren weg. Einfach weg.

* * *

Egg – 6. April

Ich konnte die ganze Nacht nicht schlafen. Dadurch hatte ich viel Zeit, mir zu überlegen, was ich jetzt sagen und machen soll. Heute Morgen war dann Familiensitzung. Mum hat mir befohlen, die Band zu verlassen. Ich habe ihr erklärt, dass ich mir die Augenbrauen selbst abrasiert habe. Sie wusste, dass das gelogen ist, aber das war mir egal. Gestern war eine Katastrophe, aber soll ich deswegen aus der Band aussteigen? Nein. Das will George doch nur. Ist doch alles halb so wild! Dann laufe ich eben zwei Wochen mit einer Mütze rum, bis meine Augenbrauen wieder nachgewachsen sind. Hauptsache, es ist was los. Auch wenn ich manchmal dachte, dass das alles nur ein Albtraum sein kann. Ich hatte eine wichtige Erkenntnis: Es gibt zwei Möglichkeiten – aufgeben oder kämpfen. Ich werde kämpfen.

5. Song

Demo

Tea zog den aufgebogenen Kleiderhaken aus der Tasche und lehnte sich gegen den Wagen, schob den Draht durch die Lücke zwischen Tür und Fensterscheibe und versuchte, den Riegel aufzuhebeln. Ein paar Sekunden später hörte er ein Klicken. Nach einem schnellen Blick über die Schulter stieg er ein und schloss die Zündung kurz. Der Motor erwachte röhrend zum Leben. Tea lächelte, legte den Gang ein und fuhr die paar Kilometer zu Burts Haus, äußerst angetan von seiner cleveren Idee.

Ihm war ein Rätsel, wieso Burt sich das Geld für die Band nicht einfach von Mummy und Daddy borgte. Die hatten eine riesige Villa und sicher Millionen auf der Bank. Die würden es nicht mal merken, wenn ein paar Tausender abhandenkämen. Und Tea hatte keine Lust mehr auf Flohmärkte und tagelanges Autowaschen. Es war erniedrigend, den Dreck von den Autos anderer Leute zu kratzen. Außerdem hatten sie bisher nur 79 Pfund eingenommen – um ihr Demotape in den berühmten Londoner Dean Studios aufzunehmen, benötigten sie mehr als das Zehnfache. Tea hatte angezweifelt, dass sie überhaupt ein Demo brauchten, aber Burt war der Meinung, dass sie ohne Demo kein Plattenlabel zu ihren Gigs locken konnten, und ohne Label kein Millionenvertrag. Tea hatte sich entschieden, die Sache zu beschleunigen.

Er bog in Burts Einfahrt ein und bremste, ließ den röchelnden Motor laufen und stieg aus.

»Das sind vierhundert Pfund«, murmelte er fröhlich, während er das Auto umrundete und die Karosserie streichelte. »Mindestens.«

In der Tür der Villa tauchte Burt auf. »Was ist das?« Er deutete auf den Wagen.

Burt trug das haarsträubendste Outfit, das Tea je gesehen hatte. »Was hast du da für ein Ding an?«, fragte er mit einem Stirnrunzeln. *»Ein bauchfreies Top?«*

»Hab mich hinten im Garten gesonnt«, sagte Burt.

»In Damenunterwäsche.«

»Das ist keine Damenunterwäsche. Das ist eine Dolce-&-Gabbana-Jeansshorts mit Designer-Einschusslöchern. Und das Shirt ist von Louis Vuitton«, versuchte Burt sich zu rechtfertigen. »Lenk nicht ab. Was zur Hölle ist das?«

»Das …«, sagte Tea, lächelte stolz und tätschelte das Autodach, »… ist Musik.«

Burt kam die Marmorstufen herunter, legte den Kopf schief und betrachtete den Wagen verwirrt, während Tea bestürzt auf die Füße seines Bandkollegen starrte.

»Und was ist *das*?«, fragte Tea.

»Das wirst du ja wohl wissen. Das sind Flipflops.«

»Ja, aber was haben die Teile an deinen Füßen zu suchen? Mann, schwuler geht's doch nicht!«

Burt ignorierte Tea. »Was soll das heißen – *das ist Musik*?«

»Ich verkauf die Karre und das Geld nehmen wir für das Demo.« Tea machte eine Pause. »Deswegen ist es Musik.«

»Und woher hast du den Wagen?«

»Von einem Kumpel.«

Tea war zu langsam, um ihn aufzuhalten – Burt flitzte über die Schottereinfahrt und hechtete sich durch die offene Autotür, krabbelte halb über die Mittelkonsole, klappte das Handschuhfach auf und durchwühlte die Hefte, Mappen und losen Papiere. Tea konnte ihm nur erschrocken zusehen.

»Von D. I. Ramsey?«, rief Burt und hielt die Papiere hoch, die er gesucht hatte.

»Genau, Mrs Ramsey!«, improvisierte Tea kurz entschlossen. »Das ist eine Freundin von mir. Ist sehr cool drauf!«

»Und wie ist ihr Vorname?«

Tea war völlig konfus. »Dora?«, platzte er heraus.

Burt legte die Fahrzeugpapiere zurück ins Handschuhfach, stieg aus und knallte die Tür zu. »Dora. So heißt doch deine Mom?« Er rückte Tea unangenehm dicht auf die Pelle. »Du hast den Wagen geklaut, was?«

»Na und? Dann hab ich ihn eben geklaut! Wir brauchen das Demo! Und Dora kommt auch mal ohne Auto klar.«

»Du bringst es sofort zurück!«

»Vergiss es!«, rief Tea. »Wozu hab ich mir denn die ganze Mühe gemacht? Scheiße, seit wann bist du hier eigentlich der Boss?«

»Bring's zurück, oder du bist raus aus der Band.«

Burt trat einen weiteren Schritt vor. Der intensive Geruch eines Eau de Cologne stieg Tea in die Nase. Aber er wich nicht zurück, sondern hielt dem Blick seines Bandleaders stand.

»Das ist mein voller Ernst«, sagte Burt. »Wenn du den Wagen nicht sofort zurückbringst, bist du raus.«

Tea brach den Blickkontakt als Erster. Er atmete langsam aus und nickte. »Okay. Aber du denkst dir einen Plan aus, wie wir Geld ranschaffen. Autowaschen ist nicht mehr.« Damit drehte er sich um, stieg ein und bretterte so schnell aus der Einfahrt, dass der Schotter nur so hochgeschleudert wurde.

Auf der Rückfahrt zu seinem Viertel hielt Tea sich streng ans Tempolimit, aber innerlich raste er vor Zorn. Die Band bedeutete ihm alles. Woher nahm Burt sich das Recht, ihm mit dem Rausschmiss zu drohen? Das würde er noch bereuen.

Nach fünf Minuten stummer Wut erreichte er die Einfahrt der schäbigen Siedlung. Er rollte die Einbahnstraße entlang und wich den unzähligen Schlaglöchern aus. Zu beiden Seiten erhoben sich sechsstöckige Backsteinwohnblöcke aus den Fünfzigerjahren, die jedes Sonnenlicht verschluckten. Als Tea sah, dass Onkel Frank an seiner Lieblingsecke lehnte und einen Joint rauchte, duckte er sich schnell, aber es war schon zu spät.

Tea liebte und respektierte seinen Onkel. Frank war der große Problemlöser des Viertels, auch Tea und seiner Mum hatte er schon öfter aus der Patsche geholfen. Vor Kurzem erst war in ihre winzige Wohnung eingebrochen worden – die Diebe hatten alles mitgenommen, was noch irgendetwas wert war. Tea war sofort zu Onkel Frank gegangen. Zuerst war Frank ausgerastet, dann hatte er einen einzigen Anruf getätigt. Eine halbe Stunde später hatte die gesamte Beute vor Franks Tür gelegen.

Als Onkel Frank in die Mitte der Straße trat und die Hand hob, stieg Tea auf die Bremse. Frankie the Hat trug seine üblichen Klamotten: einen schwarzen, knielangen Ledermantel, ein glänzendes schwarzes Hemd und Cowboystiefel aus Fake-Krokodilleder. Unter dem schmalen Filzhut, Frankies Markenzeichen, quollen lange geölte Strähnen hervor. Frank schob sich auf den Beifahrersitz.

»Halt den verdammten Rand und fahr zur Garage.«

Tea gehorchte. Eine Minute später hielt er vor Frankies vollgespraytem Garagentor.

Frank zündete den Joint wieder an und reichte ihn herüber. »Hast also mal eine kleine Spritztour gemacht, Michael?«

Tea sagte nichts.

»Soll ich Dora von deinem neuen Schlitten erzählen? Was die wohl dazu sagen würde?« Er drückte Teas Knie, bis Tea vor Schmerz wimmerte. »Was denkst du? Würde sie sich *freuen*?«

»Du hast selber Autos geklaut, Onkel Frank. Das weiß ich. Alle wissen das. Und das war noch das Harmloseste.«

Franks schwarze Augen musterten Tea abschätzig. »Aber ich will nicht, dass du später mal dasselbe Scheißleben hast wie ich, Junge.« Tea erwiderte seinen ernsten Blick. »Und das sieht deine Mum genauso. Das ist so sicher wie das verfluchte Amen in der Kirche.«

Tea ließ den Kopf hängen. »Aber ich brauche Geld, Frank. Ich hab Mum gefragt, aber sie hat nichts. Also hab ich mir was überlegt. Ich dachte, du wärst stolz auf mich.«

»Stolz? Ich soll stolz sein, dass du auf dem besten Weg bist, zu deinem verschissenen Loserdaddy zu werden?«, zischte Onkel Frank. Als Tea sich eingeschüchtert in den Sitz drückte, dämpfte er die Stimme. »Hör mal. Ich will nicht, dass du später in der gleichen Scheiße landest wie ich und dein Alter. Dass du dich nie sicher fühlen kannst. Ich freue mich, dass du jetzt in einer Band spielst. Du sollst mal ein gutes, anständiges Leben führen. Du sollst raus aus diesem Drecksloch.« Er deutete aus dem Fenster.

»Es ging nicht anders, Onkel Frank. Wir brauchen die Asche für unser Demo. Alles läuft so gut. Wir hatten zwei Gigs drüben bei Burt, und wir werden jedes Mal besser. Die Leute feiern uns wie Götter. Aber jetzt müssen wir den nächsten Schritt machen.«

Frank griff in seinen Ledermantel und zog eine dicke Rolle Scheine heraus. »Wie viel braucht ihr?«

Tea schüttelte den Kopf. »Ich kann dein Geld nicht nehmen.«

»Warum nicht? Ist ja nicht so, dass ich's mit harter Arbeit verdient hätte. Entweder investiere ich's in die Kunst oder in ein halbes Kilo Koks. Deine Entscheidung.«

»Aber dann übernimmst du wenigstens den Wagen?«

»Nee, lass mal. Ich sag dir, was ich mache: Ich fahre die Kiste genau dorthin, wo du sie herhast, und lasse sie stehen. Du hast leider einen unverkäuflichen Wagen geklaut.«

»Hä? Wieso?«

»Sag ich dir nicht. Aber eins ist sicher: Sollte ich versuchen, die Karre zu verscherbeln, lande ich im Knast.«

»Warum? Sag schon!«

»Weil es ein Bullenschlitten ist, Michael. Ein verdammtes Zivilfahrzeug!« Frank lachte schnaubend, ehe er sich wieder zusammenriss und seinem fassungslosen Neffen ins Gesicht sah.

»Oh Gott«, stöhnte Tea leise. »Ich bin genauso bescheuert wie mein Dad.«

»Sag das nie wieder.« Frank zog Tea in seine Arme. Sein herber Mundgeruch schlug Tea entgegen. »Du bist noch viel, viel bescheuerter als dein Alter. Dein Alter hätte nie im Leben eine Beamtenkutsche geklaut.«

Tea grinste. Sein Onkel gluckste. Bald schüttelten sich beide vor Lachen.

* * *

Burt – 9. April

Seit dem ersten Gig bin ich umzingelt von Groupies. Die Frauen laufen mir hinterher wie sexsüchtige Vollpsychos, die seit Wochen keinen Typen mehr hatten. Schon nach meinem ersten Hammerauftritt hätte ich geschworen, dass Bex sofort mit mir heiße Liebe machen will. Wir waren so gut, dass wir Sonntagabend gleich noch mal ranmussten. Die Leute haben mir aus der Hand gefressen. Aber fuck, was geht mit Bex ab? Alle anderen lechzen danach, aber Bex nicht? Warum nicht? Ich hatte meine stylishsten Klamotten an. Vielleicht ist sie einfach geistesgestört? #ZeitfüreineCheckliste

1. Ich bin der bestaussehende Typ der Schule.
2. Ich bin in einer Rockband
   (und genau das wollte sie doch).
3. Ich habe einen Wahnsinnsgig hingelegt
   und alle haben mich geliebt.

Letzte Woche habe ich mich mal länger mit Ego-Egg über seinen üblen Klamottengeschmack unterhalten. Wenn ich ins Studio gehe, um unser allererstes Demo aufzunehmen, kann ich keinen Typen dabeihaben, der wie eine Kreuzung aus Goth und Übernerd aussieht. Schon klar, er schreibt die Songs und so, aber der Honk zieht uns alle runter. Ich habe tausend Bücher über Bands gelesen und alle Fernsehdokus gesehen. Demokratische Bands funktionieren nicht, und wer soll denn sonst der Boss sein?

Regel Nr. 1: Eine Band braucht ein Image.
Regel Nr. 2: Wir sollten uns dasselbe Image wie die Desert Kings zulegen, die sind ja gerade total in.

Aber dann ist die Sache nach hinten losgegangen. Bex hat gesagt, sie geht mit Egg shoppen und ich soll nicht mitkommen, »weil wir uns ohne dich wohler fühlen«. Keine Ahnung, was das heißen soll, aber das hat sie gesagt. Jetzt muss ich nur noch Tea dazu kriegen, sich von seinem affigen Rapper-Style zu verabschieden und endlich ordentliche Schuhe anzuziehen. Und enge Jeans. Aber das wird schwierig.

Und das mit dem Demotape macht mir auch richtig Stress. Wir brauchen Geld. Die Jungs wollen, dass ich meine Eltern anhaue, aber das können sie vergessen. Das mach ich nicht.

* * *

Burt sperrte die Haustür auf, warf wie immer einen prüfenden Blick in den Flurspiegel und ging in die Küche. Millie stand vor den acht leeren Kochfeldern des Gasherds. Als sie die Ofentür öffnete, beschlugen die Gläser ihrer roten Plastikbrille.

»Coole Brille«, sagte Burt und warf die Autoschlüssel auf den Tisch.

Millie drehte sich um und lächelte. »Danke. Die blaue ist leider bei einem tragischen Vorfall umgekommen. Ein Springseil, ein Fußball … du verstehst schon. War zu zehn Prozent meine Schuld und zu neunzig Prozent Stellas.«

Burt grinste. »Was gibt's zum Abendessen?«

»Schinken-Tagliatelle vom Feinkostladen. Holst du mal zwei Teller?«

»Klar. Gibt's was Neues von den Eltern?«

»Mum hat gesagt, wenn sie's schafft, kommt sie in ein paar Wochen für zwei, drei Tage nach Hause«, antwortete Millie, ohne sich umzudrehen. »Ach ja, ich hab deinen Geldbeutel gefunden.«

»Ja? Wo?«

»Drüben auf dem Wohnzimmertisch. War nicht zu übersehen. Außer man ist ein Vollhonk.«

»Vollhonk?« Burt runzelte die Stirn. »Woher hast du das?«

»Von dir!« Millie schnappte sich die Topflappen. »Und ich habe Linda ihr Geld gegeben. Ich hatte es exakt berechnet, aber sie hat gesagt, du schuldest ihr noch mehr. War ein bisschen komisch.«

Burt hüstelte. »Sie hat schon recht. Aber keine Sorge, ich bring das in Ordnung.«

»Ich weiß, dass du sie fürs Jointdrehen bezahlst. Ich bin doch nicht blöd.« Millie servierte ihrem Bruder einen Teller Pasta und setzte sich zu ihm an den Esstisch.

Burt war inzwischen rot angelaufen. »Woher weißt du das?«

»Hab ich auf deinem Laptop gelesen.«

»Was?«, sagte Burt und verschluckte sich an den Nudeln.

»Wenn du deinen Laptop immer offen rumstehen lässt …«

»Mills, das ist total intimes Zeug!« Burt rang um Worte. »Das ist viel zu erwachsen für dich! Wann kapierst du das bloß endlich?«

Millie zuckte mit den Schultern, wickelte eine Ladung Bandnudeln um ihre Gabel und ließ sie wieder auf den Teller gleiten. »Ihr braucht Geld für euer Demo, oder? Und ihr braucht das Demo *ganz dringend*?« Statt Burts Antwort abzuwarten, stand sie auf, schleifte einen Stuhl vor die Küchenschränke und kletterte auf die Sitzfläche. Auf den Zehenspitzen konnte sie gerade so das oberste Regalbrett erreichen – und eine kleine Keksdose herausnehmen. Millie sprang auf den Boden und ging zurück zum Tisch. »Hier«, sagte sie und gab ihrem Bruder die bunte Dose. »Für dich.«

Fast hätte Burt gelacht. Doch als er die Dose öffnete, erstickte er beinahe an seinen halb zerkauten Nudeln. »Um Himmels willen, woher hast du so viel Geld?«

»Hab ich gespart! Das ist mein Taschengeld«, erklärte Millie. »Zwanzig Pfund pro Woche, und das über zwei Jahre … und ich habe immer mal wieder was zurückgelegt. Müssten um die siebenhundert Pfund sein.«

»Du kriegst nur zwanzig Pfund in der Woche?«

»Ja. Ich bin neun.«

»Aber ich kann dein Geld nicht annehmen, Mills. Das geht nicht.«

»Natürlich geht das. Was soll ich denn damit? Es gibt grad sowieso kein neues Star-Wars-Lego. Ich *will*, dass du es nimmst. Für euer Demo.«

Lange Zeit sah Burt seine Schwester schweigend an. »In Ordnung«, sagte er dann. »Aber wenn wir berühmt sind, kriegst du das Zehnfache zurück.«

»Abgemacht!«

* * *

Egg – 12. April

Morgen gehen Bex und ich shoppen. Nur wir zwei. Warum kann nicht jetzt schon morgen sein? Ich hoffe nur, dass Burt nicht plötzlich auftaucht und Bex vollsabbert wie so ein Lustmolch. Das macht er dauernd, und er muss doch merken, wie sehr es sie nervt. Wieso kapiert er das nicht? Bex interessiert sich nicht für Geld, gutes Aussehen und anderes oberflächliches Zeug.

* * *

»Das Gute ist, dass man jedes Image komplett umkrempeln kann. Das lässt sich alles regeln. Dein Topfschnitt, deine Brille, deine Pickel, deine komischen Totengräberklamotten … es gibt für alles eine Lösung«, erklärte Bex ihm, als sie die Oxford Street hinuntergingen. »Wir könnten sogar deine roten Haare färben, aber die finde ich gut.«

»Was spricht denn dagegen, Schwarz zu tragen?«

»Gar nichts. Ein bisschen Schwarz geht immer. Aber bitte mit Stil!«, rief Bex und stürmte den ersten Laden.

Egg musste sich in einer vollkommen neuen Realität zurechtfinden: Er war mit Bex zusammen, aber nicht bei einer Probe, sondern am Wochenende, auf Shoppingtour. Wieder und wieder fragte er sich, ob das alles bloß ein aufwendig inszenierter Scherz war. Vielleicht wartete an der U-Bahn Oxford Circus schon eine Menschenmenge, die in schallendes Gelächter ausbrechen und mit dem Finger auf ihn zeigen würde, sobald er auftauchte? Und George würde schreien: »Du bist drauf reingefallen! Du dachtest, Bex will was von dir!« Aber nein, es war kein Scherz. Egg vertraute Bex. Und solange seine Nerven mitmachten, konnte er heute endlich richtig mit ihr reden. Er konnte sie besser kennenlernen, eine echte Verbindung herstellen. In den vielen Stunden, die Bex der Band beim Proben zugesehen hatte, hatte sie immer einen absolut aufrichtigen Eindruck gemacht. Sie war genau so, wie Egg es sich erträumt hatte, als er sie vom anderen Ende der Mensa aus beobachtet hatte. Es war kaum zu glauben, dass er plötzlich neben ihr lief und nur zur Seite blicken musste, um sie anzusehen. Er liebte ihr volles, duftendes Haar und ihre leuchtenden grünen Augen, und wann immer er ihr entspanntes Lächeln sah, nahm die Hitze in seinen Wangen ein wenig ab.

Bex sauste durch den Laden, wühlte sich durch die Klamotten an den Ständern und stieß gelegentlich ein leises *Ts, ts* aus. Ab und zu nahm sie ein Kleidungsstück in die Hand, um es genauer zu inspizieren.

»Was hältst du davon?« Sie hielt ihm ein Jeanshemd hin.

Egg nickte. »Wenn's zu dem Image passt, das Burt sich vorstellt …« Er sah sich in dem kühlen, düsteren Geschäft um. Es roch irgendwie seltsam. Egg fühlte sich wie ein Außerirdischer. Er hatte extra seine coolsten Klamotten angezogen, aber das wollte nicht viel heißen.

»Tut es«, meinte Bex. »Aber du machst das doch nicht für

Burt oder die Band, sondern für dich selbst! Wer weiß, vielleicht macht es dich ja glücklich, wenn du besser aussiehst – und darum geht's im Leben doch.«

Sie wuselte zwischen zwei Ständer mit dunkler Kleidung.

»Wirklich? Ich dachte immer, es geht um was anderes. Ums Heiraten und Kinderkriegen und so«, meinte Egg, während Bex sich immer mehr Klamotten auf den Arm lud.

Sie wirbelte herum. »Mann, Egg! Wir sind fünfzehn! Mit fünfzehn muss man seinen Spaß haben und sonst nichts! Kinder kannst du mit dreißig immer noch kriegen. Gott, du bist ja schon ein alter Mann!« Bex ließ ein freches Lächeln aufblitzen. »Okay. Ab in die Umkleidekabine mit dir!«

Sie marschierte los.

Vor den Umkleiden hielt ein vollständig durchgestylter Sicherheitsmann Wache. Er hatte eine zurückgegelte Haartolle, eine Menge Tätowierungen und eine außerordentlich versnobte Art, fand jedenfalls Egg. Nachdem er die Kleidungsstücke durchgezählt hatte, reichte er Bex eine Plastikkarte mit der Nummer 8 und zwinkerte ihr aufdringlich zu. Bex ignorierte ihn und lief in den Tunnel.

Als Egg ihr folgte, musterte ihn der Typ von Kopf bis Fuß, schüttelte den Kopf, machte einen übertriebenen Kussmund und zischte geräuschvoll. Während Egg nach und nach begriff, dass der Kerl ihn gerade beleidigt hatte, drehte Bex sich auf dem Absatz um und marschierte mit schnellen Schritten zurück.

Dicht vor dem Sicherheitsmann blieb sie stehen und starrte ihm mit strenger, entschlossener Miene ins Gesicht. »Hast du grad mit den Lippen gezischt?«, fauchte sie, jedes Wort wie ein Peitschenhieb.

»Nein.« Der tätowierte Typ rutschte peinlich berührt auf seinem Hocker herum.

»Das will ich auch hoffen! Das steht dir nämlich nicht. Du solltest dir mal ein paar Manieren zulegen!«

Egg sah zu, wie der Kerl unter dem Zorn von Bex in sich zusammensackte. Schließlich drehte sie sich um und schritt den Tunnel hinab. Egg hastete hinterher.

»Gut«, sagte sie und deutete auf eine Umkleidekabine. »Rein mit dir!«

»Okay.« Egg schob sich in die Kabine.

Bex folgte ihm.

»Was machst du da?«, japste Egg.

»Ich will deinen Schwanz sehen«, erwiderte sie ernst. »Was denn sonst?«

Egg lief feuerrot an. »Ach so. Ich … äh …«

Bex schüttelte den Kopf. »War ein Witz. Ich will wissen, ob dir der Kram steht.« Sie kehrte ihm den Rücken zu und starrte in die Ecke der Kabine. »Okay so? Ich drehe mich erst um, wenn du fertig bist.«

Eine Zeit lang glotzte Egg bloß auf ihren Rücken und schwieg. »Hast du dem Typen gesagt, er soll nicht mit den Lippen zischen, weil er ein Weißer ist?«, flüsterte er. »Das ist doch so ein Schwarzending?«

»Quatsch! Der Typ kann machen, was er will. Ich hab ihm bloß erklärt, dass es ihm nicht steht. Mein Dad ist Jamaikaner. Wenn der mit den Lippen zischt, weiß jeder, wie er's meint. Aber wenn der Idiot mit den Lippen zischt, hört es sich an, als würde er ein Bonbon lutschen.«

»Ich dachte, deine Familie kommt aus Südamerika?«

»Meine Mum ist aus Argentinien.«

»Und warum siehst du dann fast nur argentinisch aus? Und kaum schwarz?«

»Mann, Egg! Ich habe keine Ahnung! Hat sich halt so ergeben. Wen interessiert das schon? Zieh dich aus, wir haben nicht ewig Zeit!«

Egg wurde noch röter. Zögerlich knöpfte er sich das Hemd auf. »Aber ich bin unglaublich käsig«, warnte er sie.

»Ist doch gut. Ich meine, ich kann dich eh nicht sehen, aber blass gefällt mir.«

»Aber das ist wirklich kein schöner Anblick.«

»Warum musst du dich dauernd schlecht machen? Das ist doch alles scheißegal. Wegen mir kannst du schneeweiße Haut haben. Du bist ein unglaublicher Typ und ein genialer Songwriter. Warum machst du dir immer so einen Kopf? Übrigens hatte ich nicht vor, dieses Gespräch in der Ecke einer siffigen Umkleidekabine zu führen.«

Egg lächelte unsicher. »Warum tust du das alles für mich?«

»Weil mir diese ganzen *Ich bin so geil*-Kerle auf den Zeiger gehen. Wieso glaubt der Typ da draußen, er kann dich einfach so verarschen? Nur weil du anders bist?« Sie machte eine Pause. »Hör mal, Egg. Ich weiß, wie die Kerle mich ansehen, dass sie auf mich stehen und so weiter, und klar könnte ich es wie tausend andere Mädchen machen und lauter krankes Zeug abziehen. Aber ich nutze meine Macht lieber, um der Menschheit zu helfen … oder eben der Eggheit.« Sie lachte.

Egg musste auch lachen. Dann zwängte er sich endlich in die enge Jeans und streifte sich ein weißes Shirt mit Rundhalsausschnitt über. »Bin so weit.«

Als Bex ihn ansah, drehte er sich unbeholfen um die eigene Achse.

Egg glaubte fast, in ihren Augen ein überraschtes Funkeln zu beobachten.

»Wow. Nicht schlecht, Egg. Ich muss schon sagen, so machst du richtig was her.«

Wieder schoss ihm die Hitze in die Wangen.

Bex lächelte. »Alles klar, probier den Rest an. Das Zeug nehmen wir auf jeden Fall mit.«

»Aber ich kann mir nicht mal das Shirt leisten«, erwiderte Egg, während er die beeindruckenden Preisschilder studierte.

»Kein Problem.« Bex zog eine Scheckkarte aus der Gesäßtasche, hielt sie hoch und grinste schelmisch. »Ich regle das schon.«

»Nein. Du kannst doch nicht für mich zahlen.«

»Aber Burt vielleicht schon?« Sie schob ihm die Karte unter die Nase.

Egg entzifferte den Namen auf der Karte: James Burt Windsor. Seine Augenbrauen wanderten nach oben. Aber statt Bex' Lächeln zu erwidern, schnitt er eine Grimasse. »Woher hast du die?«

»Weißt du, für mich ist es jetzt nicht sooooo schwer, an Burt ranzukommen.«

Egg lächelte verbittert. »Verstehe. Aber woher weißt du seine Geheimzahl?«

»Sein Geburtstag. Erst der Tag, dann der Monat. Das hat er der ganzen Gang erzählt, als wir letzten Sommer bei der Hohen Bank rumgehangen haben. Ich glaube, das sollte uns irgendwie beeindrucken. Frag mich nicht, warum.«

Als sie insgesamt drei Shirts, zwei Jeans und zwei Paar Schuhe ausgesucht hatten, schleifte Bex Egg noch zum Friseur, um die Verwandlung zu vollenden. Danach spazierten sie zu zweit durch Soho zu einem kleinen Park, setzten sich in die Sonne und unterhielten sich. Noch am vorigen Abend hätte Egg sich nicht träumen lassen, dass er sich in Bex' Gegenwart jemals wirklich entspannen könnte. Bex erklärte ihm alles – wie er seine Haut pflegen sollte, welche Bands sie mochte … Es war der schönste Tag seines Lebens.

Um sieben Uhr schlenderten sie zum Trafalgar Square und nahmen den Bus zurück in den Londoner Süden.

»Ich bring dich noch nach Hause«, meinte Bex, als sie aus der Nummer 53 ausstiegen.

»Läuft das nicht normalerweise andersherum?«, fragte Egg.

»Wer muss hier um acht zu Hause sein, Eggy? Ich oder du?«

Sie ließen sich Zeit. Plaudernd und lachend gingen sie durch die grünen Vorstadtstraßen, und erst um drei vor acht standen sie vor dem kleinen Reihenhaus, in dem Egg wohnte.

Bex beugte sich zu ihm. »Ich will deine Mum kennenlernen«, flüsterte sie. »Muss ja ein echter Drachen sein …« Egg wollte sie noch aufhalten, doch Bex huschte schon die Treppe hinauf und klingelte.

Carol, Eggs Mutter, öffnete die Tür. Sie trug ein braunes, sackartiges Kleid und plüschige Rentierhausschuhe – Egg wollte im Boden versinken.

Missbilligend musterte Carol das fremde Mädchen, ehe ihr zorniger Blick ihren Sohn ins Visier nahm.

Doch Bex ließ sich nicht zurückschrecken. »Hallo, Mrs Poacher. Ich bin Bex.« Sie streckte die Hand aus.

Egg stand wie angewurzelt da und stierte auf den Boden.

»Komm rein, Edward. Du bist spät dran.« Bex' Hand übersah Carol einfach, doch ihren Sohn begutachtete sie umso aufmerksamer. »Du meine Güte, was hast du da bloß an?«

»Wir haben ihm ein paar neue Klamotten besorgt, Mrs Poacher. Sieht er nicht toll aus?«, antwortete Bex freundlich. Dann studierte sie ihre ausgestreckte Hand, als würde sie sich fragen, wo das Problem lag.

»Ich geh dann mal lieber rein. Bis bald.« Egg schlurfte an Bex vorbei ins Haus.

Wie ein menschliches Sicherheitstor schob sich seine Mum zur Seite, um ihn einzulassen, und baute sich sofort wieder in der Tür auf. »Du solltest dich was schämen!«, zischte sie Bex an.

Bex' Augen verengten sich. »Wieso? Was habe ich …«

»Was hast du mit meinem Sohn zu schaffen? Ist das ein Scherz? Hast du das mit deinen feinen Kumpels ausgeheckt?«

Egg wäre am liebsten hier und jetzt gestorben.

»Ich habe keine Ahnung, wovon Sie reden«, erwiderte Bex.

»Mädchen wie du interessieren sich nicht für Jungs wie meinen Sohn! Bevor er mit dieser Band angefangen hat, war Edward ein braver Junge. Er hat immer auf mich gehört. Und wie konntet ihr ihm nur die Augenbrauen abrasieren! Das grenzt an Körperverletzung!«

»Damit hatte ich nichts zu tun. Egg ist ein Freund von mir. Ich bin froh, dass ich ihn kennenlernen durfte.«

Carol runzelte die Stirn, als könnte sie Bex nicht ganz folgen, nickte ruckartig und schloss die Tür.

* * *

Egg – 14. April

Ich bin ein emotionales Jo-Jo. Auf der einen Seite war es unfassbar schön, den ganzen Samstag mit Bex zu verbringen, auf der anderen Seite treibt mich Mum in den Wahnsinn. In solchen Momenten setze ich mich immer ans Klavier oder schnappe mir meine Gitarre. Ich habe einen neuen Song geschrieben: *Shop Till You Drop*. Der Text – keine Ahnung, wie ich auf den Quatsch gekommen bin. Aber ich finde, der Song hat was. Muss ihn bald der Band vorspielen.

* * *

SHOP TILL YOU DROP

1. Strophe

Shop till you drop you can't stop,
where you gonna go in your next stop baby?
Heaven won't help, hell won't let you in.
Stop it, block it, lock it keep it safe away,
well you won't last one single day.
Heaven won't help, hell won't let you in

Bridge

I can see for miles and miles.
Can you? I don't think you do.

Refrain

I can see for miles and miles and miles
and miles and miles
Forever you, forever me, forever young, forever free

* * *

Tea – 14. April

Onkel Frank hat einen Riesen für das Demo springen lassen, aber für das Studio, das wir wollten, hat es trotzdem nicht gereicht. Blörg hat Egg und Clipper gesagt, dass sie ihre Eltern anhauen sollen. Egg meinte, dass seine Alten sehr pleite sind und warum Blörg nicht mal seine Eltern anhaut, die sind ja Millionäre. Blörg fand das nicht fair. Das läuft nicht, meinte er, er nimmt nichts von seinen Eltern.

Und am nächsten Tag erzählt Blörg uns plötzlich, seine Eltern hätten ihm siebenhundert gegeben, bar auf die Kralle, und da konnte er wohl doch nicht Nein sagen. Was für ein Loser. Was war das neulich, als er mich blöd angemacht und gedroht hat, mich aus der Band zu schmeißen? Das verzeihe ich ihm nicht so schnell.

* * *

»Der Gesang ist zu leise«, stellte Burt fest, als die RockAteers zum ersten Mal den Tracks lauschten, die sie eingespielt hatten. Sie saßen auf einem Ledersofa an der hinteren Seite des Raums, auf dem problemlos sechzehn Personen Platz gefunden hätten, gegenüber einem langen, ausladenden Mischpult und einer Reihe Bildschirme. Als sie vorhin reingekommen waren, hatte Clipper gemeint, er komme sich vor wie in einem Raumschiff. Durch das dicke Doppelglasfenster hinter den Schiebereglern, beleuchteten Drehknöpfen und sonstigen Schaltern und Knöpfen war der riesige Aufnahmeraum zu erkennen. »Da drinnen beginnt die Revolution«, hatte Burt am Anfang gesagt, aber das sah der Tontechniker etwas anders.

Fünf Tage am Stück, zehn Stunden am Tag. So viel Zeit hatten die RockAteers schon in den Londoner Dean Street Studios verbracht. Es waren die anstrengendsten Schulferien ihres Lebens. Besonders Egg stand gewaltig unter Druck. Tagsüber schuftete er wie ein Besessener, um das Demotape zu perfektionieren, nachts überarbeitete er alles noch einmal. Die Band hatte sich für drei Songs entschieden: *Love And War*, ein mitreißender, anspruchsvoller Track, den Egg über Bex geschrieben hatte; *Bet On You*, ein mitreißender, anspruchsvoller Track, den Egg über Bex geschrieben hatte; und *Satellites*, ein mitreißender, anspruchsvoller Track, den Egg über Bex geschrieben hatte.

Toby, der Tontechniker, wandte sich an den unzufriedenen Leadsänger. »Es ist ganz normal, dass man sich selbst lauter haben will. Aber für den Mix ist es nicht unbedingt optimal.«

In den beengten, dämmrigen Kellerräumen hatte sich die Band von Anfang an fehl am Platz gefühlt – und auf Dauer gab die Kombination aus Lagerkoller, Schlafmangel und Burts ständigem hysterischem Gerede jedem den Rest. Auch Toby.

»Wer hätte das gedacht?«, sagte Tea. »Großkotz-Blörg findet sich zu leise.«

Das brachte Clipper zum Lachen.

Burt fand es weniger lustig. »Ich habe im Netz recherchiert«, entgegnete er hochmütig. »Die Hörer nehmen vor allem den Gesang wahr – zu achtzig Prozent! Ich bin kein Großkotz. Ich will nur, dass wir Erfolg haben.«

»Und was für ein Großkotz du bist«, erwiderte Tea. »Du kotzt mich an wie kein anderer.«

Toby hob die Hände. »Jungs! Euer Gekabbel hält uns nur auf. Das ist unproduktiv.«

Die RockAteers verstummten.

Doch als es fünf Minuten später erneut losging, war Tobys Grenze überschritten. »Ich sag euch was, Jungs – am besten lasst ihr mich einfach machen. Das geht schneller.«

»Kommt«, meinte Egg und stand auf, »Toby hat recht. Schnappen wir mal ein bisschen frische Luft.«

Egg, der während des Abmischens nicht von Tobys Seite gewichen war, war im Stillen bereits sehr zufrieden mit den Ergebnissen. So in etwa hatte er sich die Songs tatsächlich vorgestellt. Er hatte sich lange mit jedem einzelnen Bandmitglied beschäftigt, um das Beste aus seinen Kollegen herauszukitzeln, und das hörte man auch. Für *Satellites*, den ersten Song, den er den anderen vorgespielt hatte, hatte er besonders viel Lob eingeheimst.

»Für so einen Song würden die meisten Bands ihre Großmütter verkaufen«, hatte Toby gesagt. »Wenn das kein Hit wird, weiß ich auch nicht.«

Auch der Studiomanagerin Lucy gefielen die Songs.

Und Ollie, der Tonassistent, fragte alle halbe Stunde: »Tee oder Kaffee? Oder braucht ihr was vom Supermarkt?«

Egg war es unangenehm, dass Ollie der Band jeden Wunsch von den Augen ablas, doch Burt gewöhnte sich rasch daran, und bald wurde Ollie zum Leibsklaven des Leadsängers. Am dritten Tag schlug Egg ihm vor, sich mal ein bisschen zurückzuhalten.

»Was denn?«, antwortete Burt. »Wir müssen doch was für unser Geld kriegen.«

Egg schüttelte den Kopf und gab es auf. »Wie hast du deine Eltern eigentlich dazu gebracht, dir das Geld für das Studio zu geben?«, erkundigte er sich stattdessen.

»Ich hab ihnen versprochen, mein GCSE zu bestehen.«

Egg fehlten die Worte. Es war absolut ausgeschlossen, dass Burt die Abschlussprüfungen bestehen würde – aber nach allem, was er gehört hatte, würden es seine Eltern ohnehin nicht mitkriegen. Oder sich groß dafür interessieren.

* * *

Clipper – 17. April

Ich habe Dad die Rohversionen unserer Tracks vorgespielt und er fand sie toll. Bei *Bet On You* ist er richtig durchgedreht. Er meinte, »die doppelbödige Metaphorik der Lyrics ist allererste Sahne«, und dass die aufwendige Produktion super zu den Songs passt. Er hat geredet wie ein Adliger oder ein Professor. Ich glaube, er vermisst die Musikindustrie. Als er jung war, ist er ja als DJ rumgereist. Ich freue mich schon darauf, Egg zu erzählen, dass mein Dad seinen Song voll doppelbödig findet.

Ich glaube, die Songs geben meinem Dad sogar mehr als meine Leistungen auf dem Fußballplatz. Oder will ich das nur glauben? Er hat mir tausend Geschichten von früher erzählt, als er noch ein junger Hüpfer war und Northern-Soul-Clubnächte veranstaltet hat. Wir haben uns ewig lange unterhalten, Dad hatte richtig Spaß. Er ist stolz auf mich, und zwar nicht, weil ich gut Fußball spiele, sondern wegen etwas anderem. Das ist neu. Und er hat gesagt, solange mich die Band nicht aufhält, wenn ich in ein paar Monaten zum Charlton FC gehe, steht er voll und ganz hinter mir.

Aber ich mache mir Sorgen. Vielleicht muss ich mich

irgendwann zwischen Fußball und Musik entscheiden. Ich glaube, ich weiß schon, wie ich mich entscheiden würde. Ich habe seit Monaten kein FIFA mehr gespielt, und ich sehe überhaupt keinen Sinn darin, für mein GCSE zu lernen. Ich bin nicht so der intellektuelle Typ.

Morgen werde ich sechzehn und mit sechzehn kann einem niemand mehr in sein Leben reinreden. Bald muss ich Charlton Athletic wegen der Jugendmannschaft Bescheid geben. Mein Dad weiß alles über Fußball, deshalb hat er mich bisher nicht in großen Jugendmannschaften spielen lassen. Das war sehr korrekt von ihm. Er ist komplett fußballverrückt, aber er wollte, dass ich vorher auch noch ein bisschen was anderes mitkriege. Und dann ist er auch noch so ein großer Charlton-Fan! Er denkt, ich könnte mich in null Komma nichts in die U18-A-Mannschaft spielen, obwohl ich erst sechzehn werde. Ich will ihn auf keinen Fall enttäuschen, er freut sich doch so auf alles. Außerdem gibt es noch ein paar andere Sachen, über die ich ganz gern mit ihm reden würde, aber das würde er wohl nicht verstehen.

* * *

Am letzten Tag der Aufnahmen traf Bex in den Dean Street Studios ein. Von ihrer linken Schulter baumelte eine professionelle Fototasche, mit der rechten Hand zog sie einen riesigen Lederkoffer. Zehn Minuten später hatte sie alle Studioangestellten verzaubert. Die älteren Damen, die für das Organisatorische zuständig waren, waren hingerissen, die männlichen Produzenten und Tontechniker hin und weg.

Burt versuchte von Anfang an, Bex anzumachen – und Egg sah genüsslich zu, wie sie den Leadsänger ein ums andere Mal abblitzen ließ. Darin hatte sie inzwischen viel Übung. Mit Tea und Clipper verstand sie sich wunderbar, doch Burt konnte ihr einfach nichts recht machen. In Gedanken kürte Egg sie zum inoffiziellen fünften Mitglied der RockAteers. Niemand hatte etwas dagegen, dass Bex immer mit dabei war. Nicht mal Burt, so sehr sie ihn auch quälte.

»Ich hab meine Kamera mitgebracht, Jungs!«, verkündete sie, als die Band eine Pause einlegte.

»Und wozu?«, nölte Burt. Er knabberte noch an dem bösen Spruch, mit dem Bex seine letzten Annäherungsversuche abgewehrt hatte.

»Ich dachte, ich mache ein paar Bandfotos. Wenn ihr schon ein Demo aufnehmt, wollt ihr die Songs doch sicher auch ins Netz stellen. Und dann wollen die Leute auch was sehen!«

»Danke, aber dafür haben wir schon jemanden engagiert«, erwiderte Burt.

»Von wegen, Lord Blörg«, sagte Tea und wandte sich an Bex. »Das ist eine Hammeridee, Süße. Was kriegst du dafür?«

Egg wurde langsam nervös, doch Bex grinste ihn an. »Ich habe eine halbe Tonne Klamotten rangeschafft. Die könnt ihr mal anprobieren.« Sie klopfte auf den Koffer. »Ihr müsst aussehen, als wärt ihr alle in derselben Band. Außerdem habe ich was für die Haare dabei, und ein bisschen Foundation, damit eure Gesichter nicht so glänzen.«

»Sorry, aber ich werde ganz sicher kein *Make-up auflegen*!«, fauchte Burt.

Bex verdrehte die Augen. »Wie du meinst, Burt. Dann glänzt du auf den Fotos eben wie eine Fettschwarte. Du bist es ja gewöhnt, unangenehm aufzufallen.«

Burt betrachtete sie entgeistert.

»Ich habe schon mit Lucy gesprochen. Ihr könnt euch in Studio 3 umziehen«, sagte Bex und schob Clipper den monströsen Lederkoffer hin.

»Und woher hast du die Klamotten?«, fragte Clipper.

»Von meinem Bruder geliehen. Der studiert Mode.«

Clipper riss die Augen auf. »Echt? Wow. Das wusste ich gar nicht. Okay, und was für einen Style genau stellst du dir so für uns vor?«

Bex wurde nachdenklich. »Ich denke, ihr könnt euch ruhig an Burt orientieren. Ihr braucht einen unverwechselbaren, aber nicht zu abgehobenen Look, und wenn wir euch alle ungefähr wie Burt hinkriegen, müsste ein einigermaßen einheitliches Image herauskommen. Im Koffer findet ihr hoffentlich alles, was ihr braucht.«

»Kapiert ihr's jetzt?«, knurrte Burt. »Wie oft habe ich euch gesagt, dass ihr die Sache mit dem Image ernst nehmen müsst und ihr einfach meinen Style übernehmen solltet? Alles Loser hier!«

Tea stand auf und schüttelte den Kopf. »Sorry, Burt, aber hörst du dich eigentlich selber reden? Arschloch.« Er verschwand Richtung Studio 3.

Burt winkte ihm mit dem ausgestreckten Mittelfinger. Dann standen auch er, Clipper und Egg auf.

»Egg?«, sagte Bex. »Kann ich kurz mit dir reden?«

»Was willst du jetzt schon wieder von dem Typen?«, fragte Burt.

»Das geht dich wirklich überhaupt nichts an, Burt. Sei nicht so ein verdammter Kontrollfreak.«

Burt blickte von Bex zu Egg und wieder zurück, ehe er sich schließlich auf den Flur zurückzog.

»Wie geht's mit deiner Mum?«, fragte Bex, als sie unter sich waren.

Egg zuckte mit den Schultern. »Ganz okay. Sie hasst die Band wie die Pest, aber solange meine Schulnoten in Ordnung sind ...« Eine Pause. »Ich bin halt ihr einziges Kind, und sie will, dass ich mal im Orchester spiele oder so. Sie wollte immer, dass ich später was Kreatives mache, und mit dem Rockkram vergeude ich nur mein phänomenales Talent. Findet sie.« Er grinste verschämt.

»Weißt du, was ich toll fände?«, sagte Bex. »Wenn du mir mal länger als fünf Sekunden in die Augen schauen könntest. Du hast nämlich wirklich schöne Augen.«

Schnell blickte Egg zu Boden. Er wurde rot.

»Im Koffer ist eine weiße Plastiktüte mit Klamotten. Die sind für dich. Okay?«

»Was ist da drin? Ein Frack?«

Bex kicherte.

Da verschwand Eggs Lächeln. Er sah Bex fest in die Augen. »Bex ... ich wollte dich fragen, ob du vielleicht ... also nur wenn du sowieso nichts anderes vorhast ... ob wir vielleicht ...«

»Schleck! Wo bleibst du, du Pissfresse?« Burt lehnte sich in die Tür und musterte ihn entnervt. »Wir wollen hier ein Shooting durchziehen und du trägst immer noch die abstoßendsten Klamotten in ganz Europa!«

Egg stand auf und schleppte sich aus dem Zimmer.

6. Song
Kontakte knüpfen

Egg – 21. April
Warum muss ich eigentlich die ganze Arbeit allein machen? Ich habe mir die komplette Nacht um die Ohren gehauen, um die Twitter-, Facebook- und YouTube-Accounts der RockAteers einzurichten. Außerdem dachte ich, Mum würde sich mal ein bisschen beruhigen, wenn ich in den neuesten Probeklausuren nur Einser nach Hause bringe, aber jetzt meint sie plötzlich, ich müsse erst beweisen, dass ich genauso viel für die richtigen Prüfungen lerne, bevor ich wieder zur Band darf. Die anderen Jungs haben es gut, die sind schon sechzehn. Es ist zum Kotzen, der Jüngste in der Jahrgangsstufe zu sein. Wäre ich schon sechzehn, könnte ich auch tun und lassen, was ich will.

Auf Mums Uraltcomputer dauert es ewig und drei Tage, die Songs hochzuladen. Ich hätte zu Burt gehen sollen, der hat einen eigenen Computerraum. Aber im Moment ertrage ich Burt einfach nicht mehr. Die Tage im Studio

waren eine wahre Tortur. Erst dort habe ich das volle Ausmaß seiner Selbstüberschätzung begriffen. Doch die Songs klingen genial, von daher ist nicht alles schlecht. Und am letzten Tag ist Bex vorbeigekommen und hat uns sehr gelobt. Sie meinte, dass wir garantiert weltberühmt werden und dass unsere Songs viel cooler und amerikanischer rüberkommen als gedacht – was vermutlich heißen sollte, dass wir auch in den USA den Durchbruch schaffen können. Burt hat wieder an ihr geklebt wie eine Klette, und auf einmal kam mir ein schrecklicher Verdacht: Vielleicht gefällt ihr das sogar? Vielleicht ist das alles irgendein Spielchen?
Aber ich darf nicht zu lange darüber nachdenken, sonst werde ich noch wahnsinnig.

Lucy, die Managerin der Dean Street Studios, hat gesagt, wir seien die außergewöhnlichste junge Band, die sie je erlebt hat, und wir hätten schon ein paar Klassesongs in der Tasche. Sie hat die Streicher selbst vorgeschlagen, das Streichquartett engagiert und auch noch bezahlt. Ich hatte noch nie ein Streicherarrangement geschrieben, das war eine tolle Erfahrung (hoffentlich klingt es einigermaßen). Toby, der Tontechniker, meinte, er würde jederzeit wieder mit uns zusammenarbeiten. Muss ich jetzt ein schlechtes Gewissen haben, weil mir Toby sympathischer ist als meine eigenen Bandkollegen? Außer Clipper. Clip ist der Beste.

Ich war haarscharf davor, Bex nach einem Date zu fragen, aber dann ist Burt reingeplatzt und hat alles vermasselt. Wo wir schon mal in Soho waren, hat Bex gleich ein paar

Bandfotos mit der großen Digitalkamera ihres Dads geknipst. Sie hatte mir ein Outfit ausgesucht – sah sogar ganz okay aus, denke ich. Und als Location hatte sie schon eine sehr coole, sehr heruntergekommene Ecke hinten in einer Gasse gefunden. Burt meinte immer wieder, dass er vorn oder in der Mitte stehen sollte, und Bex hat ihm jedes Mal erklärt, dass sie hier die Fotografin ist und er sich gefälligst an ihre Anweisungen zu halten hat. Ich, Tea und Clipper haben uns super amüsiert. Auch weil Bex einen tiefen Ausschnitt hatte und sich ständig weeeiiit vorgebeugt hat. Sie ist unglaublich sexy. Und die Fotos sind wirklich exzellent geworden, sehr individuell und cool. Eins muss man Burt lassen – er hat Tea seinen Schlabberlook ausgeredet und ihn dazu gebracht, sich wie ein Rock 'n' Roller anzuziehen. Dadurch sehen wir aus wie eine richtige Band, wie die Desert Kings auf Speed oder so, und auf Facebook usw. kommen die Fotos auch gut. Jetzt muss ich nur noch warten, bis die verdammten Songs hochgeladen sind. Aber dabei höre ich sie mir immer wieder an. Immer und immer wieder.

Tea – 21. April

Burt hat der Band seinen absurden Klamottengeschmack aufgezwungen. Kein Sechzehnjähriger zieht sich freiwillig Lederschuhe an. Keiner. Und dabei hat er dauernd von einer Band namens Desert Kings gelabert. Aber das passt zu ihm – ich habe die Band gegoogelt, und die Desert Kings sehen aus wie die reinste Schwulettenkapelle. Ich glaube, der Leadsänger trägt Mädchenleggings.

Enge Jeans sind schon schlimm genug, aber die Teile sehen aus wie aufgemalt. Wie Bodypainting. Aber fuck, ich habe keine Lust mehr, mich deswegen stressen zu lassen. Ist doch scheißegal. Ich gebe auf. Hast gewonnen, Burt. Und ich geb's zu, den Ladys gefällt mein neuer Look sogar. Außerdem haut das Demo volle Kanne rein, das geht also in Ordnung. Weiß nicht, wie oft ich mir *Bet On You* jetzt schon reingezogen habe, eine Million Mal vielleicht?

Bex hat einen Haufen Fotos gemacht, fürs Internet. Scheiße, hat die einen Körper. Als hätten Jennifer Lopez, Jessica Alba und Beyoncé eine scharfe Tochter bekommen. Davon abgesehen ist sie das coolste Mädchen, das mir bisher über den Weg gelaufen ist.

* * *

Burt – 22. April

Es war ein Fehler, Egg die Facebook-Seite machen zu lassen. Der Junge ist halt einfach zu blöd. Als Profilfoto hat er das einzige Bild genommen, auf dem ich vollkommen panne aussehe. Außerdem weiß doch jeder, dass der Leadsänger ganz vorn stehen muss. Was will der Typ eigentlich?

Und warum macht Bex mit? Sie hat darauf bestanden, dass keiner von uns im Mittelpunkt stehen darf.

Aber die Songs sind Mörder und meine Stimme rockt. Das hätte ich mir fast nicht zugetraut. Auf Facebook haben wir schon 4 500 Likes und auf Twitter noch mehr – wie krank ist das denn? Und seit ich ein paar Jungs in der

Schule davon erzählt habe, schreien alle »RockAteers«, wenn ich vorbeikomme, als wären wir jetzt schon Stars. Gestern hat Crazel mir auf dem Gang *Satellites* vorgesungen, den ganzen Song, von Anfang bis Ende. Sie behauptet, dass wir uns schon seit der Grundschule kennen. Ihre Titten sind sehr groß, aber nicht halb so hübsch geformt wie die von Bex. Crazel hat gesagt, sie ist unser »Überfan«. Irgendwie beängstigend, was? Die Frau ist total verrückt nach mir.
Bex hat mir noch nie gesagt, dass sie unsere Musik gut findet. Also nicht persönlich. Noch nie. Aber Egg lobt sie in den Himmel. Scheiß drauf, ich kann jedes heiße Teil an der Schule haben (konnte ich vorher auch schon, aber egal).
Nur blöd, dass ich trotzdem dauernd an Bex denke. Nicht dass ich auf den Egg-Idioten eifersüchtig wäre, aber vielleicht probiere ich es einfach mal mit seiner Masche, total bescheiden und so. Vielleicht gefalle ich ihr dann besser. Mein atemberaubendes Aussehen, mein cooler Style, mein Monsterschwanz und Eggs Langweilercharakter – vielleicht ist das die Kombi, die Bex schwach macht. Man kann es ja mal versuchen!

Hab heute einen Gig an Land gezogen. Ist ein Battle of the Bands und wenn wir gewinnen, gibt's Kohle. In einem Monat ist es so weit. Da können wir sicher auch ein paar CDs verticken.

* * *

Soziale Netzwerke waren Billy Viscontis große Spezialität. Sein Job brachte es mit sich, dass er die Hälfte seiner Arbeitszeit auf Talentsuche durch das Internet surfte und Tausende Onlinefreunde hatte, die er meist nie zu Gesicht bekam. All das fand Billy nicht weiter ungewöhnlich – aber er schätzte seine Beliebtheit im Netz realistisch ein. Nur wegen seines Jobs und seines direkten Drahts zu Sir Wilson Cloom wollte ihn der halbe Cyberspace kennenlernen. Im Gegensatz zur Generation seines Chefs fühlte er sich in der virtuellen Welt pudelwohl. Wer nicht mit der Zeit ging, war dem Untergang geweiht. Billy konnte es kaum erwarten, dass die alte Managergarde der Musikindustrie in Rente ging.

Billy hatte Mittel und Wege, herauszufinden, was die Jugend momentan besonders interessierte. Eigens entwickelte Computerprogramme machten ihn auf Themen aufmerksam, die sich gerade zu heißen Onlinetrends entwickelten. Schon als Praktikant war Billy an einer YouTube-Sensation namens Justin Bieber dran gewesen – doch dann durfte er ihn nicht unter Vertrag nehmen, weil Wilson den Hype als Strohfeuer abgetan hatte. Das würde Billy nicht noch einmal passieren. In Zukunft würde er sofort zuschlagen. Notfalls müsste er seinem Boss eben deutlicher sagen, wo es langging.

Aber es hatte auch seine Vorteile, dass Bieber ihm durch die Lappen gegangen war. Als der Teeniestar auf einmal Millionen Platten absetzte, hatte Wilson seinen jungen Angestellten befördert – das war seine Art, seinen Fehler einzugestehen. Mit dem Karrieresprung war Billys Ehrgeiz noch weiter gewachsen.

Alle seine Scouts, alle seine Verbündeten auf Facebook waren informiert: Eine jüngere, britische Version der Desert Kings war gefragt. Doch bisher war Billy nicht fündig geworden, und allmählich wurde er nervös. Wilsons Geduld war begrenzt. Noch hatte er sich nicht allzu deutlich nach Billys Fortschritten erkundigt, aber lange konnte die Schonfrist nicht mehr währen.

Morgen für Morgen checkte Billy die Top Ten der Internet-Acts ohne Plattenvertrag. Bislang war dabei nichts, aber auch gar nichts herausgesprungen, doch Billy ließ sich nicht entmutigen, und als er sich eines schönen Nachmittags nach Ostern an den Schreibtisch setzte und die Top Ten aufrief, geschah das Wunder. Die Nummer acht sah den Desert Kings zum Verwechseln ähnlich – nur in jünger. Leise las er sich den Bandnamen vor: »The RockAteers.« Er klickte das kleine Profilfoto an und betete zu Gott, dass ihn kein Ohrenkrebssound erwartete. Auf der Seite der RockAteers schob er den Mauszeiger über den Musikplayer.

»Aussehen: 1+, Musik …?«, murmelte er seinen Bildschirm an. Dann klickte er auf den ersten Song, *Bet On You*, und lehnte sich zurück. Schon beim ersten Refrain grinste er zufrieden. Als die Zeilen zum dritten Mal wiederholt wurden, hatte sich das gesamte Büro um seinen Tisch geschart und lauschte andächtig.

* * *

Egg – 11. Mai

Bin grad von unserem ersten richtigen Konzert auf einer richtigen Bühne zurückgekommen. Es war purer Wahnsinn. Ich muss unbedingt festhalten, was passiert ist, und zwar am besten sofort: Burt hatte schon die ganze Woche RockAteers-Flyer verteilt. Er war überzeugt, dass jedes

Teeniemädchen im ganzen Land kommen würde. Bex wollte natürlich auch kommen. Seit sie sich mehr um mich kümmert, behandelt Burt mich noch arschlochmäßiger. Zuerst meinte Bex, dass wir vor dem Gig noch mal shoppen gehen sollten, aber dann konnte sie nicht, weil sie eine Sonderschicht beim Taxiunternehmen ihres Dads übernehmen musste. Sie arbeitet da als Disponentin, was so viel bedeutet wie: Sie sagt den Fahrern, wohin sie müssen. Klingt nach einem wichtigen Job.

Die Klamotten, die Bex und ich letztes Mal gekauft hatten, waren schon völlig abgetragen, aber Burt meinte, er kann mir was leihen. Es war ein beeindruckendes Erlebnis – Burts begehbarer Schrank ist größer als mein Zimmer. Doch als ich die vielen Klamotten gesehen habe, wusste ich gleich gar nicht mehr, was ich anziehen soll. Deshalb habe ich mich von Burt beraten lassen, und das war echt nicht schlecht. Diesmal war seine Schwester nicht da. Findet er es nicht seltsam, ganz allein in dem riesigen Haus zu sein? Meine Eltern gehen mir oft genug auf die Nerven, aber ich glaube, allein zu leben wäre auch nicht besser.

In den letzten Wochen sind unsere Seiten auf Facebook usw. explodiert. Hunderte Likes am Tag und der Zähler, der die Klicks unserer Lyrics-Videos auf YouTube anzeigt, steht kaum noch still. Zwei von drei Songs wurden schon über 10 000 Mal abgespielt. Burt sagt, dass er überall Links postet, was Tea aber für Bullshit hält.
Eines finde ich interessant: Wir haben drei Songs ins

Netz gestellt; *Love and War* liegt mit 8 178 Aufrufen auf Platz drei, *Satellites* mit 10 984 Aufrufen auf Platz zwei und *Bet On You* mit 11 400 Aufrufen auf Platz eins. Heißt das jetzt, *Bet On You* ist der beste Song? Mir gefällt *Satellites* nämlich besser.

Clippers Dad hat unser Equipment mit seinem Transporter zum Club gefahren. Das war das erste Mal, dass ich ihn gesehen habe. Clipper und er haben ein sehr gutes Verhältnis, sie haben pausenlos rumgealbert. Clippers Dad musste uns mit der Ausrüstung vor der Tür absetzen, weil Burt absolut dagegen war, dass Eltern zum Konzert kommen. Darüber haben wir eine längere Grundsatzdiskussion geführt – mein Dad wollte sehr gern kommen, Clippers Eltern auch, aber Burt hat wie immer seinen Willen durchgedrückt. Tea hat gar nichts dazu gesagt. Weiß nicht, ob seine Eltern gekommen wären. Eigentlich weiß ich nicht mal, ob er Eltern hat. Jetzt, wo ich drüber nachdenke ... er kann immer wegbleiben, solange er will. Und wo wohnt er überhaupt?

Als wir den ganzen Kram in den Club geschafft hatten, kam der Promoter an, ein total aufgestylter Typ, und erzählte uns, dass wir als Nächste mit dem Soundcheck dran sind, dass alle Bands »eine gemeinsame Backline« haben und dass er extra »1-A-Monitore« gemietet hat, damit wir »uns auch hören«. Die Jungs schauten ihn nur blöd an, von daher musste ich ihnen erst mal die Fachbegriffe erklären. Danach meinte Burt, dass wir die Amps und das Schlagzeug dann ja hätten zu Hause lassen können, wenn das alles zur Backline gehört. Und Tea fragte Burt, wieso er kein Wort über die Backline gesagt hatte, denn dann hätte Clippers Dad uns nicht kutschieren müssen. Der Soundcheck lief dann aber ziemlich glatt. Der Tontechniker war mir zwar ein bisschen zu ungeduldig und unfreundlich, aber am Sound war nichts auszusetzen. Einlass war erst um 19:30 Uhr, wir mussten also noch viel Zeit totschlagen. Wir standen draußen, redeten und blödelten rum. Ich hielt nach Bex Ausschau, falls sie früher kommen würde, kam sie aber nicht. Um 20:30 Uhr tauchten dann immer mehr Leute auf und Burt machte sich an die Arbeit.

Er quatschte ein Grüppchen nach dem anderen zu, als wäre er vollkommen entspannt, während ich schon vollkommen fertig war. Sein cooles Getue hat mich ein bisschen eifersüchtig gemacht, genau wie sein Aussehen. Doch ich habe eine Theorie entwickelt: Burt sieht so gut aus, dass er schon wieder anti-gut aussieht. Denn wenn man zu gut aussieht, verkehrt sich das gute Aussehen ins Gegenteil und man ist nur noch widerlich. Kann natürlich sein, dass ich der Einzige bin, der das so sieht. Aber ich hoffe, Bex sieht es ähnlich.

Clip war deutlich besser beieinander als letztes Mal. Er ist nur drei Mal auf die Toilette gerannt. In den Club passten maximal fünfhundert Leute. Als die erste Band auf die Bühne kam, war er ungefähr halb voll. Die Band hieß Microscope, und ihre einzige Gemeinsamkeit mit unserer Band war, dass sie aus vier Mitgliedern bestand. Aus vier Lockenköpfen in hautengen Gummioveralls, um genau zu

sein. Tea schätzte sie auf Mitte zwanzig, und ich denke, 1985 wäre ihr Sound noch in Ordnung gegangen. Der Sänger war unglaublich klein. Clipper hat ihm gleich einen Spitznamen verliehen: Strumpfhosennapoleon, worüber Tea und ich uns halb totlachten. Die Typen hatten noch keine Note gespielt, da wuselte der Strumpfhosennapoleon schon über die Bühne und schrie in die Menge, dass er ihre »Hände sehen« will und dass sie bitte schön alle mitklatschen sollen.
Und als Microscopes erster schrecklicher Song anfing, brüllte er das Publikum schon wieder an: »Mitsingen! Wir wurden aus Walhalla auf die Erde geschickt, um euch zu rocken!« Dann beugte er sich über den Bühnenrand und legte die Hand ans Ohr. Aber die Leute reagierten nicht, und das machte ihn wütend.
»Wollt ihr rocken, oder was?«, kreischte er und streckte das Mikro ins Publikum. Nur ein Typ brüllte »Ja!« und das war wahrscheinlich ein Kumpel der Band, denn der Typ trug den gleichen Gummioverall und hopste von Anfang an rum wie ein geistesgestörter Floh, während sich die restlichen Leute einfach weiter unterhielten.
»Was ist, ihr lahmarschigen Wichsfressen? Wollt ihr ROOOOOAAARRCKEN?« Da wurde es still. Der Strumpfhosennapoleon hatte die Leute endlich auf sich aufmerksam gemacht. Sofort schmiss er sich in eine pathetische Rockpose und die Band bretterte wieder los.
Schwer zu sagen, ob der zweite Song selbst geschrieben war oder nicht. Der Strumpfhosennapoleon sprang herum wie blöd und brüllte dabei irgendwas. Mit »singen« hatte das wirklich nichts mehr zu tun. Obwohl er sich ein ninja-

mäßiges Kopftuch umgebunden hatte, flog ihm seine Achtzigerjahre-Metalfrisur so wild um die Ohren, dass nur noch seine Knollennase rausschaute. Schon nach zwei Songs war die Band schweißgebadet. Ich werde gar nicht erst versuchen, ihren Sound näher zu beschreiben, aber »nicht gut« fasst es wahrscheinlich am besten zusammen. Beim dritten Song bin ich dann raus.

Ich habe es nicht mehr ausgehalten. Als ich fünf Minuten später wieder reinkam, war die Bühne menschenleer. Clipper erzählte mir, sie hätten die Typen von der Bühne geholt, weil immer mehr Leute gegangen waren und der Rest den Strumpfhosennapoleon mit leeren Bierdosen bombardiert hatte.

»Warum heißt Microscope Microscope?«, fragte Tea mich und Clipper. Wir zuckten mit den Schultern. Und Tea sagte: »Weil man eins braucht, um den Leadsänger zu sehen.« Ein sehr blöder Witz, aber Clipper und ich machten uns vor Lachen fast in die Hose. Dann kam Burt rüber, grinste uns selbstgefällig an und erzählte, was der gestylte Promoter ihm erzählt hatte: Microscope war nicht nur geflogen, weil sie nichts konnten, sondern auch, weil sie laut Vertrag fünfzig Gäste anschleppen sollten, aber nur einen einzigen Typen mitgebracht hatten. Aber mit uns wäre der Promoter sehr zufrieden, denn wir hätten jetzt schon 166 Leute angelockt. Das steigerte meine Todesangst noch weiter.

Als Nächstes musste eine Band namens Free Booze ran, die alle den gleichen Topfschnitt hatten und alle den gleichen Schlabberlook trugen, genau wie der Promoter übrigens. Sie spielten ein paar Songs von den Desert Kings. Ich will es mal so sagen: An sich waren sie grausam, aber im Vergleich zu Microscope eine Offenbarung. Nach Free Booze waren wir dran.

Als ich mein Equipment einstellte, zitterten mir die Hände. Meine Finger waren schweißnass. Ich gab mir große Mühe, bloß nicht auf die vielen Gesichter zu schauen, die uns von der Tanzfläche aus anglotzten. Es waren Hunderte. Als meine Effektgeräte aufgebaut waren, blickte ich mich nach den anderen um. Sie waren alle fertig mit den Nerven. Burt kam nicht mit seiner Ausrüstung klar. Er starrte mich an, verzog das Gesicht und winkte mich rüber. Ich stöpselte sein Zeug ein, ging wieder an meinen Platz und hielt den Atem an. Irgendwann sah ich Clipper an und nickte. Er knallte seine Sticks viermal gegeneinander. Es ging los. Als Erstes stand *Love And War* auf der Setlist. Am Anfang gingen ein paar Noten daneben, aber wir zogen es irgendwie durch, und am Ende des Songs applaudierten die Leute stürmisch. Da ging es mir schon etwas besser, meine Nerven beruhigten sich ein bisschen. Beim zweiten und dritten Song kamen wir allmählich in Fahrt. Das Publikum schien gut mitzugehen und obwohl die anderen ab und zu eine Stelle vermasselten, spielten wir sehr ordentlich. Burt sang klar und kraftvoll, Clipper spielte ziemlich präzise. Er tendiert immer noch dazu, im Lauf eines Songs zu beschleunigen, aber es hielt sich im Rahmen. Gegen Ende des dritten Songs konnte ich mich fast schon entspannen und als Burt dann ins Mikro murmelte und eine unserer schnelleren Nummern ankündigte, waren wir endgültig im Flow.

Bei der Hälfte des Songs riskierte ich einen ersten Blick ins Publikum. Der ganze Club hüpfte! Ich konnte es nicht fassen! Und als ich rüberschaute, sah ich, dass Burt und Tea am Headbangen waren. Sie schleuderten sich gegenseitig ihr langes Haar ins Gesicht. Ich hätte so gern mitgemacht und auch mal alles rausgelassen, aber ich brachte es nicht über mich. Trotzdem war es wirklich faszinierend, die beiden zu beobachten, vor allem, wenn man bedachte, wie sie sich normalerweise anzickten. Ich fragte mich, woran mich ihre Showeinlage erinnerte, und da fiel es mir auch schon ein: an die Rockband Status Quo, ein Klassiker. Die haben auf der Bühne auch immer so einen Gitarrentanz aufgeführt.

Es war ein genialer Moment ... aber auf einmal flog uns alles um die Ohren. Burt holte zu einem so übertriebenen Kopfschüttler aus, dass sich seine Haare in Teas Saiten verfingen – und darauf folgte die unglaublichste Szene, die ich je gesehen habe: Während Burt verzweifelt herumtorkelte, um sich irgendwie loszureißen, spielte Tea, der natürlich sah, dass Burt festhing, einfach weiter seinen Bass. Er spielte die Saiten und Burts Haare.

Ich weiß, »the show must go on« und so, aber in dieser Situation hätte Tea vielleicht doch lieber eine Pause einlegen sollen. Er musste doch mitkriegen, was mit Burt los war. Schließlich hörte ich auf zu spielen, und Clipper auch. Wir beide und alle anderen starrten nur noch auf das haarige Chaos. Über fünfhundert Menschen in einem engen Raum, aber es war so still, dass man jeden Pieps hörte. Deswegen wirkte es irgendwie noch unpassender, als Burt plötzlich brüllte: »Geh weg von mir, du Arschmade!«

Jetzt hörte Tea endlich auf zu spielen. Er versuchte Burt nach hinten zu stoßen, wodurch er ihm natürlich erst recht an den Haaren riss. Burt brüllte und schlug um sich und als seine Faust in Teas Gesicht landete, japste der ganze Saal. Tea war super wütend. Er funktionierte seinen E-Bass zum Knüppel um und donnerte das Ding gegen Burts Kopf und Burt kippte irgendwie schräg nach hinten um und riss Tea mit. Plötzlich lagen sie beide auf dem Boden, ein einziges Gewühl aus Haaren und rudernden Armen.

Da fingen die Leute an zu lachen. Und wie sie lachten. Sie waren absolut hysterisch. Damals kam es mir vor, als hätten Burt und Tea stundenlang miteinander gerungen, aber es kann nur ein paar Sekunden gedauert haben. Dann fummelte Tea seinen Gitarrengurt auf, sodass Burt in Ruhe seine Haare aus den Saiten zupfen konnte.

Die beiden rappelten sich auf und starrten in die johlende Menge wie Zirkusclowns, einerseits wütend und beleidigt und andererseits todunglücklich. Irgendwann legte sich das Gelächter. Es wurde still. Tea und Burt stierten sich zornig an. Da klatschte und stampfte das Publikum wieder, jaulte und pfiff und rastete völlig aus. Ein paar Leute hielten immer noch ihre Handys hoch. Die hatten den Tumult wahrscheinlich gefilmt.

Und auf einmal veränderte sich Burts Gesichtsausdruck. Sein belämmertes, kindisches Schmollen verwandelte sich in ein vergnügtes Strahlen. Er warf die Arme in die Luft und trat an den Bühnenrand wie ein triumphierender Boxer, schenkte der Menge sein charmantes Lächeln und legte die hohle Hand ans Ohr wie der Strumpfhosennapoleon, um den Leuten zu signalisieren, dass sie ihm noch zu leise waren.

Die Menge betete ihn an, alles brüllte um die Wette, und ich staunte nicht schlecht. Das war verdammt mutig von Burt. Das war reinster Wahnsinn. Dann ging er zu Tea, der immer noch vor Wut kochte, und riss Teas Arm nach oben wie ein Ringrichter am Ende des Kampfs. Und das Publikum jubelte! Burt hob seine Gitarre auf und schlang sich den Gurt um den Hals, winkte uns zu und schlug die ersten Akkorde von *Satellites* an. War das sein Ernst? Sollten wir etwa weitermachen? Anscheinend ja. Burt hielt sich an den Aufruf des großen Freddie Mercury wie nie ein Mensch zuvor – *the show must go on*. Damit war es offiziell: Burt ist der übergeschnappteste Typ auf Erden!

Insgesamt hatten wir 211 Leute zu dem Konzert gelockt, der Eintritt kostete fünf Pfund, und hinterher gab uns der Promoter 55 Pfund. Ich erklärte Burt, dass der Typ uns ziemlich übers Ohr gehauen hatte – wir bekamen gerade mal 2,5 % des Gewinns (des Gewinns, der durch die Leute erwirtschaftet wurde, die wegen uns gekommen waren! Wenn man den Eintritt aller Gäste einrechnete, war es nicht mal 1 %). Burt fragte mich, wen ich denn eingeladen hätte. Niemanden, sagte ich, und er: Dann halt die Klappe. Und ich hielt die Klappe, obwohl ich seine Logik nicht nachvollziehen konnte. Blöderweise folgt mein Leben einem bestimmten Grundmuster: Immer wenn ich anfange, ein wenig Selbstvertrauen aufzubauen, haut es mir eins in die Fresse. Ich will nicht zu ausführlich auf meine jüngste Demütigung eingehen, das wäre zu schmerzhaft.

Aber ich habe gelobt, die Ereignisse dieses Abends festzuhalten, und das gehört leider Gottes dazu.

Nach dem Gig war ich so dumm, noch mit zu Burt zu gehen. Ich war super drauf, Bex und ich haben uns die ganze Zeit unterhalten. Später stand ich dann in der Küche, vor den ganzen anderen, die am Esstisch tranken, rauchten und redeten. Ich lachte gerade über einen Witz, den Tea erzählte, als ich auf einmal Hände an meiner Hose spürte. Und bevor ich so richtig durchblickt habe, was Sache war, hingen mir schon meine Jeans und meine Unterhose um die Knöchel, und die anderen lachten sich kaputt. Ich drehte mich um. Hinter mir standen Burt und George und gackerten wie verrückt. Ich zog mir die Hose hoch und rannte aus dem Haus. Als ich aus der Einfahrt auf die Straße sprintete, hörte ich Bex' Stimme hinter mir. Sie wollte, dass ich zurückkomme. Aber ich konnte mich nicht mal umdrehen, ich konnte sie nicht ansehen.

Ich bin einfach abgehauen.

Immer wenn ich denke, es wird besser, kommen Burt und George an und machen mich fertig. Sie haben mich vor allen anderen erniedrigt. Vor allem vor Bex, das ist am schlimmsten. Aber dadurch ist mir etwas klar geworden: Ich kann machen, was ich will, sie werden mich doch nie respektieren. Selbst wenn die Band den Durchbruch schafft – auf die eine oder andere Art werden sie mir immer wieder die Hose runterziehen. Da steige ich lieber gleich aus, bevor es noch schlimmer wird.

* * *

Von: The RockAteers
An: Justin Clipper, Burt LBC, Michael Tea Twining
Datum: 12. Mai, 09:08

Betreff: Ich bin raus

Hallo Jungs,
im Moment will ich niemanden sehen, deshalb erledige ich das lieber per Mail. Gestern Abend war endgültig zu viel. Als George und Burt mir die Augenbrauen abrasiert haben, habe ich trotzdem weitergemacht, damit die Band überlebt. Wir sind weit gekommen, was man gestern Abend auch gehört hat, denke ich. Aber ich kann mich nicht immer weiter demütigen lassen. Es wird nie aufhören und es macht mich kaputt. Deswegen habe ich beschlossen, aus den RockAteers auszutreten und mich stattdessen auf die GCSE-Prüfungen zu konzentrieren. Ich wünsche euch alles Gute. Sogar dir, Burt.
Egg

Von: Burt LBC
An: Justin Clipper, The RockAteers, Michael Tea Twining
Datum: 12. Mai, 13:32

Betreff: Re: Ich bin raus

Sei nicht so eine Memme, Egg. Heulst hier rum, weil ein paar Leute deinen winzigen Rothaarschwanz gesehen haben!

#seieinverdammterMann
Wir sehen uns morgen bei der Probe.
Keine Widerrede.

Von: Justin Clipper
An: Burt LBC, The RockAteers, Michael Tea Twining
Datum: 12. Mai, 13:39

Betreff: Re: Re: Ich bin raus

Lieber Egg,
bitte mach das nicht. Wir werden gerade erst so richtig gut und ich finde die Band einfach nur toll. Die Aktion mit der Hose war das Letzte, das können Burt und George echt nicht bringen. Aber hey, es gibt Schlimmeres. Außerdem schreibt Burt dummes Zeug – dein Schwanz ist ziemlich groß. Ich fand ihn sogar überraschend groß.
Bitte, Egg, bleib in der Band. Ich denk an dich.
Clip

Von: Michael Tea Twining
An: Burt LBC, Justin Clipper, The RockAteers
Datum: 12. Mai, 14:08

Betreff: Re: Re: Re: Ich bin raus

Shit, Clipper, wenn das nicht das schwulste Liebesgedicht aller Zeiten war. ABER: Clip hat recht, Egg. Was das

angeht, musst du dir wirklich keine Sorgen machen. Und scheiße, willst du ernsthaft wegen einem Wichsfleck wie Burt aus der Band aussteigen? Blörg, warum entschuldigst du dich nicht einfach? Warum bist du so ein Kotzbrocken?
Tea

Von: Burt LBC
An: Justin Clipper, The RockAteers, Michael Tea Twining
Datum: 12. Mai, 17:47

Betreff: Re: Re: Re: Re: Ich bin raus

Clipper: Deine sexuelle Orientierung macht mir langsam ernste Sorgen.

Tea: Geh sterben. Deine überhebliche Art widert mich an. Was bist du schon? Ein beschissener Bassist mit einem beschissenen Klamottengeschmack und einem beschissenen Namen, der in einem zugeschissenen Drecksviertel wohnt.

Egg: Wir sehen uns morgen bei der Probe, und dann vergessen wir das Ganze einfach. Alles klar?

* * *

Clipper – 13. Mai
Die Mails, die hier zwischen der Band hin und her zischen, gehen mir langsam richtig auf den Sack.

Was schreibt Burt immer so gehässiges Zeug? Entweder macht er einen von uns runter oder man wird überhaupt nicht schlau aus seinem Gefasel, wie neulich aus der Mail über Hazel. Hazel ist unser größter Fan überhaupt. Ich finde das cool, aber Burt hält sie für eine Stalkerin und nennt sie Crazel.

Ich wette, er hat sie schon besprungen, und das ärgert ihn jetzt. Selbst schuld, wenn er so gut aussieht. Aber das ist mittlerweile alles egal, weil Egg eine Mail geschickt hat – er ist raus aus der Band, er will nicht mehr mit Burt in einer Band sein und er hat keine Lust mehr, sich ständig verarschen zu lassen. Er will sich auf die Schule konzentrieren. Mann, warum musste Burt sich auch zusaufen und Egg die Hose runterziehen? Jetzt sind wir unseren Gitarristen los und unseren Songwriter gleich mit.

Den Vorfall zwischen George und mir nach dem letzten Gig hat Gott sei Dank noch keiner erwähnt. Ich hatte Angst, dass ich mir in der Schule alle möglichen Beleidigungen anhören muss, aber bisher hatte ich Glück.

Ich habe Dad immer noch nicht gesagt, dass ich nicht zu Charlton Youth gehe. FIFA habe ich auch noch nicht wieder gespielt.

* * *

Mit ausdrucksloser Miene lauschte Wilson den RockAteers. »Nicht übel!«, rief er nach den ersten paar Takten. »Und sehen auch nicht schlecht aus, die Jungs. Zumindest …« Er kniff die

Augen zusammen und betrachtete das Foto auf dem Bildschirm. »… drei von ihnen. Und noch so jung … sechzehn, siebzehn?«

»Eher noch jünger, würde ich sagen«, meinte Billy Visconti.

»Aber da muss man noch viel Arbeit reinstecken.«

»Schau dir das mal an, Boss«, sagte Billy, öffnete ein neues Tab und tippte ein Wort ein: *Haargitarre*. Augenblicklich erschien ein Link zu YouTube. Billy klickte ihn an und lehnte sich zurück.

Zufrieden sah er zu, wie sich Wilson während des zweiminütigen Clips weiter und weiter vorbeugte. Der erste Akt: Das Hauptereignis. Der zweite Akt: Die Erkenntnis. Der dritte Akt: Der musikalische Höhepunkt, als die Band endlich wieder loslegte. Es war pure Vollendung. Trotz der erbärmlichen Bildqualität und des verrauschten Tons erkannte ein Mann wie Billy sofort, dass die Jungs Gold wert waren. Sie sahen nicht nur nach Rockstars aus, sie benahmen sich auch so. Er hatte eine waschechte Rockband aufgespürt. Was wollte Wilson mehr?

»Das ist eine Sensation, Boss. Zwei Millionen Klicks in unter vierundzwanzig Stunden und der Sound passt wie die Faust aufs Auge. Ich bin mir sicher, dass die Jungs gerade in Amerika hervorragend ankommen werden.«

Wilson drehte sich zu ihm, nickte und sagte abermals: »Da muss man noch viel Arbeit reinstecken.«

»Natürlich, aber das Rezept stimmt. Glaub mir, mit den Kerlen lässt sich richtig Geld verdienen. Ich denke, *Bet On You* hat das Zeug zum Welthit. Nein, ich lege mich fest – der Song kommt in die Billboard Charts!«

Wilson lehnte sich zurück und studierte das Bandfoto.

»Okay, schau dir die Jungs mal an.« Er nickte. »Kann nicht schaden, ihnen ein bisschen Entwicklungsgeld in den Rachen zu werfen.«

Billy runzelte die Stirn. »Aber aus der Bande könnte wirklich was werden, Boss. Meiner Meinung nach sollten wir nicht lange fackeln. Nehmen wir die Jungs unter Vertrag. Im Netz gehen sie jetzt schon durch die Decke, der Leadsänger sieht unverschämt gut aus und sie schreiben brillante Songs. Außerdem haben sie sich nicht im Griff und ich muss dir doch nicht erzählen, was sich da in Sachen PR rausholen lässt. Wenn wir zu lange warten, wird die Konkurrenz hellhörig und weg sind sie.«

»Aber dieser grottenschlechte Bandname! Der muss sofort geändert werden.«

»Ja, der Name ist ein Witz. Aber weißt du was? Die Jungs sind so cool, dass man glatt damit durchkommen könnte. Vielleicht müssen wir mal neue Wege gehen. Wir geben ständig Riesensummen aus, um genau diesen amateurhaften Charme vorzutäuschen – aber echte Mund-zu-Mund-Propaganda ist immer noch die beste Grundlage für eine PR-Kampagne. Sicher, normalerweise würde ich die Jungs sofort nach Vertragsschluss zu einem neuen Namen überreden, aber ich denke, in diesem Fall sollten wir uns tatsächlich vornehm zurückhalten.« Wilsons kritischer Blick bereitete Billy Sorgen. »Nicht dass unsere bisherigen Acts keine Mund-zu-Mund-Propaganda generieren könnten«, beschwichtigte er schnell. »Es ist nur viel leichter, einen bestehenden Hype mit Geld zu befeuern. Die Leute denken eben gern, sie hätten das nächste große Ding ganz allein entdeckt.«

»Ich habe schon Platten verkauft, da hast du noch in die Windeln gemacht, Billy. Die Leute wollen nur das Beste und sonst nichts! Das ist eine Grundregel! Du denkst vielleicht, wir können den Menschen vorschreiben, was sie zu hören haben, aber bitte häng es nicht an die große Glocke, ja? Ein Zauberer verrät seine Tricks nicht.« Wilson nickte Richtung Tür. »Aus unerfindlichen Gründen«, fuhr er dann fort, »findet der durchschnittliche Musikhörer vier dürre, langhaarige Teenager in engen Jeans cooler als vier adrette Jungs im Anzug, die ordentlich auf Stühlen sitzen. Ich für meinen Teil denke, dass man die *Coolness* von der Qualität des Gesangs abhängig machen sollte, und da haben die adretten Jungs in neun von zehn Fällen die Nase vorn!«

Billy ging einen Schritt zur Tür. »Also, kann ich den Jungs ein Angebot machen?«

»Ich will sie sehen«, erwiderte Wilson.

* * *

Burt – 18. Mai

Egg hat immer noch nicht auf meine Anrufe, SMS und Mails geantwortet. Der Idiot hält mich jetzt schon eine volle Woche hin. Ich habe sogar drüber nachgedacht, ihm einen Brief zu schicken, aber ehrlich gesagt weiß ich nicht so genau, wie das geht. Hatte ich noch nie nötig. Scheiße, was will Egg eigentlich? Ich habe dem Loser ungefähr eine Million Nachrichten hinterlassen. Billy Visconti von Big Tone Records hat schon zwei Mails an unsere RockAteers-Adresse geschickt, ob er zu einer Probe vorbeikommen kann. Und zwar so bald wie möglich. Big Tone ist eine ganz, ganz große Nummer. Mann, was geht mit Egg?

Bex ist natürlich auf seiner Seite. Sie tut, als hätte sie einen Riesenhass auf mich. Es war schon scheiße genug, als sie einfach nichts von mir wollte, aber jetzt habe ich sogar einen Schritt zurück gemacht. Dabei war ich schon kurz davor, meinen Plan in die Tat umzusetzen und Egg nachzuahmen! Keine Ahnung, wie ich es aushalten soll, wenn Bex mich weiter ignoriert.

Und nun zu etwas ganz anderem und genauso Beschissenem: Die arme Irre namens Crazel hat meine Handynummer in die Finger gekriegt. Jetzt ruft sie ununterbrochen an und hinterlässt mir irgendwelche durchgedrehten Nachrichten. Wenn ich breit bin, komme ich manchmal in Versuchung, eine schnelle Nummer mit ihr zu schieben, aber nach fünf Minuten begreife ich zum Glück jedes Mal, was für ein Wahnsinn das wäre. Die Frau hat nach unserer Liebesnacht noch ewig vorm Haus rumgestanden! Außerdem könnte sie Bex erzählen, dass wir es getan haben. Ja, das wäre genau Crazels Style. Und dann wäre alles vorbei.

Okay. Big Tone will uns kennenlernen, aber die Band ist am Arsch. Irgendwer muss die Sache in die Hand nehmen. Ego-Egg hat es selbst gesagt, in seinen Lyrics: »All's fair in love and war.« Bald wird er ganz genau wissen, was in der Liebe und im Krieg alles erlaubt ist. Ab jetzt ist mir nichts mehr heilig. (Mills, falls du das hier liest, hier die Übersetzung: Ab jetzt wird keine Rücksicht mehr genommen. Genauer gesagt ab morgen, zwei Uhr nachmittags).

7. Song
Entschuldigungen

Burt traf allein bei Big Tone Records ein. Die Band durfte sich diese Chance auf keinen Fall entgehen lassen. Er konnte nicht zulassen, dass irgendjemand seine Rockstarträume ruinierte, indem er sich beim wichtigsten Termin ihrer Karriere wie ein Vollidiot aufführte. Sir Wilson Cloom war die bedeutendste Persönlichkeit im Business. Es war nicht Burts Problem, dass Egg keinen Fernseher besaß und deswegen keine Ahnung von nichts hatte. Eggs Sturheit durfte der Band nicht noch mehr schaden.

Wilson Cloom war ein Mann, der Träume wahrmachte, und Billy Visconti war sein Thronfolger – das hatte Billy Visconti Burt jedenfalls am Telefon zu verstehen gegeben. Und als Billy ihm vorgeschlagen hatte, mit der ganzen Band im Label vorbeizukommen, hatte Burt sich nicht zweimal bitten lassen. Okay, jetzt kam er ohne Band, aber was soll's? *Er* war hier das Genie, nicht die anderen.

Das prächtige, stilvolle Foyer des Hauptquartiers von Big Tone Records schüchterte Burt dann doch etwas ein. Er befand sich in einem Ehrfurcht gebietenden Bau, der neben Big Tone selbst noch mindestens zehn Unterlabels beherbergte. Burt sah sich in dem kühlen, hochmodern gestalteten Saal um. An der gegenüberliegenden Wand reihten sich Tische auf, hinter denen sieben oder acht modisch gekleidete Empfangsdamen auf Besucher warteten. Über die großen Flachbildschirme, die in einem Ring unter der hohen Decke hingen, zuckten Bilder von Acts, die bei Big Tone und seinen Unterlabels unter Vertrag standen. Burt ließ eine der Empfangsdamen wissen, dass er einen Termin bei Sir Wilson Cloom hatte. Sie überreichte ihm einen Besucherausweis aus Plastik und deutete auf eines der komfortablen Sofas, die dekorativ verteilt im Foyer standen.

Burt setzte sich und bestaunte die unzähligen coolen Menschen, die um ihn herum unterwegs waren. Einige davon arbeiteten sicher für große Stars, manche waren mit den Berühmtheiten vielleicht sogar auf Du und Du. Doch eine Sekunde später interessierten ihn Leute, die Stars *kannten*, nicht mehr. Er entdeckte einen echten Star. Nur ein paar Meter entfernt stand Lily Vendetta, die dieses Jahr fast Sir Wilson Clooms *X-Finder* gewonnen, dabei einen Plattenvertrag abgesahnt hatte und seitdem ständig auf der Titelseite von *Heat* auftauchte. Und nun sah Lily ihn auch noch an. Sie sah ihn sehr ausführlich an. *Checkte sie ihn etwa ab?* Doch im nächsten Moment war ihm auch das egal, denn plötzlich ging die schönste, eleganteste Dame auf ihn zu, die er je zu Gesicht bekommen hatte. Ja, die Erscheinung wollte tatsächlich zu ihm. Einen kurzen Augenblick lang hielt er sie für Cheryl Cole.

»Wilson und Billy erwarten Sie, Mr Skill. Bitte folgen Sie

mir«, sagte sie in einem Tonfall, den Burt bisher nur aus Fernsehserien über den englischen Hochadel kannte.

Burt sprang hastig auf und folgte ihr. Während er fasziniert auf den Umriss des Hinterns starrte, der sich unter dem kurzen, schmal geschnittenen Rock abzeichnete, wiederholte er in Gedanken immer wieder den Namen, den er sich vor ein paar Stunden selbst verliehen hatte. James Burt Windsor brachte es einfach nicht, und wenn die Leute mit »Bono« und »Sting« klarkamen, war »Jack Skill« sicher nicht zu gewagt. Er murmelte den Namen ein paarmal vor sich hin. Er war brillant. Clipper und Tea hatten zwar ihre Bedenken gehabt, aber das war kein Wunder, wenn man nicht für fünf Penny Stilgefühl hatte.

Auf dem Weg zum Aufzug zermarterte Burt sich das Hirn nach einem lässigen oder tiefsinnigen Spruch, mit dem er seine Begleitung beeindrucken könnte, doch ihre perfekt geformten und gebräunten Unterschenkel brachten ihn aus dem Konzept. Schließlich standen sie im Lift. Die Dame drückte den Knopf für den zwanzigsten Stock und lächelte warmherzig.

»Kommen Sie oft hierher?«, platzte Burt heraus.

Die Schönheit lächelte. »Mal nachdenken … ja, ich schätze schon. Ich arbeite hier.«

Burt verstummte, bis sich die Fahrstuhltür mit einem Läuten öffnete. Die Dame führte ihn durch ein vornehmes Großraumbüro zu einem geräumigen, durch Glaswände abgetrennten Einzelbüro. Den Mann, der dahinter am Schreibtisch telefonierte, erkannte Burt sofort. Obwohl er seit dem Aufstehen wusste, dass er ihn heute kennenlernen würde, war es ein Schock, die bedeutendste Persönlichkeit der britischen Musikindustrie mit eigenen Augen zu erblicken. Der Medienmogul sah aus wie im Fernsehen, nur kleiner. Er trug ein cremefarbenes Sweatshirt, eine schicke schwarze Anzughose und Cowboystiefel. Sein Gesicht wirkte irgendwie verzerrt, sein Haar verdächtig braun. Burt fragte sich, ob die Gerüchte wahr waren – ließ er sich wirklich Botox spritzen, trug er wirklich eine Perücke? Auf einmal fühlte er sich wie ein Nichtschwimmer auf hoher See.

»Setzen Sie sich doch«, sagte die Dame und zeigte auf den Wartebereich. »Wilson ist gleich so weit. Vielleicht einen Tee oder einen Kaffee?«

Burt brachte keinen Ton heraus. Er schüttelte den Kopf, ließ sich auf einen Sessel sinken und sah zu, wie die Dame in der Nähe an einem Schreibtisch Platz nahm. Zehn qualvolle Minuten lang musste er warten – dann stand ihm auf einmal ein Mensch in trendigen Chucks, Baseballjacke und Jeans von Dolce & Gabbana gegenüber.

»Jack Skill?«, sagte der Typ, lächelte selbstbewusst und streckte die Hand aus. »Ich bin Billy Visconti.«

Oh Gott. Der neue Name. Klang er auch wirklich cool? Mit einem verzweifelten Grinsen schüttelte Burt dem Mann die Hand.

»Schön, endlich ein Gesicht zum Namen zu haben. Ich war schon ganz heiß darauf, euch kennenzulernen«, sagte Visconti und wartete auf eine Reaktion. Als Burt stumm blieb, lachte er kumpelhaft. »Dann mal rein mit uns. Du willst sicher den großen Meister kennenlernen!«

Burt folgte ihm in das Eckbüro und blickte sich nervös um. Vor den Fenstern erstreckte sich ganz London – eine atemberaubende Postkartenaussicht: vom Shard über den Gherkin bis zum Stadtzentrum und die Themse entlang bis hinter zum London Eye. Reinste Magie.

»Willkommen, mein Junge! Willkommen in meinem Himmelsbüro!«, ertönte eine vertraute Stimme. »Mein Lieblingsbuch als Kind war *Charlie und der große gläserne Fahrstuhl*. Man muss für seine Träume kämpfen wie ein Stier, dann werden sie eines Tages wahr.« Der Boss erhob sich aus seinem Stuhl, umrundete den Tisch und hielt Burt die Hand hin. »Ich bin Wilson. Und du musst Jack Skill sein?«

Burt nickte verlegen. Er bereute den neuen Namen bitter.

»Und wo ist der Rest der Band?«, fragte Wilson, während er sich wieder auf seinem ledernen Chefsessel niederließ. Burt war gleich aufgefallen, dass sein Stuhl deutlich höher war als die, auf denen Billy und er saßen – ein Trick, von dem Burt schon mal gehört hatte. Eine Machtdemonstration.

»Äh … die hatten leider keine Zeit«, sagte er.

Wilson warf einen Blick auf Billy – offenbar um ihm zu signalisieren, dass er übernehmen sollte, denn nun wandte sich Billy an Burt: »Erzähl doch mal ein bisschen von eurer Band.«

»Was denn so?«

»Na, zum Beispiel wie alt ihr seid, wer die Songs schreibt, wie ihr euch eure Zukunft vorstellt, an wen sich eure Musik richten soll …«

»Na ja … wir sind alle sechzehn, nur unser Gitarrist ist noch fünfzehn.« Burt zählte die Antworten an den Fingern ab. »Wir gehen alle auf dieselbe Schule, wir finden die Desert Kings hammercool, und … hmm ja, ich schätze, meine Songs richten sich an alle Menschen da draußen.« Burt rutschte auf der Sitzfläche hin und her, die vier Finger seiner rechten Hand hochgestreckt. »War's das?«

»Und wie stellt ihr euch eure Zukunft vor?«, half Billy ihm auf die Sprünge.

»Wir wollen die größte Rockband aller Zeiten werden!«

Wilson beugte sich leicht vor. »Ich wünschte, ich hätte hier vor Jahren ein Phrasenschwein aufgestellt – und jeder, der diesen Spruch bringt, hätte ein Pfund reinwerfen müssen. Dann wäre ich jetzt noch reicher. Ist dir klar, wie viel harte Arbeit es braucht, um deinen Wunsch Wirklichkeit werden zu lassen?«

»Denke schon«, murmelte Burt.

Wilson betrachtete den Teenager streng.

»Ich meine, ich will's auf jeden Fall versuchen«, fuhr Burt fort. »Also wenn Sie mir eine Chance geben … wenn Sie *uns* eine Chance geben … dann werden wir uns richtig reinhängen, Sir.«

Die Erwachsenen tauschten einen Blick und lächelten.

»Ihr habt ja schon ein paar Fans auf Twitter und Facebook, und euer *Haargitarren*-Clip ist einfach genial«, sagte Billy. »Ich glaube, so einen Hype gab's seit Bieber nicht mehr. Wie habt ihr das angestellt, Jack?«

»Weiß nicht. Wir haben halt ein paar Gigs gespielt und ein Demo aufgenommen und die Leute sind drauf abgegangen.«

»Es liegt an den Songs, Jack!« Clooms Zeigefinger zielte auf Burts Brust. »Ihr habt geniale Songs. Du bist der Leadsänger, was? Und du schreibst auch die Songs?«

»Ja, ich bin der Leadsänger, und ich … äh, ja, ich schreibe auch die Songs.« Burt kratzte sich an der Nase.

»Und du bist bereit, für die Musik große Opfer zu bringen?«, fragte Wilson.

»Na klar. Wissen Sie, ich will nur rumtouren und Musik machen. Den Traum leben und so.«

»Aber natürlich!« Wilsons Lippen verzogen sich zu einem Lächeln. »Und ich soll dich zum Star machen?«

Da leuchteten Burts Augen auf. Er nickte eifrig.

* * *

Tea – 25. Mai

Wir reißen uns hier den Arsch auf und kaum geht es mal ein bisschen voran, kommt Jack oder Burt oder wie er sich diese Woche wieder nennt auf die tolle Idee, unserem Songwriter vor versammelter Mannschaft die Hose runterzuziehen! Und jetzt will die intrigante Wichsbirne auch noch, dass ich bei Egg vorbeigehe und mich in seinem Namen entschuldige und ihm erkläre, dass Wilson Cloom drauf und dran ist, uns unter Vertrag zu nehmen, und ob er bitte, bitte, bitte wieder zur Probe kommt? Während ich mich frage, wieso wir gleich bei dem ersten Typen unterschreiben sollen, der uns schöne Augen macht!? Wie lange gibt's die Band jetzt schon? Gerade mal neun Monate? Wilson Cloom hat die größten Popbands des Landes unter Vertrag. Wir sind eine Rockband, die ab und zu eine Ballade raushaut, und keine Boy Band, die ab und zu eine Castingshow gewinnt. Aber was erzähle ich das hier! Jack Blörg Fotzenfresse hat mich ja doch überredet, heute Abend bei Egg vorbeizugehen.

Am Anfang war ich fest entschlossen, Blörg abblitzen zu lassen, aber der Typ nölt einen zu, bis man nicht mehr klar denken kann. Und es wäre halt wirklich schade, wenn es mit der verkackten Band nicht weitergeht.

Schule und Prüfungen und so bringen mir nichts

und ich kann nicht mein ganzes Leben in dem Viertel wohnen bleiben, in dem ich geboren wurde. Das ist einfach nicht drin.

Clipper – 25. Mai

Burt hat angerufen und erzählt, dass Sir Wilson Cloom ein Auge auf unsere Band geworfen hat. Ich hab mich fast angepisst vor Aufregung. Sir Wilson Fucking Cloom!
Wie geil ist das denn? Danach hat Burt mir lang und breit erklärt, dass Egg unbedingt wieder mitmachen muss, bis ich irgendwann gesagt habe, okay, ich ruf bei ihm zu Hause an. Seine Mum erlaubt ihm nämlich kein Handy. Superfies, was? Am Telefon hat Eggs Mum mir dann erzählt, dass Egg nicht in die Schule geht, weil er lieber zu Hause für das GCSE lernt, und dass ich eh nicht mit ihm reden darf. Aber ich habe ihre Lügen gleich durchschaut. Egg geht nicht in die Schule, weil die Idioten ihm die Hose runtergezogen haben, und deshalb sind Tea und ich zu ihm hin. Eggs Mum kann einem wirklich Angst machen. Die hätte uns am liebsten die Tür vor der Nase zugeknallt, aber ich habe ihr klargemacht, dass wir nichts dafür können und dass ich den Arsch, der Egg die Augenbrauen abrasiert und die Hose runtergezogen hat, sogar eigenhändig zusammengeschlagen habe. Da hat sie mich nur noch angestarrt, keine Ahnung, vielleicht tickt sie nicht ganz richtig. Aber sie hat uns reingelassen. Jetzt weiß ich auch, woher er sein irres rotes Haar hat.
Als wir bei Egg reinkamen, war mir sofort klar, dass er zurückkommen wird. Er hat sich total gefreut, uns zu sehen.

Und Tea hatte sich ein brillantes Argument ausgedacht:
»Blörg nennt sich seit Neuestem Jack Skill und redet ohne uns mit Wilson Cloom. Kannst du es verantworten, dass das Schwanzgesicht unsere Band kaputt macht?«
Das hat Egg überzeugt. Er hat gesagt, er kommt wieder zur Probe.
Eigentlich wollte ich Egg noch erzählen, dass ich wegen der Sache mit George am liebsten auch nicht mehr in die Schule gehen würde, also weil ich immer Schiss habe, dass George mich wieder als Schwuchtel hinstellt. Und dann konnte ich nicht, es war mir zu peinlich. Aber irgendwie denke ich die ganze Zeit drüber nach. Bisher hat keiner was gesagt, aber das Ganze hängt über mir wie ein unsichtbares Fallbeil, und irgendwann ... ich habe mal gehört, dass Worte heftiger wehtun können als Schläge. Das stimmt.

Ich habe Dad immer noch nicht gesagt, dass ich mich für die Musik und gegen Fußball entschieden habe.

* * *

»Du hast sie echt nicht mehr alle, oder?«, fragte Bex. Burt und sie saßen auf der Bank, die Burt »Hohe Bank« getauft hatte, da sie am höchsten Punkt des Greenwich Park stand. Sie bot einen Blick auf ganz London und wenn es gerade nicht regnete oder bitterkalt war, hielt Burt dort alle wichtigen Treffen ab. Hier trennte er sich von Mädchen. Hierher kam er, um in Ruhe nachzudenken.

Im Moment fiel es ihm jedoch schwer, die Fassung zu wahren, denn an diesem brütend heißen Frühlingstag trug Bex eine weit oben abgeschnittene Jeans, die so dünn war, dass die inneren Taschen durchschienen. Ihre makellose olivbraune Haut glänzte in der Sonne. Gerade jetzt, wo er sich unbedingt von seiner feinfühligen Seite zeigen musste, konnte Burt sich nicht konzentrieren.

»Im Gegenteil«, sagte er. »Ich sag's dir, das funktioniert. Und es würde vollkommen reichen, wenn du es eine Woche oder so durchhältst.«

»Darf ich mal ganz ehrlich sein?« Als Bex aufstand, blickte Burt wie gebannt auf ihre langen, gebräunten Beine. Sie verschränkte die Arme.

»Ich bitte darum.« Burt bemühte sich um einen ganz besonders galanten Tonfall. »Aber vorher würde ich dir noch gern sagen, dass ich mir deiner Bedürfnisse sehr bewusst bin. Mindestens sechs Mal so bewusst wie Egg.«

Bex runzelte die Stirn und schüttelte den Kopf. »Aha … okay … Mann, ich weiß gar nicht, wo ich anfangen soll. Du bist der bestaussehende Typ der Schule, du bist reich, du hast eine Gang aus lauter hippen Menschen, die dich alle behandeln wie einen Gott, und jetzt bist du auch noch in einer Band, aus der was werden könnte. Es ist wirklich unglaublich. Aber weißt du, wo das Problem liegt? Du bist kein netter Mensch.«

»Aber du findest, ich bin der bestaussehende Typ der Schule?« Burt war ehrlich verwirrt. »Ich sehe besser aus als Tea?«

Mit einem Seufzen ließ Bex sich wieder auf die Bank sinken und stierte auf die Londoner Skyline. »Ach, Burt. Ich stehe halt nicht auf dich. Und dein *Plan* ist doch bloß eine hirnrissige Masche, um die Freundschaft zwischen mir und Egg zu zerstören. Ich glaube, du bist neidisch, weil Egg ein Genie ist und du nicht. Sorry, aber da mache ich nicht mit.«

Burt starrte sie an. »Okay«, sagte er. »Okay. Ich glaube, du hast mich nicht richtig verstanden. Du sollst doch nicht gleich mit ihm schlafen. Du sollst ihn nur … du musst ihn nicht mal küssen. Du sollst ihm bloß das Gefühl geben, dass er dazugehört. Zu unserer Gang.«

»Oh Gott. Dümmer geht's echt nicht mehr. Ich habe dich sehr gut *verstanden*, du Arschloch. Du willst Egg und alle anderen manipulieren. Du willst alle für dein Spielchen benutzen, nur damit du groß rauskommst.« Bex legte eine Kunstpause ein. »Noch mal zum Mitschreiben: Ich … mach … da … *nicht* … *mit*!«

Burt kapierte gar nichts mehr. »Nein, Bex, hör mir zu! Du hast mich total missverstanden. Ich will doch nur, dass du eine Woche oder so mit Egg rummachst, damit er in der Band bleibt! Das ist doch keine Manipulation! Das ist doch kein Spielchen! Merkst du denn gar nicht, wie hart ich hier an mir arbeite? Wie einfühlsam ich bin?«

Bex sah ihn an und schnaubte verächtlich. »Bis dann, Burt.« Sie stand auf und lief den Hang hinunter Richtung Greenwich Village.

»Und noch was!«, schrie der völlig entgeisterte Burt. »Ich bin nicht eifersüchtig auf Egg! Ist das klar? Warum sollte ich auf so einen verdammten Loser eifersüchtig sein?«

Bex drehte sich nicht mal um.

* * *

Burt blieb auf seiner Lieblingsbank sitzen. Er würde erst aufstehen, wenn er herausgefunden hatte, was schiefgelaufen war – er hatte doch einen wasserdichten Plan gehabt!? Burt dachte lange nach. Er dachte nach, wie er in seinem ganzen Leben noch nicht nachgedacht hatte, und kam zu dem Schluss, dass Bex im tiefsten Inneren doch auf ihn stand. Deshalb wollte sie nicht mit Egg rummachen. Sie ertrug die Vorstellung, einen anderen zu berühren, einfach nicht.

Natürlich kam ihm wiederholt in den Sinn, wie sie gesagt hatte, er sei kein netter Mensch. Als er gerade schlussfolgerte, dass sie sich zu dieser Bemerkung hatte verleiten lassen, weil sie sich noch nicht über ihre Gefühle für ihn im Klaren war, riss ihn eine vertraute Stimme aus seinen Gedanken.

»Burt! Was für ein Zufall, dass wir uns hier treffen!«

Burt drehte sich um. Hinter ihm stand Hazel und strahlte ihn an. »Cr… Hazel!«, rief er und grinste verunsichert. »Was machst du denn hier?«

»Nenn mich ruhig Crazel. Ich weiß doch, dass du mich so nennst, bin ja nicht taub.« Sie pflanzte sich unangenehm dicht neben ihn auf die Bank. »Du kannst mich nennen, wie du willst. Das weißt du doch, Burt.«

Als sie sich herüberbeugte, um ihm einen Kuss aufzudrücken, rutschte Burt blitzschnell an den äußersten Rand der Sitzfläche. »Ich heiße *Jack*!«, kreischte er panisch.

Hazel gähnte herzhaft und reckte die Arme, drückte ihre ausladenden Brüste heraus und ließ ihr Gähnen in ein verführerisches Seufzen übergehen. Burt begutachtete sie genau – so oder so ähnlich könnte Drew Barrymore als Teenagerin ausgesehen haben. Hazels große, haselnussbraune Augen erwiderten seinen Blick, ihre Stupsnase kräuselte sich. Zwischen ihren kirschrot bemalten Lippen blitzten strahlend weiße Zähne auf, als sie lächelte. An sich hatte sie einen coolen Style. Ein bisschen schräg, das gefiel Burt. Schade, dass sie komplett durchgeknallt war.

»Sorry, hatte ich vergessen«, sagte sie und warf ihr schulterlanges, wasserstoffblondes Haar zurück. »War wieder die ganze Nacht auf.«

»Ja? Und was hast du so gemacht?«

»Na, was schon? Facebook, Twitter und so.« Sie blickte auf das Royal Greenwich Observatory und fügte nach einer kurzen Pause mit einem unterdrückten Gähnen hinzu: »Hab ein bisschen was über die Band gepostet.«

»Über welche Band?«

Hazel lächelte ihn an. »Über deine Band, du Dummie. Ich habe mich zur inoffiziellen Online-PR-Chefin der RockAteers ernannt. Was dachtest du denn, woher eure ganzen Fans kommen? Ich mache das schon seit Monaten. Gestern habe ich einen Instagram-Account für die RockAteers angelegt, mit Fotos von euren Gigs und anderem coolen Zeug.«

»Echt?«, fragte Burt und entspannte sich ein bisschen. Komplimente besänftigten ihn immer.

Daraufhin rückte Hazel ein paar Zentimeter näher heran. »Aber es ist auch superleicht, euch zu promoten. Ihr seid unwiderstehlich und eure Songs sind sooooo toll. Wusstest du, dass ich alle eure Lyrics auswendig kann?«

»Tatsächlich? Und im Netz … redest du mit irgendwelchen Leuten über unsere Band? Oder wie?«

»Ja, was denn sonst? Ich sitze seit sechs Monaten jede Nacht am Laptop und chatte mit euren Fans. Die Leute vergöttern euch. Wusstest du das nicht?«

Burt hielt inne. »Und wer sieht am besten aus? Was sagen die Leute im Netz?«

»Ach, du Dummerchen! Klar, Tea ist auch nicht übel mit seinem Bad-Boy-Charme, du weißt schon, zu allen Schandtaten bereit und so … aber du liegst ganz klar vorn.« Hazel verstummte und rutschte noch einen Zentimeter näher heran. »Für mich persönlich liegst du sogar meilenweit vorn.«

Burt verzog das Gesicht. »Ich bin übrigens auch ein Bad Boy. Ich bin auch zu allen Schandtaten bereit.«

»Aber natürlich!« Hazel streckte die Hand aus, um ihn zu beruhigen. »Du bist ein total harter Bad Boy. Du bist doch der Beste, Burtilein … Jack, meine ich!«

»Ja, ja …« Burt beäugte sie kritisch. Vom Aussehen her ging sie fast in Ordnung, nur ihre Klamotten waren ein Trauerspiel. Aber im Grunde war alles dran und alles da, wo es hingehörte … er schüttelte den Kopf, um Hazels Körper aus seinen Gedanken zu vertreiben. Einmal war genug. Er lebte nach dem eisernen Prinzip: Wenn eine Frau raus ist, bleibt sie raus.

»Wie wär's, wenn wir einen Kaffee trinken gehen?«, fragte Hazel. »Dann erzähle ich dir, was sich im großen weiten Netz so alles tut.«

Burt schoss in die Höhe wie ein Springteufel. »Nein! Nein, ich …«, japste er, während er verzweifelt nach einer Ausrede suchte. »Ich muss noch … da rüber.«

Er deutete Richtung Greenwich Village und eilte im Laufschritt den Hang hinunter.

»Okay, Burtilein!«, rief Hazel ihm hinterher. »Bis bald! Und lass dich mal blicken!«

* * *

Egg – 30. Mai

Burt hat mir zehntausend Nachrichten hinterlassen, aber in keiner einzigen hat er sich ernsthaft entschuldigt. Statt einmal zu sagen, dass es ihm leidtut, erzählt er dauernd von diesem Wilson Cloom. Und sein nächster genialer Schachzug war, Tea und Clipper loszuschicken. Das hat funktioniert. Ich habe eingewilligt, wieder mitzumachen. Vor allem, weil mich die ewigen Diskussionen genervt haben.

Obwohl meine Augenbrauen fast vollständig nachgewachsen sind, ist Mum immer noch stocksauer. Sie wollte mir verbieten, wieder in die Band einzusteigen, aber bei der Familiensitzung hat Dad dann zu mir gehalten. Mum hat es sogar mit dem ganz großen Klassiker versucht – ich wäre doch erst fünfzehn. Ja, habe ich gesagt, aber in ein paar Monaten werde ich sechzehn und wenn ich nicht zur Band darf, ziehe ich aus, sobald rechtlich nichts mehr dagegenspricht. Da hat sie nachgegeben. Allerdings musste ich ihr zum x-ten Mal versprechen, beim GCSE gute Noten zu schreiben, und die GCSEs fangen schon nächste Woche an.

Gestern ist Bex vorbeigekommen. Ein Glück, dass Mum gerade bei der Arbeit war. Aber Dad hat sie gleich zu mir aufs Zimmer geschickt. Bex in meinem zugemüllten Zimmer – was für eine Katastrophe. Ich glaube, bisher konnte ich mir einfach nicht vorstellen, dass sie sich meinem Zimmer jemals bis auf zwei Kilometer nähern könnte, und schon gar nicht, dass sie eines Tages in meinem Zimmer stehen könnte. Ich war so durcheinander, dass ich erst mal angefangen habe, meine schmutzigen Boxershorts vom Boden aufzuklauben. Und ich musste immer dran denken, dass sie meinen Penis gesehen hat.

Draußen war es heiß wie in einem Backofen, deshalb hatte Bex enge rote Shorts und ein Spaghettiträgertop mit einem unbeschreiblichen Ausschnitt an. Ich wusste überhaupt nicht, wo ich hinschauen soll. Zum Glück besteht der Boden meines Zimmers praktisch nur aus schmutzigen Boxershorts. Und dann erzählt sie mir aus dem Nichts, dass Burt wollte, dass sie mit mir rummacht, damit ich wieder in die Band einsteige. Ich konnte es nicht fassen. Irgendwann habe ich dann gesagt, dass die anderen mich sowieso schon überredet haben, wieder einzusteigen, und dass ich ansonsten keine Ahnung habe, was hier los ist.
Warum stand Bex auf einmal in meinem Zimmer? In Shorts? Nicht dass es mir nicht gefallen hätte! Aber warum erzählt sie mir, dass sie meine Mitleidsfreundin spielen soll? Dass Burt ein Arsch ist, wusste ich vorher auch schon. Warum konnte sie das nicht für sich behalten? Deswegen habe ich gesagt: »Schon klar. Natürlich hast du keinen Bock, eine Woche lang mit einem Versager wie mir rumzumachen. Was für eine abwegige Idee!«
Da hat sie mir die Hand aufs Knie gelegt. Normalerweise hätte mich das wahnsinnig glücklich gemacht, aber in diesem Moment war ich so wütend, dass ich ihre Hand weggewischt und gerufen habe: »Geh doch zurück zu deinem Zuhälter!«
Ja, das habe ich gesagt. Ich weiß auch nicht, wie mir das

rausrutschen konnte. Bex stand auf und sah mich an. Ihr Blick hätte einen Löwen zum Winseln gebracht. Dann ist sie gegangen. Wie konnte ich das nur sagen? Ich kann es immer noch nicht glauben. Burt kann einem wirklich alles kaputt machen. Sogar von Weitem.

Die nächsten vierundzwanzig Stunden habe ich mein beschissenes Verlies von einem Zimmer nicht mehr verlassen. Ich habe einen Song über das Gefühl geschrieben, einen schmerzhaften Verlust zu erleiden: *Deadbeat Poets*. Die Lyrics sind mir einfach so gekommen. An sich ergeben sie keinen Sinn, aber ich wollte wohl so ungefähr ausdrücken, dass ich ein Versager (= deadbeat) bin, der alles tun würde, um das Herz eines bestimmten Mädchens (= Bex) zu gewinnen. Andererseits muss man schon ein sehr blöder Poet sein, um seine Angebetete dermaßen zu vergraulen.

Bis auf eine Sache bin ich ganz zufrieden mit den Lyrics: Ich habe ein neues Wort erfunden. Mein erstes neues Wort überhaupt und ich bin mir nicht so sicher, ob es eine gute Idee ist. Das Wort lautet »juxtaprose« – eine Kombination aus »juxtapose«, was so viel wie »Gegenüberstellung von Gegensätzen« bedeutet, und »prose«, einem angeberischen Wort für einen normalen Text. Eigentlich ist der ganze Song ein Seitenhieb auf arrogante Dichter, die sich bekloppte Wörter ausdenken und in schwachsinnige Liebeslieder packen.

* * *

DEADBEAT POETS

2. Strophe, 1. Teil:

And all those deadbeat poets sat there
Writing juxtaprose
Can keep their half-cocked love streams
Coz pretention smells so old

* * *

Als Tea die Mensa betrat, stellte er sich innerlich schon darauf ein, dass Egg doch nicht gekommen war. Aber er *war* gekommen. Er stand drüben und installierte seinen Amp, konzentriert und systematisch wie immer. Tea sah rüber zu Burts Platz – zu seiner Überraschung baute auch der Sänger sein Equipment auf, schlampig und schludrig wie immer.

»Hallo, Jungs!« Tea bemühte sich, nicht durchblicken zu lassen, wie erleichtert er war. In den letzten Monaten hatte er sich einiges anders überlegt: Sein Hass auf Burt war auf ein erträgliches Maß geschrumpft, er liebte die Band und er hatte sich sogar an die Rock 'n' Roll-Uniform gewöhnt, die Burt ihm aufgezwungen hatte.

Da kam Clipper herein, mit dem großen Bassdrum-Koffer in den Armen, der ihn immer leicht windschief gehen ließ – und Tea wurde von einem Gefühl überwältigt, das ihm völlig neu war: Ihm wurde warm ums Herz. Endlich waren sie wieder zusammen. Alle vier.

Während er sein Volumenpedal aus dem Koffer nahm und die Kabel entrollte, dachte er darüber nach, wie sehr er Clipper inzwischen mochte. Clipper war einer der nettesten Menschen, die er kannte. »Shit, ich flenne hier gleich los«, murmelte er und schnappte sich seinen Fender.

Bei den letzten Vorbereitungen für die Probe wurde kein Wort gesprochen. Dann schlug Clipper seine Sticks viermal gegeneinander und die RockAteers stürmten durch ihr halbstündiges Set. Es war ein gutes Gefühl, wieder gemeinsam loszulärmen. Trotz der langen Pause gelangen ihnen alle neun Songs wie aus einem Guss. Als sie einmal durch waren, hob Burt die Hand, als hätte er etwas zu sagen. Tea spielte weiter stur vor sich hin.

»Verdammt noch mal, Tea!«, sagte Burt. »Kannst du vielleicht mal fünf Sekunden Ruhe geben?«

Einen kurzen Augenblick lang hielt Tea inne, dann lächelte er und spielte weiter.

»Wir müssen uns unterhalten!«, rief Burt.

Teas Bass verstummte. Eggs Schultern sanken sichtlich hinab.

»Warum müssen wir uns dauernd stundenlang unterhalten?«, fragte Tea. »Warum machen wir nicht einfach Musik?«

»Weil ...«, sagte Burt, nun deutlich ruhiger, »... ich euch etwas Wichtiges mitzuteilen habe.«

»Okay«, Tea legte seinen Bass auf den Schoß. »Und was?«

»Ich war diese Woche bei Sir Wilson Cloom. Er will, dass wir einen Showcase-Gig spielen.«

Eggs Schultern sanken noch weiter hinab. Tea zog ein verwirrtes Gesicht. Clipper sprang von seinem Hocker auf.

»Das ist ja geil! Geil, geil, geil!«, schrie Clipper.

Egg atmete lautstark aus. »Hättest du nicht noch warten können, damit wir alle zusammen hingehen können?«

»Nein, zufälligerweise nicht«, erwiderte Burt. »Wenn ich gewartet hätte, wäre uns eine Riesenchance durch die Lappen gegangen. Was soll ich machen, wenn du Idiot nicht auf meine Anrufe reagierst? Aber ich wollte nicht, dass die Band unter dir leidet, und deshalb habe ich mich geopfert. Hast du eine Ahnung, wie anstrengend es bei Big Tone war? Ich musste die Typen ewig bearbeiten! Bis sie mir geglaubt haben, dass wir die beste Band Englands sind!«

»Du hast halt geschmollt, Egg«, sagte Tea.

»Das ist nicht dein Ernst, oder? Erst rasiert er mir die Augenbrauen ab, dann zieht er mir die Hosen runter und entschuldigt sich nicht mal dafür – und dann will er ein Mädchen dazu bringen, mit mir rumzumachen, weil er aus irgendwelchen Gründen denkt, dass ich dann zurückkomme!?«

»Jetzt übertreib mal nicht.« Burt schüttelte den Kopf. »Ich habe mich sehr wohl entschuldigt. Außerdem war das alles Georges Idee. Und das mit dem Mädchen – keine Ahnung, was du meinst. Welches Mädchen überhaupt?« Er starrte Egg an.

»Bex«, murmelte Egg kaum hörbar.

»Bex? Die hat dir Märchen erzählt!«, rief Burt, doch es klang nicht sehr überzeugend.

»Nein«, sagte Egg. »Du erzählst hier die Märchen.«

Da stand Clipper auf und drosch dreimal auf die Snare. »Leute! Was soll das hier? Was macht ihr euch schon wieder so an? Ist doch egal, wer wann was gemacht hat. Ich meine, okay, Burt hätte …«

»Das ist noch so eine Sache«, unterbrach Burt ihn. »Könnt ihr bitte mal dran denken, dass ich ab sofort Jack Skill heiße? Bitte!?«

»Okay.« Clipper nickte. »*Jack* hätte auf uns warten sollen, statt allein zu Big Tone zu rennen, aber das müssen wir jetzt hinter uns lassen. Die Musik ist doch wichtiger als wir alle und … ihr wisst schon, was ich meine. Und keine Ahnung, was mit Bex war, aber wenn das stimmt, was ich halt nicht beurteilen kann, aber wenn es stimmt, zeigt das doch nur, was Burt – oder Jack – alles tun würde, um die Band zu retten.« Er blickte Egg ernst in die Augen. »So kann man das doch auch sehen, oder?«

Zuerst reagierte Egg nicht. Dann nickte er knapp.

»Wahre Worte, Clip!«, rief Tea. »Hört auf den Mann!«

Und so einigte sich die Band, weniger zu reden und mehr Musik zu machen, und verwandte die restliche Probe darauf, alle neun Songs für das Showcase auf Hochglanz zu bringen.

8. Song
Versprechen

»Wie geht es mit dem RockAteers-Showcase voran?«, fragte Wilson.

»Wir sind auf Kurs«, antwortete Billy. »Das Borderline ist ein netter kleiner Laden, sollte die Jungs nicht überfordern. Es hat den richtigen Vibe, und ich denke, ins Londoner West End passt die Band perfekt. Unsere Abteilungsleiter kommen alle, unsere Radioleute sind auf der Gästeliste und die üblichen Verdächtigen von der Presse stehen schon in den Startlöchern.«

»Und wie willst du den Leuten vermitteln, dass das die neuen Desert Kings sein sollen?«

Billy war leicht verwirrt. »Na ja … die Band lädt alle ihre Freunde und Fans ein, da sollte automatisch Stimmung aufkommen. Ganz natürlich sozusagen.«

»Hervorragend. Ich will die Band auf dem Label. Du machst noch am selben Abend Nägel mit Köpfen, klar? Ich weiß, einen Vertrag kriegen wir so schnell nicht unter Dach und Fach, das wäre unrealistisch. Aber du musst deinen Charme spielen lassen und den Deal mit einem kräftigen Handschlag besiegeln. Es darf kein Zurück mehr geben. Verstanden?«

Billy nickte feierlich und verließ das Büro. Als er durch die Gänge des musikalischen Machtzentrums schritt, erinnerte er sich an sein Gespräch mit Wilson und Jack. Er konnte es nicht in Worte fassen, aber bei Jack Skill hatte er ein ungutes Gefühl. Bei ihrem Treffen hatte Billy sofort hinter das nervöse Grinsen des Jungen geblickt und erkannt, dass er nicht nur einen Ton halten konnte, sondern auch noch hervorragend aussah und die Ausstrahlung eines Stars hatte. Und trotzdem bereitete er Billy Sorgen. Hatte er vielleicht charakterliche Schwächen? Konnte man ihm nicht trauen? In seinem Job hatte Billy mit den raffiniertesten Schweinehunden der Welt zu tun. Er hatte ein gewisses Gespür entwickelt.

Als er an seinem Schreibtisch ankam, war er restlos überzeugt: Der junge Leadsänger war nicht ganz koscher. Billy war ein Detailfanatiker – nur deshalb zählte er mit seinen vierundzwanzig Jahren bereits zu den mächtigsten und bestbezahlten Juniormanagern im Business. Wilson wollte die Band unbedingt, Billy musste sie an Bord holen. Doch die abrupte Richtungsänderung, die die RockAteers darstellten, machte ihn nervös. Es hatte seine Gründe, dass er vor Wilson weniger selbstbewusst auftrat als üblich: Big Tone war ein reines Poplabel. Rock war Neuland. Und sollte Billy versagen, würde er dafür bezahlen. Er durfte sich keinen Fehler leisten, er durfte sein Bauchgefühl nicht ignorieren. Billy fasste einen Entschluss: Vor dem Showcase musste er die gesamte Band kennenlernen.

* * *

Egg – 26. Juni

Seit zwei Wochen versuche ich jetzt schon, Bex zu kontaktieren, doch sie reagiert nicht. In den letzten Tagen habe ich sie ein paarmal nach den Abschlussprüfungen auf dem Gang gesehen, aber sie ignoriert mich konsequent. Außerdem bin ich sowieso nicht in der Lage, andere Leute anzusprechen, und erst recht nicht, wenn sich in einem Umkreis von zwei Metern weitere Personen aufhalten. Deswegen habe ich beschlossen, mich auf die feigste und charakterloseste Art überhaupt zu entschuldigen: per Telefon. Leider muss ich dazu unser antiquiertes braunes Festnetztelefon benutzen.

(Wieso habe ich immer noch kein Handy? Langsam kommt sogar die Dritte Welt im Digitalzeitalter an, nur ich nicht.) Natürlich ist Bex nicht drangegangen. Am Anfang habe ich ihr relativ harmlose Nachrichten hinterlassen:

»Bitte, Bex, hör mir zu. Es tut mir so leid. Können wir uns mal treffen? Ich hatte einen schlechten Tag. Ich wollte dich nicht rauswerfen.«

Doch nach ein paar Tagen hatte sie immer noch nicht zurückgerufen und meine Nachrichten steigerten sich:

»Komm schon, Bex. Ich bin am Boden zerstört. Ich war so bescheuert. Bescheuerter als bescheuert. Bescheuerter geht's gar nicht. Ich ... ich bin ein totales Amöbenhirn.«

Nach sieben Tagen habe ich sie dann angebettelt. Und nach vollen zwei Wochen Funkstille hatte ich mich langsam gar nicht mehr im Griff.

»Bex! Ich werde hier noch verrückt! Wenn du nicht sofort anrufst, muss ich wahrscheinlich von einer Brücke springen.«

Nein, auf diese Nachricht bin ich wirklich nicht stolz – aber sie hat funktioniert. So halb. Ein paar Minuten später hat Bex tatsächlich zurückgerufen und ein paar Sätze gesagt, bevor sie wieder aufgelegt hat:

»Hallo, Egg. Bitte ruf mich nicht mehr an. Wenn du weiter anrufst, muss ich meinen Dad bitten, bei dir vorbeizufahren und dich zu töten. Das wäre auch viel leichter, als von einer Brücke zu springen. Du müsstest nicht mal aus dem Haus gehen.«

Das ist doch eine gute Idee. Ich würde mich liebend gern von Bex' Dad umbringen lassen.

* * *

Tea – 27. Juni

Mann, so kenne ich mich gar nicht – ich bin richtig aufgeregt. Morgen lädt uns der Typ von Big Tone in ein Edelrestaurant ein. Bisher wollte Flirty Burt (oder Jack Zwergenpimmel, wie ich ihn in letzter Zeit nenne) nicht verraten, was er da mit Big Tone gedealt hat, und ich traue ihm nicht über den Weg. Er meint ständig, wir sollen froh sein, dass er das alles so toll gebacken kriegt, denn wir haben ja noch keinen Manager, und der Showcase-Gig vor dem mächtigsten Mann im Musikgeschäft wäre ja wohl der beste

Beweis, dass er es drauf hat. Darauf meinte Egg, wir seien eine super Liveband und warum sollen wir jetzt schon nach der Pfeife von irgendeinem Businesstypen tanzen, wo es uns gerade mal ein Jahr lang gibt? Aber wie gesagt – wenn er will, kann Burt verdammt überzeugend sein.

Zwischen Burt und Egg ist die Lage ziemlich angespannt, das macht mir ein bisschen Sorgen. Aber ich denke, es wird schon werden. Die Songs haben mehr Druck als ein verstopftes Arschloch und in einer Woche ist dann eh Pause wegen Sommerferien.

* * *

Billy schleppte die RockAteers in das teuerste Restaurant Greenwichs. Er wartete, bis die Band auf den bequemen Sofas der exklusiven Pianobar Platz genommen hatte, und eröffnete das Gespräch mit einer hochinteressanten Frage.

»Okay, Jungs. Wie wollt ihr die Rechte an euren Songs aufteilen? Jack, du meintest, dass du die Songs schreibst? Hast du schon darüber nachgedacht, ob du die Band prozentual beteiligen willst?«

Billy spürte, wie die Stimmung am Tisch abrupt kippte: Jack vertiefte sich in die Speisekarte, die übrigen Bandmitglieder betrachteten ihn entgeistert.

»Sorry, mein Fehler«, sagte Billy schnell. »Bei unserem Gespräch mit Wilson hatte ich Jack gefragt, wer die Songs schreibt … aber das waren wohl zu viele Fragen auf einmal. Sicher ein Missverständnis. Tut mir ehrlich leid, Jungs.«

Das überzeugte die Band offensichtlich nicht.

Also fuhr Billy mit eiserner Entschlossenheit fort: »Ich will mit offenen Karten spielen, Leute. Ihr habt alles, was man braucht – gute Songs, gute Lyrics, das richtige Image … und ihr seid jung. Ich glaube, ihr könnt alles erreichen. Wenn ihr beim Showcase denselben Sound abliefert wie eben bei der Probe, können wir euch sicher ein Angebot machen.«

Drei Gesichter strahlten vor Freude. Nur Egg reagierte nicht. Er wirkte noch immer misstrauisch, beinahe wütend.

Billy wusste, was zu tun war. Er beugte sich über den Tisch und senkte die Stimme. »Du schreibst die Songs, was?«

Ein zögerliches Nicken.

»Dann muss ich dir was sagen.« Billy legte dem Jungen eine Hand auf die Schulter. »Du erschaffst die intensivsten Skulpturen aus Worten und Klängen, die ich je gehört habe. Deine Lyrics können es mit Bob Dylan aufnehmen, dein musikalisches Gespür mit den Beatles, deine Melodien mit Robbie Williams.« Er legte eine Pause ein, um Eggs Reaktion zu beobachten. »Falls dich diese Vergleiche beleidigt haben … sorry. Ich liebe deine Kunst, Mann!«

Als Egg bloß eine Grimasse schnitt, wusste Billy, dass er eine harte Nuss zu knacken hatte – einen Kreativen, der keine Kompromisse einging und sich nicht durch Komplimente manipulieren ließ. Noch ein Grund zur Sorge. Mit Künstlern, die einen eigenen Kopf hatten, hatte Billy keine Erfahrung.

* * *

Clipper – 27. Juni

Ich habe Burt immer bewundert, aber langsam dämmert mir, dass er in Wirklichkeit ein Riesenarschloch ist.

Wir waren gerade mit Billy Visconti essen. Billy hat uns in ein verdammt edles Restaurant eingeladen und er ist überhaupt ein witziger, hipper Typ – er hat einen Irokesenschnitt! Alles lief großartig. Die Probe in der Mensa hatte Billy ziemlich umgehauen, er hat von Anfang bis Ende mit dem Fuß gewippt und mit dem Kopf genickt. Und dann gehen wir in dieses Restaurant und Billy meint, dass Jack ja die ganzen Songs schreibt! Burt muss ihm Scheiße erzählt haben und er sah auch so aus, als wäre er übel ertappt worden. Das war also ein Knaller. Danach hat Billy uns noch gründlich ausgefragt: Wo sehen wir die Band in fünf Jahren, was erwarten wir vom Tourleben und so weiter? Ihn hat richtig interessiert, was wir zu sagen haben. Das Blöde war nur, dass Burt jedes Mal für uns alle antworten wollte, als würden wir es nur versemmeln. Ist das nicht zu krass? Wo gerade erst das mit den Songs rausgekommen war!? Aber das Essen war richtiges Gourmetzeugs. Das Steak tartare, das ich gegessen habe, war praktisch rohes Hackfleisch mit Grünzeug drin, und Tea hat mich verarscht, weil ich rohes Fleisch bestellt hatte, aber mir hat es geschmeckt. Egg hat beim Essen so gut wie nichts gesagt, obwohl Billy alles versucht hat, um ihn irgendwie einzubeziehen. Egg wollte nicht.

Als wir dann zusammen nach Hause gelaufen sind, meinte Egg zu mir, dass wir Billy Visconti nicht trauen sollten. Er habe da so ein Gefühl. Ich habe gesagt, dass Billy doch sehr nett zu uns war, dass das Essen sicher ein Vermögen gekostet hat und dass man nicht so schnell urteilen sollte. »Klar, dass du das so siehst, Clip«, hat Egg geantwortet.

»Deshalb wirst du immer ein besserer Mensch sein als ich.« Keine Ahnung, was das jetzt wieder heißen sollte, aber wenigstens hat Egg wieder gelächelt. Außerdem bin ich immer noch ziemlich dicht – vier Pints Peroni in zweieinhalb Stunden.

Gestern habe ich Dad schon wieder angelogen. Ich habe gesagt, ich freue mich extrem auf die Jugendakademie. Langsam wird es lächerlich.

»Die Songs sind nicht von Jack, sondern von dem rothaarigen Gitarristen«, klärte Billy seinen Boss auf. Wilson und er saßen in der Gourmetkantine des Labels. »Aber Jack ist die treibende Kraft hinter der Band. Ein ganz Ehrgeiziger. Der würde alles tun, um an einen Plattenvertrag zu kommen. Ach ja, Jack Skill scheint ein Künstlername zu sein. Die anderen haben ihn den ganzen Abend lang Burt genannt.«

Wilson nickte. »Und wie ticken die anderen zwei so?«

»Der Bassist ist ein bisschen launisch und der große Drummer ist meiner Meinung nach schwul.«

»Schwul?«

»Oder homosexuell, wenn dir das lieber ist.«

»Werd bloß nicht frech, Visconti! Also hat uns dieser Jack oder Burt oder sonst wie angelogen?«

Billy nickte ernst. »Sogar zwei Mal.«

»Bands machen einem nichts als Ärger«, murmelte Wilson wegwerfend, schlürfte seinen restlichen Granatapfelsaft und stand auf.

Gehorsam begleitete Billy seinen Boss zu seinem Büro und

lauschte dem Monolog, den er auf dem Weg durch die Gänge hielt.

»Kapierst du langsam, wieso ich mich nie mit Leuten einlasse, die eine eigene Meinung haben? Ich mag keine Widerworte. Der Begriff ›Musikbusiness‹ besteht aus zwei Teilen: Musik und Business, und wenn das Produkt – oder meinetwegen die *Musik* – fertig ist, bin ich am Zug. Ich bin für das Business zuständig und kein anderer! Ich suche schon mein gesamtes Berufsleben nach einem Rezept, das den Musiker selbst überflüssig macht, aber noch habe ich es nicht gefunden.« Er schüttelte den Kopf, als führte er mittlerweile eher ein Selbstgespräch. »Man könnte fast meinen, ohne Musiker geht es nicht!« Dann blieb er plötzlich stehen, drehte sich um und starrte Billy in die Augen. »Deine Jungs werden uns doch keine Schwierigkeiten machen?«

Billy antwortete mit einem beflissenen Kopfschütteln.

»Hervorragend«, sagte Cloom. Und fügte im Flüsterton hinzu: »Denn solltest du es vermasseln, schmeiße ich dich eigenhändig aus dem obersten Stockwerk.«

* * *

Egg – 3. Juli

Komme grad von der Probe zurück und bin immer noch scheißwütend. Burt hat rumerzählt, dass er die Songs schreibt – das ist doch quasi Betrug. Ich habe mich im Internet über Urheberrechte informiert, weil ich wissen wollte, wie diese Frage bei Bands normalerweise geregelt wird, aber ich bin zu keinen klaren Ergebnissen gekommen. Manche Bands teilen alles gleich auf, egal wer die Songs schreibt. Andere verteilen die Anteile so: 25 % Lyrics, 25 % Gesangsmelodie, 50 % Musik und Arrangements.

Bei der Probe heute Abend habe ich den Jungs gesagt, dass wir uns über Urheberrechte unterhalten müssen und ich mir was überlegt hab.

Mein Vorschlag war, dass ich 52 % der Songrechte bekomme und die restlichen 48 % unter den anderen aufgeteilt werden, also 16 % für jeden. Clipper und Tea haben bloß genickt und gesagt: »Cool, cool.« Aber Burt ist ausgerastet – der Typ, der behauptet hat, er hätte alle meine Songs geschrieben! Und sich dann nicht mal dafür entschuldigt hat! Derselbe Typ geht plötzlich auf mich los, weil ich ihn freiwillig an den Rechten beteiligen will, obwohl er nichts zu den Songs beigetragen hat! Er hat mich als egoistischen Wichser bezeichnet. Als Niemand, der ohne ihn nichts wert wäre. Würde die Band die Songs nicht so gut hinkriegen, wäre ich auf der Stelle wieder ausgestiegen. Ich habe so einen Hass auf Burt. Aber ich bin ja nicht blöd. Ich weiß, wie gut er aussieht. Ich bin kein Frontmann. Andererseits sind die Scheißsongs nun mal von mir, und das kann man doch nicht einfach so wegwischen?

Dafür habe ich doch einen gerechten Anteil verdient?

Ich finde, das steht mir zu.

Neulich beim Abendessen hatte Billy schon recht:

Wenn man gut aussehende junge Typen mit guten Songs kombiniert, kommt ein todsicherer Hit raus. Das verstehe ich schon. Aber ich bin doch erst fünfzehn. Ich will mich nur mit Musik beschäftigen und sonst nichts. Wenn ich älter bin und mir nichts mehr zu essen leisten kann, kann ich meine Seele doch immer noch an den Teufel verkaufen!

Bis zum großen Showcase-Gig ist es nur noch eine Woche hin und ich kann jetzt schon nicht mehr schlafen. Und das Schlimmste ist, dass Bex immer noch sauer auf mich ist. Langsam wird mir klar, dass sie nie wieder mit mir sprechen wird.

* * *

Burt – 3. Juli

Dieser gierige kleine Drecksack. Wenn der denkt, er kann im Lamborghini rumkurven, während ich in einem schrottigen Mini Cooper rumröchle, irrt er sich aber gewaltig. (Nein, ich habe nicht vergessen, dass ich schon einen Lambo habe.) Jeder weiß doch, womit sich die dicke Kohle verdienen lässt: mit den Songrechten und mit den Gigs, und der rothaarige Wichser wird auf keinen Fall besser wegkommen als ich.

Oh nein, mein Freund. Ohne mich wäre der Typ nur irgendeine Hackfresse, die ein paar halbwegs brauchbare Songs geschrieben hat. Ich muss da draußen meinen Mann stehen! Ich muss mir Verfolgungsjagden mit den Paparazzi liefern, wenn wir berühmt sind! Also warum soll ich weniger Dollars kriegen als er? Und warum hat er nicht erst mal nur mit mir gesprochen? Wir hätten den anderen beiden ein faires Angebot machen können. Was weiß ich, 40/40 für Schleck und mich und 10/10 für Clip und Tea. Die Rhythmussektion ist doch eh egal. Und Bands, in denen die Gewinne gerecht aufgeteilt werden, halten es länger zusammen aus, das ist wissenschaftlich erwiesen. Aber ich glaube, ich konnte den Idioten einigermaßen zur

Vernunft bringen. Nachdem ich mal ein Wörtchen mit ihm geredet hatte, hat er nämlich keinen Ton mehr gesagt.

Bex stand vor Eggs Haustür. Nervös schwebte ihr Finger über der Klingel. Egg hatte ihr in den letzten Wochen sehr gefehlt, doch nach dem unverzeihlichen Satz, den er ihr an den Kopf geworfen hatte, hatte sie sich selbst eine vierwöchige Kontaktsperre auferlegt. Ein voller Monat. Das hielt sie für eine angemessene Strafe. Es war nicht leicht gewesen, aber sie hatte durchgehalten, auch wenn Eggs Anrufe sie auf eine harte Probe gestellt hatten – sehr viele Anrufe, und was für welche. Selbstverständlich wusste Bex, was Egg so sehr aufgebracht hatte, dass ihm dieses abscheuliche Wort herausgerutscht war. Doch es führte kein Weg daran vorbei. Wenn sie sichergehen wollte, dass Egg sich in Zukunft zusammenreißen würde, musste sie ihm eine Lektion erteilen.

Da sie kurz davor war, die Nerven zu verlieren, drückte Bex schnell auf die Klingel. Fast im selben Moment öffnete sich die Tür.

»Bex! Was machst du denn hier?«

Bex betrachtete Egg überrascht. Sein Haar war länger, seine Brille und seine Pickel waren verschwunden. »Wow! Du siehst voll gut aus! Wie geht's dir so?«

Als Eggs verdutzte Grimasse zu einem Lächeln mutierte, musste Bex grinsen. Sie hatte fast vergessen, wie gut ihr sein leicht schiefes, aber hübsches Gesicht gefiel. Er wirkte interessant, irgendwie weise, und seit sie ihm eine kleine Stilberatung verpasst hatte, trat er auch viel selbstbewusster auf. Mit Kontaktlinsen statt Brille und gepflegter Haut passte er deutlich besser in das Weltbild von Typen wie Burt. Doch Bex hatte Egg nicht unter ihre Fittiche genommen, damit er Burt besser gefiel. Sie wollte seinem schwer verwundeten Selbstvertrauen auf die Beine helfen. Sie wollte, dass es *ihm* besser ging. Und das Sahnehäubchen war, dass Burt für Eggs Verwandlung gezahlt hatte.

Mit einem Mal wurde Bex klar, wie lange sie Egg nun schon anstarrte, ohne ein Wort zu sagen. Egg wurde bereits unruhig. Doch als sie gerade den Mund aufmachen wollte, bemerkte sie eine weitere Veränderung – die auffälligste Veränderung überhaupt: An Eggs dürrem Körper schienen sich Muskeln herauszubilden.

»Trainierst du etwa, Egg?« Bex drängelte sich an ihm vorbei ins Haus. In der Küche entdeckte sie seine Mutter. »Hallo, Mrs Poacher!«, zwitscherte sie.

Egg folgte ihr in den Flur, den Kopf gesenkt, um dem bohrenden Blick seiner Mum auszuweichen. »Äh … ja. Burt hat gesagt, wir sollten ein bisschen fitter aussehen. Weil die Desert Kings offensichtlich auch alle trainieren.«

»Das hat er gesagt? Ich lach mich schief! Der Typ ist echt besessen.« Als Egg sie ins Wohnzimmer führte, ließ Bex sich unaufgefordert aufs Sofa plumpsen.

»Ich bin so froh, dich zu sehen«, sagte Egg und setzte sich gegenüber in einen Sessel. »Aber … was machst du hier? Bitte nicht falsch verstehen, ich bin überglücklich, aber … na ja … ich dachte, du redest nicht mehr mit mir?«

Plötzlich stand Eggs Mutter zwischen ihnen und blickte mürrisch auf Bex hinab. »Was kann ich für dich tun?«

Egg wirkte beunruhigt.

»Ich wollte mich nur kurz mit Egg unterhalten«, meinte Bex.

»Worüber?«, fragte Eggs Mum. »Aus der albernen Band ist er ausgestiegen. Er braucht keine schicken Klamotten mehr. Und erst recht keine Freundin, die ihn nur demütigen will.«

»Sie ist nicht meine Freundin, Mum!«, rief Egg, während sein Gesicht dunkelrot anlief. »Und sie hat mich nicht gedemütigt!«

Bex holte Luft. »Ich kann Ihren Sohn sehr gut leiden, Mrs Poacher. Egg ist talentiert und hochintelligent und er bringt mich zum Lachen. Er ist ein Kumpel von mir. Wenn Ihnen meine Nase nicht passt, ist das nicht mein Problem. Ich wollte Egg bloß sagen, dass ich ihm nicht mehr böse bin.«

»Nicht mehr böse?« Carol schaute verwundert und drehte sich zu Egg. »Was hast du angestellt, Edward?«

Egg ließ den Kopf hängen.

»Was hast du angestellt?«

»Ich hab was Blödes gesagt. Dass sie … dass sie eine Prostituierte ist. Sozusagen.«

Carol schlug sich die Hand vor den Mund und stieß ein ersticktes Ächzen aus. »Okay«, sagte sie zu Bex. »Du kannst bleiben und die Sache klären.« Ohne sich umzudrehen, machte sie einen Schritt zur Tür. »Und wir unterhalten uns noch über dein Benehmen, Edward!«

Als Carol verschwunden war, betrachtete Bex Egg nachdenklich. »Du hast ihr nicht erzählt, dass die Band wieder zusammen ist?«

»Nein. Ich habe gesagt, ich gehe zum Schachclub und zum Matheclub und so weiter … bald habe ich alle Clubs durch, die ihr in den Kram passen sollten.«

»Und sie hat keinen Verdacht geschöpft?«

»Als ich ausgestiegen bin, hat sie gemerkt, dass ich es wirklich ernst meine. Und … na ja, normalerweise lüge ich nie. Sie denkt, alles wäre wieder wie früher.« Egg schüttelte den Kopf. »Aber egal. Was machst du hier? Ich dachte, du hasst mich?«

»Ja, schon. Nach deinem dämlichen Auftritt neulich sollte ich eigentlich nie wieder mit dir reden. Aber du hast Glück – ich bin eben null nachtragend. Außerdem wollte ich morgen zum Konzert kommen, wenn das für dich okay ist.«

»Natürlich ist es okay.«

»Klasse!« Bex rutschte auf dem Sofa herum. »Aber ich bin nicht nur gekommen, weil ich dich wiedersehen wollte. Also schon, aber … also, mein Dad hat einen Kumpel bei einem Plattenlabel und dem hat er einen Link zu euren Songs gemailt. Der Typ fand die Songs super. Er würde auch zum Gig kommen, wenn ihr nichts dagegen habt?«

»Äh … ja, klar. Burt meinte, wir können jeder zwei Leute auf die Gästeliste setzen. Dann nehme ich dich und den Typen.« Egg machte eine Pause. »Aber wo arbeitet der Typ überhaupt?«

Bex strahlte. »Das ist ja das Coole! Ich habe ihn gegoogelt – das ist der drittwichtigste Mensch der Musikbranche! Und man sollte sowieso immer drei Angebote einholen, bevor man einen Handwerker engagiert – hat mein Dad gesagt. Ich glaube, es wäre sehr wichtig, das richtige Label zu erwischen.«

»Du willst, dass die Typen um uns kämpfen«, sagte Egg und grinste.

»Ja, so ungefähr. Hast du was zum Schreiben? Der Typ heißt Jerome Clincher.«

Egg zog ein kleines Notizbuch mit Ledereinband aus seiner Jeanstasche, schlug es auf und notierte sich den Namen.

»Was ist das?«, fragte Bex und deutete auf das zerfledderte Büchlein.

»Da kommen meine Lyrics rein«, sagte Egg ganz unschuldig.

Bex riss die Augen auf. »Cool! Du hast ein eigenes Buch nur für deine genialen Lyrics?«

»Nicht nur«, gab Egg zu. »Ich benutze es auch als Tagebuch.«

»Du schreibst Tagebuch? Wie philosophisch! Steht da auch was über mich drin?«

Egg wurde rot.

»Aha. Erwischt«, sagte Bex vergnügt. »Und *was* steht über mich drin?«

Mit einiger Überwindung gelang es Egg tatsächlich, in ihre neugierigen Augen zu blicken. »Dass du der schönste, liebenswerteste und intelligenteste Mensch bist, den ich je kennenlernen durfte, und dass es absolut idiotisch war, unsere Freundschaft durch so einen blöden Spruch aufs Spiel zu setzen.« Schnell sah er wieder zur Seite.

Für einen kurzen Moment legte sich Bex' Stirn in Falten, ehe sie abrupt aufstand. »Ich muss los. Hab noch was zu tun, Termine und so.« Sie streckte die Hand aus. »Wieder Freunde?«

Egg nahm ihre Hand und lächelte. »Wieder Freunde.«

Eilig verließ Bex das Haus, doch auf dem Heimweg dachte sie noch lange über Eggs Worte nach. Und lächelte.

9. Song
Showcase

Der große Tag war gekommen und die RockAteers waren bereit. Sie hatten drei Mal die Woche in der Schule und sonntags in Burts Garage geprobt. Mit jeder Probe hatte sich Burts Gesang gesteigert, er konnte das Kratzen seiner Reibeisenstimme immer zielgerichteter einsetzen. Die Rhythmussektion sorgte für einen präzisen, treibenden Beat, der dennoch genügend Swing und Gefühl für Eggs Songs besaß. Und das i-Tüpfelchen war Eggs fließender, ausdrucksstarker Gitarrenstil. Die Band war in der Form ihres Lebens. Alle wussten, worum es ging. Bei der letzten Probe vor dem Showcase hatte Clipper einen Vergleich gezogen, der noch lange bei den vier Mitgliedern nachhallte:

»Du kannst trainieren, bis du blau anläufst, aber erst wenn das Spiel angepfiffen wird, kommt's drauf an. Und wenn es ernst wird, kriegen auch die ganz Harten das Zittern.«

Im Borderline war die Spannung schon lange vor Beginn mit Händen zu greifen. Der Soundcheck, der von zwanzig Personen beobachtet wurde, verlief problemlos. Alles war vorbereitet: Die Namen standen auf der Gästeliste, die Bar hatte genug Bier auf Lager, vor der Tür wartete schon die Meute, die RockAteers trugen ihre Konzertuniformen. Sie fühlten sich wie eine Band und sie sahen auch so aus.

Als sie dem Clubmanager durch einen verwinkelten Gang zu dem winzigen Backstageraum folgten, staunte Tea über die unzähligen Bandsticker an den Wänden. Jeder Quadratzentimeter war zugepflastert.

»Shit!«, rief Clipper in der Tür des Backstageraums. »Schaut euch mal das ganze Bier an!« Am Rand standen zwei große Kühlboxen, randvoll mit Eiswürfeln und Bierflaschen.

»Das ist sicher nicht für uns«, sagte Tea deprimiert.

»Und ob«, erwiderte der Clubmanager.

»Aber das kann nicht sein. Wir sind alle noch minderjährig«, platzte Clipper heraus.

Burts Kopf sank in die Hände.

Tea stöhnte auf.

»Davon weiß ich nichts«, meinte der Manager mit einem halben Lächeln und verschwand im Gang.

»Clip«, sagte Burt. »Dir ist schon klar, dass du der größte Knallfrosch der Welt bist?«

Tea nickte. »Sorry, Kumpel, aber da muss ich Burt ausnahmsweise recht geben.«

Für einen Moment blickte Clipper betreten zu Boden.

Bis Burt sagte: »Wie oft denn noch, Tea? Ich heiße ab sofort Jack!«

»Ja, ja, ja. Ich versuch dran zu denken.«

Da kam Billy Visconti herein. »Leute!«, rief er, um die Aufmerksamkeit der Band zu erregen, und wedelte mit einem Klemmbrett herum. »Der Soundcheck war spitzenmäßig.

Wenn ihr vor dem Boss genauso auf die Kacke haut, werden wir euch nachher mit Gewalt zwingen, den Vertrag zu unterzeichnen!« Er klopfte mit einem Kugelschreiber auf das Klemmbrett. »Ich wollte nur kurz checken, ob die Namen auf der Gästeliste stimmen.«

Die RockAteers nickten einträchtig.

Billy blickte auf das Klemmbrett und ging die Namen mit dem Stift durch. »Jack, du wolltest niemanden auf die Liste setzen? Deine Eltern kommen nicht?«

»Nein. Meine Eltern sind unterwegs und meine Freunde können sich den Eintritt locker leisten«, antwortete Burt. »Wir sind doch kein Wohltätigkeitsverein.«

»Okay … Egg, bei dir habe ich Bex Vargas und … einen Jerome Clincher?« Billy blickte von der Liste auf.

Egg nickte.

»Es geht mich ja nichts an, aber … das ist nicht zufällig *der* Jerome Clincher, der Fictitious Records managt?«

Wieder nickte Egg.

»Hmmmmmmm …«, machte Billy. »Weißt du, Egg, eigentlich wollten wir hier einen *nicht* öffentlichen Showcase machen. Für unsere Leute, verstehst du, und da gehört Jerome leider nicht dazu.« Billy machte eine Pause. »Wäre einfach schade, wenn ihr von so einer Type übers Ohr gehauen werdet.«

Burt nickte hastig. »Total, Billy, total! Warum hast du den Kerl überhaupt eingeladen, Egg?«

Egg zuckte mit den Schultern. »Ich wusste nicht, dass der Gig nicht öffentlich ist. Ich dachte, es wäre ein richtiger Showcase.«

»Entspann dich!«, rief Billy und hob beschwichtigend die Hände. »Natürlich ist es ein richtiger Showcase. Es … es geht halt vor allem darum, dass unser internes Team ein Gefühl dafür kriegt, *wie* genial ihr wirklich seid.«

Er lächelte die Band an. Die Band lächelte zurück. Alle bis auf Egg.

»Und nur so nebenbei …« Billy legte die Hand auf Eggs Schulter. »Das Label lässt sich den Abend einiges kosten, die Clubmiete und so … deshalb wollen wir, dass auch alles nach Plan läuft.« Er tätschelte Eggs Rücken. »Mach dir keine Gedanken. Du konntest es nicht wissen.«

»Nein«, sagte Egg tonlos.

»Also streiche ich Mr Clincher von der Liste?«, fragte Billy, während er bereits einen sauberen Strich durch Clinchers Namen zog.

»Klar, Billy«, meinte Burt. »Mach nur. Egg hat nicht nachgedacht. Alles super.«

Billy klopfte noch einmal auf das Klemmbrett, nickte zufrieden und verließ den Raum. Doch eine Sekunde später erschien sein Gesicht wieder in der Tür. »Ach, das hatte ich vergessen – in einer halben Stunde bekommt ihr ein schönes Abendessen serviert. Es hat eben seine Vorteile, wenn man dazugehört.«

* * *

Egg schaute auf die Uhr. Noch zehn Minuten. Schon wieder drehte sich sein Magen um. Clipper war in der letzten Stunde sechs Mal auf der Toilette gewesen, doch Egg hatte dem Drang widerstanden. Alles nur Nervosität, dachte er. Die Signale, die seinem Gehirn mitteilten, dass er extrem dringend musste, waren nichts als Lügen.

Hin und wieder tauchte Bex auf, um der Band zu sagen, wie

viele Leute schon im Saal standen und wer alles dabei war. Bei ihren Stippvisiten bediente sie sich jedes Mal großzügig am Getränkeangebot im Backstageraum. Sie hatte schon vier Biere intus, oder sogar noch mehr, falls Egg das eine oder andere übersehen hatte. Bex hatte einen Backstageausweis erhalten, da sie beim Konzert fotografieren sollte; Egg fragte sich, ob man in betrunkenem Zustand bessere oder schlechtere Fotos machte. Fünf Minuten vor Beginn platzte Bex dann herein, um zu berichten, dass Sir Wilson Cloom den Club betreten hatte, samt einem großen Gefolge mit einigen prominenten Gesichtern.

Egg hatte ihr nicht sagen können, dass Billy Visconti den Kumpel ihres Dads von der Gästeliste gestrichen hatte. Darüber würde sie sich nur aufregen und für so ein Gespräch hatte er vor dem Konzert keine Kraft mehr.

Er beobachtete seine Bandkollegen. Hatten sie genauso viel Panik wie er? Burt schrieb SMS und wirkte dabei eher noch entspannter als vor ihrem letzten Gig. Clipper war aschgrau im Gesicht, nur um die Nase herum leicht grünlich, und starrte wie jedes Mal fasziniert auf seine Schuhe. Tea saß mit seinem Bass auf dem Schoß in der Ecke und spielte, spielte, spielte. Sein Blick und seine Finger verschmolzen zu einem hoch konzentrierten Notenfluss. Nur ab und zu schaute er auf, trank einen Schluck Bier und lächelte Egg aufmunternd an. »Was bist du so nervös, Mann? Du bist der beste Gitarrist, den ich kenne! Du wirst den Leuten die Hölle heißmachen!«

Sekunden später kam der Tontechniker des Clubs herein, um ihnen mitzuteilen, dass sie in einer Minute dran waren – und dass der Laden ausverkauft war. Clipper schreckte hoch und rannte Richtung Toilette.

Burt stand auf. »Hoffentlich ist er rechtzeitig zurück.« Er schob sein Telefon in die Tasche und überprüfte sein Aussehen in dem mit Stickern tapezierten Schminkspiegel.

Tea richtete sich ebenfalls auf und atmete gedehnt aus. »Dann mal los, Jungs.« Er grinste Egg an. »Ist das nicht die Härte? In der nächsten Stunde entscheidet sich, wie unser restliches Leben aussieht!«

Egg brachte ein dünnes Lächeln zustande. »Gut, dass du das jetzt sagst, wo Clip nicht da ist.«

»Was hat er gesagt?«, fragte Clipper, dessen geisterhaft blasses Gesicht plötzlich hinter ihnen auftauchte. Seine blutleeren Hände krallten sich schon um die Trommelstöcke.

»Bandgebet!«, befahl Burt.

Die Band stellte sich dicht beieinander auf, legte einander die Arme auf die Schultern und neigte die Köpfe. »Unsere Band die du bist aus dem Himmel geheiligt werden die Rock-Ateers«, sprach Burt in den engen Viererkreis. »Dein ist der Rock. Dein ist der Roll. Unser Ruhm komme, denn unser ist der Sound. A-fucking-men!«

»A-fucking-men«, raunte die Band.

Burt löste den Kreis auf, tänzelte durch den Gang und brüllte: »Rock 'n' Roll!«

Die anderen drei trotteten hinterher.

* * *

In der Mitte des zweiten Songs, *Shop Till You Drop*, machte Egg den Labelboss ausfindig. An sich waren Cloom und seine Gang aus Anzugträgern zwischen den jugendlichen Zuschauern nicht zu übersehen, doch Egg hatte erst nach eineinhalb

Songs genügend Selbstvertrauen gesammelt, um in den Saal zu blicken. Er beobachtete Cloom – ein hochgewachsener Mann Mitte fünfzig, der offenbar täglich ins Sonnenstudio ging. Während der nächsten drei Songs blieb Clooms Gesicht wie versteinert. Er reagierte überhaupt nicht, er ließ sich nicht mal zu einem kleinen anerkennenden Nicken hinreißen, als ginge ihn das alles nichts an. Doch das beeindruckte die Band nicht. Die RockAteers jagten durch die erste Hälfte des Sets und brachten das Publikum zum Kochen. Clipper bekam wieder etwas Farbe, Teas Aufwärmübungen zahlten sich aus und Burts Geplauder mit dem Publikum wirkte souveräner als je zuvor, als stünde er schon seit Jahrzehnten auf der Bühne. Nach dem sechsten Song beschloss Egg, den Titanen des Musikbusiness nicht weiter zu beachten.

Als siebter Song stand *Cupid's Arrow* auf der Setlist – ein Song, den Egg sich als Single vorstellen könnte. Schon beim ersten knarrenden Akkord zuckte Burt kreuz und quer über die Bühne, und das Publikum schaltete gehorsam einen weiteren Gang hoch. Nun warf Egg doch wieder einen Blick auf Cloom. Immer noch keine Reaktion. War der Typ innerlich tot? Auf *Cupid's Arrow* folgte *Golden*, eine weitere potenzielle Single, und für den vorletzten Song musste Egg dann die Gitarre wechseln. Eine kurze Pause, die Burt immer für ein wenig Freestyle-Geplänkel mit dem Publikum nutzte.

»Was geht, Leute!? Ist das hier das geilste Konzert ever, oder was?«

Die Menge brüllte.

»Ich wollte mich nur kurz bedanken, dass auch ein paar Leute aus den höheren Kreisen den Weg hergefunden haben. Das bedeutet uns echt viel!«

Wieder brüllte die Menge.

»Ich weiß nicht, ob ihr's schon mitbekommen habt, aber wir haben heute Sir Wilson Cloom zu Gast. Wir sind alle Riesenfans von Sir Wilson, also seid bitte nett zu ihm!«

Die Menge buhte.

Verwirrt blickte Burt sich nach der Band um. Er war völlig perplex. Inzwischen war Eggs zweite Gitarre startklar, und so nickte Egg schnell Clipper zu. *Bet On You* polterte über das Publikum herein. Burt schüttelte den Kopf, um die Verunsicherung zu vertreiben, und fing an zu singen.

Egg warf einen weiteren Blick auf Cloom – und stellte entsetzt fest, dass der Labelboss samt Gefolge verschwunden war. Das Herz rutschte ihm in die Hose. Burt hatte mal wieder alles ruiniert …

Der Leadsänger brauchte den ganzen Song, um sich wieder zu fangen. Dann hatte er die Menge erneut voll im Griff. Doch jetzt hatte auch er Clooms Abgang registriert, und das regte ihn auf. »Ihr Wichser!«, brüllte er ins Publikum. »Ihr habt uns alles versaut, ihr …!«

Da schob Tea sich zwischen den Sänger und das Mikrofon, vergrub sein Gesicht in Burts schweißnasser blonder Mähne und fauchte ihm irgendetwas ins Ohr. Im Saal war es stiller geworden, aber nicht still genug, um auch nur ein Wort zu verstehen.

Nach einigen Sekunden kehrte Tea an seinen üblichen Platz zurück und Burt schnappte sich wieder das Mikro. »Verehrte Damen und Herren! Wir entschuldigen uns für die kurze Unterbrechung!« Er lächelte. »Ich wollte nur sagen, dass ihr das verdammt noch mal beste Publikum seid, das wir je hatten. Wir lieben euch! Jeden Einzelnen von euch!«

Da jubelte die Menge wieder.

»Einen Song haben wir noch – *Satellites*«, sagte Burt, drehte sich elegant zur Band und nickte.

Die RockAteers waren angeschlagen, doch dank ihrer zahllosen Proben konnten sie den letzten Song selbst mit halber Konzentration fehlerlos herunterspielen. Schließlich verabschiedete Burt sich mit einer tiefen Verbeugung von der begeisterten Menge und schritt von der Bühne.

Egg riss einen schlaffen Arm hoch, um sich zu bedanken, und folgte dem Leadsänger. Doch kaum hatte er den Gang zum Backstageraum betreten, erstarrte er – vor ihm stand Cloom, umringt von seinem Gefolge, und grinste ihnen entgegen.

»Gut gemacht, Jungs!«, lobte er und trat einen Schritt vor, um Burt die Hand zu schütteln.

»Danke, Sir Cloom. Ich hoffe, die Leute da draußen haben Sie nicht beleidigt? Diese Buhrufe …«

»Schnee von gestern, mein lieber Jack! Was soll ich sagen? Ich bin nun mal die moderne Verkörperung der alten Schwarz-Weiß-Schurken.«

Als Cloom den Sänger tatsächlich mit seinem Künstlernamen ansprach, grinsten sich die übrigen drei Bandmitglieder einen.

»Großartig! Einfach großartig, Jungs!«, rief Billy Visconti und trat in den Kreis. »Ein Hammergig! Eure Songs rocken wirklich alles weg! Der Wahnsinn!«

»Freut uns, dass es Ihnen gefallen hat«, sagte Burt und lächelte triumphierend. »Wir hatten da oben eine super Zeit. Und die Fans hatten auch ihren Spaß, denke ich.«

»Und wann kommt ihr im Label vorbei, damit wir den Deal klarmachen können?«, fragte Cloom.

»Morgen!«, rief Burt ohne Zögern.

Aus heiterem Himmel sprang Hazel in den Kreis und warf sich um Burts Hals. »Burtilein! Ich liiiiieeeeebe dich!«, säuselte sie. »Du bist der beste, beste, *beste* Sänger der We-heeeeelt!«

»Hau ab, du irres Weib!«, kreischte Burt. »Mann, schaff doch irgendwer die Wahnsinnige weg!«

Ein Türsteher eilte herbei und packte Hazel. Sie klammerte sich so fest an Burt, dass der Mann jeden Finger einzeln lösen musste. Dann schleifte er sie fort.

»Und ich heiße nicht Burt, du durchgeknallte Schlampe! Ich heiße Jack Skill!«, brüllte Burt ihr noch hinterher.

»Ruhig, Jackie, ruhig!«, sagte Cloom ernst. »Ich glaube, du solltest ein bisschen an deinem Auftreten arbeiten. Fans muss man hegen und pflegen – wenn ich nicht irre, hast du sie vorhin als *Wichser* bezeichnet? Wir bei Big Tone raten eigentlich nicht dazu, Fans zu beleidigen. Eine etwas erwachsenere Wortwahl könnte dir nicht schaden, mein Junge.«

»Aber die Frau stalkt mich schon seit Wochen«, sagte Burt, dem noch immer der Schweiß herunterlief. »Sie lungert dauernd vor meinem Haus rum. Sie macht mich fertig. Ich kriege schon Albträume!«

»Wie dem auch sei!«, rief Cloom und nickte Billy bedeutsam zu. »Wenn es nach mir geht, habt ihr den Vertrag schon in der Tasche. Dann bis bald, Jungs – bis ganz bald!«

Damit ging Cloom, dicht gefolgt von seinen Lakaien. Nur Visconti blieb.

»Ihr unterschreibt also bei uns?«, fragte Billy und hielt ihnen die Hand hin. »Ja oder ja?«

Burt schüttelte ihm zuerst die Hand. Dann Tea, dann Clipper und zuletzt auch Egg.

»Dann ist die Sache geritzt!«, sagte Billy. »Freut mich, dass ihr an Bord seid.« Er zwinkerte ihnen zu. »Ich muss weiter. Ist ein stressiger Job, aber ich liebe ihn!«

* * *

Egg war unruhig. Sein übliches Hochgefühl nach einem gelungenen Gig war rasch in ängstliche Nervosität umgeschlagen. Er suchte im Publikum nach Bex, wurde aber durch die ständigen Schulterklopfer und entzückten Kommentare der Fans aufgehalten.

Plötzlich schmiegte sich ein warmer Leib an seinen Rücken. Nackte Arme schlangen sich um seinen Körper. »Rat mal, wer ich bin«, lallte eine warme, heisere Stimme.

Egg wirbelte herum und strahlte. »Ich dachte schon, du wärst gegangen!«

Bex trug ein sehr knappes, rückenfreies Kleid mit tiefem Ausschnitt. Im dämmrigen Licht schimmerte der Stoff metallen.

»Wow!« Egg musste schlucken. »Du hast dich umgezogen.«

»Ja, als ich mit den Fotos fertig war. Die übrigens richtig cool geworden sind.«

»Ist das Silber?«, fragte Egg und deutete auf das bisschen Stoff an Bex' Körper.

»Ja, klar. Ich laufe hier in einem silbernen Kettenhemd rum. Was sonst?«

»Okay, okay.« Egg dachte nach – es war nicht zu übersehen, wie betrunken Bex war. Vielleicht wäre es besser, ihr erst morgen von der Sache mit Jerome zu erzählen.

Nein. Er sollte es gleich hinter sich bringen. »Ich konnte Mr Clincher nicht in den Club holen. Tut mir leid.«

»Hä? Da drüben steht er doch.« Bex fasste Egg an der Hand. »Komm, ich mache euch bekannt.«

Als Bex ihn quer durch das Publikum zog, nahm Egg nur noch ihre warmen Finger um seine Hand wahr. Er wünschte, sie würde ihn aus dem Club zerren, einfach irgendwohin – doch drei Sekunden später standen sie vor einem großen, bärtigen Mann, der sie mit einem herzlichen und aufrichtigen Lächeln begrüßte. Um seine Augen zerknitterte die Haut wie eine Ziehharmonika. Der Typ war Egg sofort sympathisch.

»Das ist Jerome Clincher«, sagte Bex. »Der Kumpel von meinem Dad.«

Jerome streckte die Hand aus. »Geniales Konzert, Mann!«

»Danke«, sagte Egg schüchtern.

»Was zu trinken?«, fragte Jerome, leerte sein Pint und deutete auf die Bar.

Egg nickte. »Vielleicht einen Orangensaft mit Limo.«

»Einen dreifachen Wodka-Cola«, sagte Bex.

»Da müsste ich erst deinen Dad fragen, Bee. Wegen mir siehst du aus wie achtzehn, aber du bist noch keine achtzehn.«

»Na gut, dann einen doppelten!«

»Einen ganz normalen. Kannst froh sein, dass ich dir überhaupt was besorge.«

Jerome zwinkerte ihnen zu und schob sich geschmeidig durch das Menschengewühl zur Bar.

»Gute Haltung«, murmelte Egg, während er ihm hinterherblickte.

»Was?« Bex beugte sich näher zu ihm.

»Er geht absolut aufrecht. Als wäre er stolz, dass er so groß ist. Schade, dass ich das nicht hinkriege.«

»Alles eine Frage des Selbstbewusstseins«, meinte Bex und rückte noch näher an ihn heran. »Cooler Typ, was?«

Ihr warmer, süßer, stark alkoholisierter Atem wehte ihm ins Gesicht. Egg war im Himmel. »Aber wie ist er überhaupt hier reingekommen?«

»Er ist halt ein Profi. Er hat rechtzeitig gesehen, dass sein Name auf der Liste durchgestrichen ist, und einfach den Namen darunter gesagt.« Ihre Lippen streiften sein Ohr. »Ich fürchte, Wilson Cloom und er sind nicht die besten Freunde. Sie haben ziemlich unterschiedliche Auffassungen von Musik.«

Als Jerome mit den Drinks zurückkehrte, trat Bex einen Schritt zur Seite. Der magische Moment war vorüber.

»Du hast einen enormen Instinkt für Melodien, Egg«, sagte Jerome feierlich. »Und du *glaubst* an deine Texte – das ist selten. Kaum zu fassen, dass du schon so erwachsene Lyrics schreibst. Manche Stellen haben mich richtig bewegt, Mann!«

»Ja, ich hab schon schwere Zeiten durchgemacht«, sagte Egg und grinste.

Bex und Jerome lachten.

»Kommt ihr zwei allein klar?«, nuschelte Bex. »Ich muss noch … ich wollte noch der restlichen Band gratulieren.«

Egg sah zu, wie Bex sich abwandte und mit elegant wiegenden Hüften durch die Menge schlingerte. Es war ein berauschender Anblick.

»Deine Freundin?«, fragte Jerome.

»Nein.« Egg starrte ihr weiter hinterher.

»Aber du hättest nichts dagegen, wenn sie's wäre.«

»Stimmt.«

Jerome lächelte verständnisvoll. »Wenn das kein Stoff für ein paar gute Songs ist!«

Egg nickte, während Bex hinten zwischen den Menschen verschwand.

»Wollt ihr nächste Woche mal im Label vorbeikommen und euch anschauen, wie es bei uns so läuft?«, fragte Jerome. »Ich denke, ihr würdet super reinpassen. Und wir würden euch sicher weniger einengen als die meisten anderen Labels.«

Traurig schüttelte Egg den Kopf. »Da würdest du bloß deine Zeit verschwenden. Billy Visconti hat doch schon alles klargemacht.«

»Interessant. Und *wie* hat er das gemacht?«

»Er hat gefragt, ob wir bei ihnen unterschreiben wollen, und wir haben Ja gesagt. Wir haben ihm die Hand geschüttelt. Wir alle.«

Jeromes Augen weiteten sich. »Nein. Nein, nein, nein! Weißt du, wegen solchem Mist *hasse* ich das Business manchmal richtig.« Er studierte Eggs Gesicht. »Du hast eine besondere Gabe, Egg, und es kann sein, dass du und einige andere Leute damit mal sehr viel Geld verdienen werden. Aber du bist doch erst fünfzehn, oder?« Egg nickte. »Und du schreibst die Songs?« Ein zweites Nicken. »Tja, ohne die Zustimmung deiner Eltern kannst du gar nichts unterschreiben – und ich würde dir raten, dir Zeit zu lassen. Ich sag nicht, dass du mir blind vertrauen sollst, aber schau dir doch mal an, wie wir die Sache so angehen. Schau dir an, was ich die letzten zehn Jahre gemacht habe, was für Acts ich am Start habe. Bei uns dreht sich alles um die Künstler. Ich habe keine Leichen im Keller.«

Egg hörte ihm aufmerksam zu, sagte aber nichts.

Deshalb fuhr Jerome fort: »Ich weiß, was du denkst. Du denkst, ich will mich genauso einschleimen wie Billy Großmaul Visconti, und irgendwo hast du auch recht. Aber ich finde deine Musik genial, Mann – deine Songs sind eigenständig und aufrichtig und *echt*. Ich kann dir nicht versprechen, dass du mit mir mehr Geld einsacken wirst als mit Big Tone. Aber es wäre sauberes Geld. Du müsstest deine Kunst, deine *Seele* nicht verraten. Ich mache das alles nicht wegen der Kohle. Ich will mit Musikern an ihrer Musik arbeiten.« Er trank einen Schluck Bier. »Und ich bin mir nicht hundertprozentig sicher, ob Visconti und sein Herr und Meister Cloom dasselbe behaupten können.«

Egg fühlte sich bestätigt – er hatte Billy Visconti von Anfang an nicht getraut. In seinem Inneren brodelte ein Gemisch aus Selbstgerechtigkeit und Wut. »Aber wir haben ihm die Hand geschüttelt«, zischte er ärgerlich. »Auch die anderen, und die sind schon sechzehn.«

»Na und? Du schreibst die Songs! Was wollen die anderen ohne dich? Echt, das ist mal wieder typisch. Was für eine hinterfotzige Aktion! Ihr sollt eure Seele verkaufen, nur weil Cloom im Fernsehen kommt und weil euer Leadsänger so geil darauf ist, ein Star zu sein, dass er dafür seine eigene Scheiße fressen würde. Aber sorry, so ein Handschlag bedeutet nichts. Gar nichts.«

Damit hatte Jerome den Leadsänger erstaunlich treffend charakterisiert. »Klingt, als hättest du Jack Skill schon kennengelernt«, sagte Egg.

Jerome schüttelte den Kopf. »Nee. Aber er ist halt der typische Leadsänger. Ein wandelndes Klischee. Ich bin seit zwanzig Jahren dabei, Mann. Schon wie der Typ auf die Bühne gekommen ist … da wusste ich Bescheid.«

Egg musste lachen. Hinter Jeromes linker Schulter entdeckte er passenderweise Burt, der gerade ein Mädchen gegen die

Rückwand des Clubs drückte und küsste. Egg konnte nicht erkennen, wer es war. Irgendein Groupie wahrscheinlich. Oder sogar Crazel.

Da drehte sich das Paar um.

»Bex!«, ächzte Egg und machte einen Schritt auf die beiden zu, vorbei an Jerome. Er musste es wissen.

Blinzelnd rieb er sich die Augen. Hatten sie sich wirklich geküsst? War das tatsächlich Bex? Nun presste Burt das Mädchen wieder gegen die Wand und berührte es überall. Ihr Gesicht war nicht mehr zu erkennen – aber das Kleid! Es schimmerte metallen. Egg wurde speiübel, als müsste er sich jeden Moment übergeben. Kein Zweifel, es war Bex. *Burt schlabberte Bex ab.*

Egg machte kehrt und flüchtete aus dem Club.

10. Song

Geheimnisse

Egg – 26. Juli

Eigentlich sollte ich mich freuen, dass endlich Sommerferien sind. Seit gestern ist die elfte Klasse offiziell vorbei, das GCSE ist Geschichte, und in fünf Wochen werde ich sechzehn. Aber was mache ich? Ich sitze um ein Uhr nachts in meinem Zimmer und fühle mich beschissen.

Seit dem Showcase habe ich keine Lust mehr, irgendwas zu schreiben. Dabei ist der Gig selbst noch optimal gelaufen.

Wäre ich nicht ich, sondern Clipper, würde ich den Abend wahrscheinlich mit einem Fußballvergleich beschreiben: Erste und zweite Halbzeit waren ein Unterschied wie Tag und Nacht. Als Clippers Drums und Teas Bass den ersten Song eröffneten, war meine Nervosität wie weggeblasen. Ich versank in einem ganz eigenen Zustand, den Tea »Gig-Flow« nennt.

Im Gig-Flow vergeht die Zeit schneller, und alle Zweifel lösen sich in Luft auf. Alles löst sich in Luft auf, nur die Musik nicht.
Ich dachte nicht mehr an Bex, ich zerbrach mir nicht mehr den Kopf, ob ich vielleicht die Abschlussprüfungen verhauen hatte (habe ich nicht). Da ich stundenlang geübt hatte, konnte ich meine Gitarrenparts im Schlaf spielen, und ich glaube, die anderen hatten auch zu Hause geübt, denn wir waren nicht zu stoppen.
Es ist schwer zu erklären, aber wir waren wie ein einziger Puls, der hochdrehte oder runterfuhr, je nachdem, in welche Richtung uns die Stimmung des Songs zog. Wir waren einfach nur wir selbst. Wir waren ehrlich – deshalb waren wir so gut. Jede Note war absolut ernst gemeint. Wir wollten den Leuten nichts vormachen und uns selbst erst recht nicht. Zwischen der Band schwappte so viel Adrenalin hin und her, dass ich fast das Gefühl hatte, ich würde uns bloß beim Spielen zusehen.
Natürlich hat es nicht geschadet, dass der Sound auf der Bühne großartig war und vor uns ein Meer aus verrückten Menschen herumgesprungen ist. Unsere Fans!

Die zweite Halbzeit ging auch noch gut los. Wenn man an einem Abend zwei Plattenverträge angeboten bekommt, kann man wirklich nicht meckern.
Doch darauf folgte der katastrophale, tragische Wendepunkt: Am anderen Ende des Clubs entdeckte ich Burt und Bex. Sie küssten sich.
Das war vielleicht ein Tritt in die Magengrube.

Wieso? Wieso, Bex?
Wieso, wieso, wieso? Jetzt kann ich mich über gar nichts mehr freuen. Nie mehr.

* * *

Burt – 26. Juli
Fünf Jahre, acht Monate, sechs Tage, siebzehn Stunden und vierzehn Minuten. So lange habe ich gebraucht, um an Rebecca Vargas ranzukommen. Ein paar Shots Tequila und zwei, drei XXL-Cocktails haben die Sache sehr erleichtert. Mann, warum bin ich da nicht früher draufgekommen? Genial!
Es war ein spektakulärer Kuss und Bex hat sofort nach mehr gelechzt, das hat man gemerkt. Mir doch egal, ob Egg es gesehen hat oder nicht. Schöne Menschen küssen andere schöne Menschen, das ist der Lauf der Welt.
Der rothaarige Gesichtsunfall hatte eh einen Vollschuss, wenn er dachte, er hätte eine Chance bei einer Frau wie Bex. Natürlich denke ich dauernd an sie, aber ich habe beschlossen, ihr Zeit zu lassen. Ich muss es langsam angehen, ohne unnötiges Risiko.
Egg ist das hässliche Entlein, ich bin der größte Hecht im Karpfenteich und Bex die scharfe Biene, die endlich den Honigtopf entdeckt hat.
#dieMoralvonderGeschicht
#AndthewinnerisBurt

* * *

Obwohl er erneut ohne Bandkollegen aufkreuzte, trat Burt bei seinem zweiten Besuch im herrschaftlichen Hauptquartier von Big Tone Records deutlich cooler auf. Schließlich hatten Label und Band bereits eine mündliche Vereinbarung getroffen und mit einem Handschlag bekräftigt.

Als er im Foyer von der schönen Sekretärin abgeholt wurde, war er bereit. Was sollte schon schiefgehen? Im Moment konnte ihn nichts aufhalten.

Wieder standen sie zu zweit im Aufzug. Burt studierte die Dame genau. Sie durfte ruhig mitkriegen, dass seine Augen immer wieder zu ihren Brüsten zuckten.

»Wie heißt du?«, fragte er nach ein paar Sekunden.

»Sophia«, sagte sie und zupfte ihr Oberteil etwas höher.

»Hättest du Lust, nach der Arbeit mal was trinken zu gehen, Sophia?«

Sie wirkte überrascht. »Wie alt bist du?«

»Zwanzig. Warum fragst du? Wie alt bist du denn?«, erwiderte er mit einem möglichst ehrlichen, aber auch weltmännischen Lächeln.

»Neunzehn.« Sie runzelte die Stirn. »Du wirkst aber jünger als zwanzig.«

»Das liegt in der Familie. Die Gene, du weißt schon.« Grinsend rieb Burt sich die Oberschenkel.

Sophia lächelte. Dann läutete es auch schon, und der Lift entließ sie in den zwanzigsten Stock.

»Ich war bei eurem Gig im Borderline. Ihr wart super«, meinte Sophia auf dem Weg durch den Gang. »Warte mal. Ich dachte, ihr geht noch zur Schule? Dann kannst du noch keine zwanzig sein.«

»Ja, der Gig war nicht übel«, antwortete Burt bescheiden.

»Aber das mit der Schule ist Quatsch. Das erzählen wir den Leuten nur, damit wir jünger rüberkommen.«

»Ach so.« Sie kniff die Augen zusammen und spitzte die Lippen. »Aber kein Sex beim ersten Date!«

Um ein Haar wäre Burt über das vorstehende Bein eines Werbeaufstellers gestolpert.

»Nur damit das von Anfang an klar ist«, fügte Sophia hinzu.

Burt war noch auf der Suche nach einer passenden Antwort, als sie Wilsons Büro erreichten. Mit einem Lächeln deutete Sophia auf den Wartebereich, steckte ihm eine Visitenkarte zu und setzte sich an ihren Schreibtisch.

Er betrachtete die Karte – jetzt hatte er ihre Handynummer.

Eine Sekunde später stand Billy Visconti mit ausgestreckter Hand vor ihm. »Wollen wir reingehen?«

»Ja, klar«, sagte Burt und folgte Billy in das verglaste Büro.

»Schon wieder solo unterwegs?«, begrüßte Cloom ihn.

»Äh … ja. Billy meinte, Sie wollen erst mal allein mit mir reden?«

Cloom ließ sich gegen die Rückenlehne des Chefsessels sinken. »Ja. Ein Vögelchen hat mir gezwitschert, dass euer Songwriter den ganzen Abend mit Jerome Clincher geredet hat … und da muss ich mich fragen, ob die RockAteers unser *Gentlemen's Agreement* platzen lassen wollen?«

Burt unterdrückte seine aufkeimende Panik. »Nein, nein. Die haben sich nur so unterhalten. Wir halten uns an unser Agreement. Ist doch klar.«

»Gut zu wissen. Für solche Späßchen bin ich nämlich nicht zu haben«, antwortete Wilson mit einem eiskalten Blick. »Wir verstehen uns doch, Mr Skill?«

»Aber natürlich, Mr … ähm, *Sir* Cloom, meine ich. Das tut

mir echt leid, aber keine Sorge, es ist alles im grünen Bereich. Ehrenwort, Mr Sir Wilson.«

»Gut, gut … dann hätten wir noch eine andere Sache zu klären, bevor ich dich wieder laufen lasse.« Er nickte Billy zu.

Billy übernahm den Staffelstab. »Jack. Du weißt doch, dass wir euch nur helfen wollen, oder?«

Burt nickte.

»Gut. Das ist uns nämlich sehr wichtig. Weißt du, es ist so … nach dem Gig dachten wir uns, dass wir ein paar kleine Veränderungen vornehmen sollten.«

»Was für Veränderungen?«

»Keine Angst, Jack, gemeinsam schaffen wir das schon.« Billys aufmunterndes Lächeln wich einem feierlichen Blick. »Das Label ist leider der Ansicht, dass euer Drummer nicht ganz mithalten kann.«

Ein betretenes Schweigen hing im Raum.

»Und die anderen Veränderungen?«, fragte Burt irgendwann.

»Nun ja … außerdem haben wir das Gefühl, dass man euch beim Songwriting ein bisschen unter die Arme greifen sollte. Nichts Weltbewegendes, aber ein Besuch beim Songdoktor würde euch sicher guttun.«

»Beim Songdoktor?«

»Ja, so nennen wir die Jungs«, sagte Billy sanft. »Sie helfen unseren Künstlern, zu besseren Songwritern zu werden. Daher *Songdoktoren* – leuchtet doch ein, was?«

»Aha. Unser Drummer ist scheiße und unsere Songs sind so im Arsch, dass sie zum Arzt müssen?«

Cloom, der sich das alles bisher schweigend angehört hatte, erhob sich von seinem Stuhl, umrundete gemächlich den Tisch und legte Burt eine Hand auf die Schulter. »Ganz ruhig, Jackie.

Jede Band muss Veränderungen durchmachen. Ihr seid noch so jung, und wenn ihr mich fragt, habt ihr viele erfolgreiche Jahre vor euch. Aber euer Debütalbum muss in der Szene einschlagen wie eine Bombe. Es geht nur um ein bisschen Feintuning, das ist alles. Ein guter Drummer ist der Herzschlag einer Band und gute Songs sind ihr Lebenssaft.«

Burt wand sich auf seinem Stuhl. Dann blickte er zu dem Labelboss auf. »Ich krieg das auch ohne die anderen hin. Alles, was Sie wollen, Sir! Ich will nur weitermachen.« Er sah Billy an. »Ich will ein Rockstar sein.«

»Du *wirst* ein Rockstar sein, Jack«, sagte Cloom und ließ Burts Schulter los. »Aber nicht ohne deinen Songwriter, verstehst du? Der Songwriter ist der Schlüssel. Nicht vergessen – gute Songs sind der Lebenssaft einer Band! Stell dir vor, wir kombinieren Eggs jugendlichen Elan mit der Erfahrung eines Mannes, der seit Jahren Hits abliefert. Was für ein Potenzial!«

Lächelnd stand Billy auf. »Ich lasse die Verträge vorbereiten. Gegen Ende der Woche habt ihr sie im Briefkasten. Dann müsst ihr nur noch unterschreiben.« Er machte eine Pause. »Ach so, denkt bitte dran, dass Eggs Eltern unterschreiben müssen. Er ist ja noch minderjährig.«

Burt wurde nervös.

»Das wird doch kein Problem sein?«, fragte Billy.

Burt reagierte mit einem wenig überzeugenden Kopfschütteln. Er stand auf, beugte sich über den Tisch, um Cloom die Hand zu geben, und folgte Billy aus dem Büro.

Hinter ihnen ertönte noch einmal Clooms Stimme: »Ein Tipp noch, Jackie – sag's deinem Drummer lieber bald!«

* * *

Clipper – 31. Juli

Die Sommerferien könnten so traumhaft sein – wäre da nicht George Graves. George Graves ist wie ein Haufen Scheiße, den man einfach nicht runtergespült kriegt.

Er geht und geht nicht weg. Manchmal lauert er uns nach der Probe auf und versucht, mich zu provozieren. Er macht's nur so hintenrum, weil er weiß, dass ich ihn jederzeit k. o. schlagen könnte, aber das ist schon schlimm genug. Zum Beispiel wenn er über andere Leute herzieht und sie dabei Homo, Gaylord, Hinterlader und so weiter nennt. Und jetzt mal ganz ehrlich: Ich fühle mich dabei richtig scheiße. Aber ich darf mich nicht drauf einlassen, sonst bringe ich den Typen noch um.

Mit der Band ist es ein einziges Auf und Ab. Das Showcase war der reinste Wahnsinn, ein Riesending, aber seitdem liege ich jede Nacht wach und mache mir tausend Sorgen. Warum streiten Burt und Egg ständig und reden dann wieder tagelang nicht miteinander? Warum können die sich nicht mal entspannen?

Wenn es so weitergeht, fahren wir noch alles an die Wand. Es ist wie beim Fußball – wenn einer scheiße spielt oder nie zum Mitspieler abgibt, hat die ganze Mannschaft drunter zu leiden. Burt hat Tea und mich jetzt schon zu drei heimlichen Treffen geholt. Tea meint, er will uns das Gehirn waschen, und da könnte er recht haben.

Aber wir haben uns trotzdem überreden lassen, bei Egg vorbeizuschauen und ihn zu fragen, wieso er nicht zu den letzten zwei Proben gekommen ist. Burt hat erzählt, dass er Bex geküsst hat und dass Egg es wahrscheinlich mitgekriegt hat, und deswegen wäre er jetzt angepisst, aber das kann ich mir nicht vorstellen. Wegen so einem Mist schmeißt Egg doch nicht alles weg, was wir uns erarbeitet haben! Mein Gott, dann will Bex eben was von Burt.

Sorry, aber das ist jetzt nicht die ganz große Überraschung – alle Mädchen wollen was von Burt. Klar, viele Leute halten ihn für ein Arschloch, aber er sieht nun mal extrem gut aus. Bei unserem letzten Geheimtreffen meinte er, dass er Sophia gevögelt hat, die elegante Assistentin von Sir Cloom, die neunzehn Jahre alt und superheiß ist. Ich habe ein paar Mails in meinen Blog kopiert, damit ich nie vergesse, dass Burt komplett wahnsinnig ist.

Wie oft habe ich ihm schon gesagt, dass Mails nichts bringen?

Man muss richtig miteinander reden! Aber das checkt der nicht.

* * *

Von: Jack Skill
An: Michael Tea Twining, Justin Clipper
Datum: 27. Juli, 0:08

Betreff: Egg von Schleck

Hallo Tea,

wieso hast du meinen Amp und meine Gitarre nicht im Taxi mitgenommen? Du hättest das Zeug doch mit dem anderen Kram bei dir zu Hause unterstellen können. Ich wollte nach dem Gig noch um die Häuser ziehen. Okay. Das war das erste Problem, das ich ansprechen wollte.

Mein zweites Problem ist, dass Clipper so ein rumeiernder Wichser ist. Was muss er es immer allen recht machen? Der soll sich mal für eine Seite entscheiden.

Und mein drittes Problem ist Egg. Eggs Schmollattacken gehen gar nicht. Junge, ich komme da kaum noch hinterher! Warum ist er jetzt wieder beleidigt? Wegen neulich, weil ich ein Mädchen geküsst habe!??? Ist doch nicht meine Schuld, dass er in Bex verknallt ist oder dass ich besser aussehe als er. Und dann rennt er aus dem Borderline wie die letzte Lusche! Der Idiot kann mich mal. Ich kenne den Typen besser als du, Tea. Der kann verdammt unangenehm werden. Dem geht doch einer ab, wenn er anderen Stress machen kann. Zum Beispiel wegen den Songrechten.
Da müssen wir zusammenhalten. Wir haben ein Recht auf gleiche Anteile für alle. Egg ist ein egoistisches Arschloch. Ich denke, du solltest mal mit ihm reden. Zwing ihn, sich bei mir zu entschuldigen. Wer hat denn beim Showcase die Bühne zum Brennen gebracht? Wer hat Wilson Cloom überredet, uns ein Angebot zu machen? Und was macht Egg? Kippt seine Egoscheiße über uns aus.
#allesklaroderwas?
Jack

Von: Michael Tea Twining
An: Justin Clipper, Jack Skill
Datum: 27. Juli, 02:18

Betreff: Re: Egg von Schleck

Du heißt nicht Jack, Burt. Das ist mein erstes Problem mit dir.

Mein zweites Problem ist, dass du mich offensichtlich für deinen Sklaven hältst. Bin ich aber nicht. Ich bin der Bassist UNSERER Band.

Mein drittes Problem ist, dass du denkst, die Welt dreht sich nur um dich. Tut sie aber nicht, und je früher du das peilst, desto besser. #gehtdasindeinenzugeschissenenHashtagschädel? Mann, was soll der ganze Hashtag-Müll eigentlich?
#schwachsinnigeVerwendungvonHashtags
#dubistdochnichtmalaufTwitterduVollidiot

Wir müssen uns endlich offen und ehrlich über alles unterhalten. Wir brauchen einen Plan, wie wir weitermachen und wie wir diese ganzen bandinternen Zickenkriege in den Griff bekommen. Mittlerweile ist ja wohl allen klar, dass Mails da nichts bringen. Und noch was, Burt: Keine Ahnung, ob deine Mail als Rundmail gedacht war, aber es war eine.

Von: Justin Clipper
An: Michael Tea Twining, Jack Skill
Datum: 27. Juli, 20:18

Betreff: Re: Re: Egg von Schleck

Hallo Burt, vielleicht solltest du besser aufpassen, an wen deine Mails alles gehen. Die Mail, in der du mich als »rumeiernden Wichser« beschimpfst, hast du nämlich auch an mich geschickt. Aber das ist mir egal, da stehe ich drüber. Ansonsten gebe ich Tea in allem recht. Wir müssen den Scheiß endlich in den Griff kriegen.

Von: Jack Skill
An: Michael Tea Twining, Justin Clipper
Datum: 28. Juli, 03:45

Betreff: Re: Re: Re: Egg von Schleck

Ist ja super. Ich offenbare euch meine innersten Probleme und ihr schwult hier rum. Was seid ihr nur für beschränkte Flachwichser. Keine Ahnung, warum ich euch überhaupt noch schreibe.
Und nur zur Info: Selbstverständlich bin ich auf Twitter!
#lecktmichihrÄrsche

Von: Justin Clipper
An: Michael Tea Twining, Jack Skill
Datum: 28. Juli, 20:18

Betreff: Re: Re: Re: Re: Egg von Schleck

Hey, Burt. Du hast das alles in den falschen Hals gekriegt. Tea und ich wollen doch nur, dass die ewigen Mails aufhören. In Mails schreibt man immer Sachen, die man hinterher bereut. Warum treffen wir uns nicht einfach alle?
Mir hat es überhaupt nichts ausgemacht, deinen Amp mit heimzunehmen, und Tea tut es jetzt sicher leid.
Und was du sonst noch geschrieben hast – ich habe drüber nachgedacht. Ehrlich.
Im Augenblick haben wir es alle nicht leicht.
Aber wir müssen die Zähne zusammenbeißen und weitermachen. Wir wissen doch, was wir draufhaben.

Satellites und *Bet On You* könnten Monsterhits werden und plötzlich interessieren sich alle möglichen einflussreichen Leute für uns. Aber irgendwie lenkt uns das auch ab, oder? Vielleicht sollten wir nur Musik machen, wie früher. Das können wir doch immer noch am besten.
Warum treffen wir uns nicht wieder im Proberaum und schreiben noch ein paar gute Songs?

Von: Michael Tea Twining
An: Justin Clipper, Jack Skill
Datum: 28. Juli, 21:34

Betreff: Re: Re: Re: Re: Re: Egg von Schleck

Mann, Clipper! Wenn du dich noch einmal für mich entschuldigst ... damit das klar ist, Blörg: Mir tut hier gar nichts leid. Aber sonst hat Clip 100%ig recht. Wir müssen uns von Angesicht zu Angesicht unterhalten. Alle vier. Leute, warum kacken wir plötzlich dermaßen ab? Ich habe keine Lust, später bei McD zu arbeiten, nur weil 4 fast erwachsene Männer nicht miteinander klarkommen.

Tea – 7. August

Heute waren Clipper und ich bei Egg. Egg meinte sofort, dass er nach der Sache neulich nie wieder mit Burt reden wird. Aber dann hat Clipper ihn darauf aufmerksam gemacht, dass er sich damit nur selbst ins Knie schießt. Keinen Peil, wie es zu diesem merkwürdigen Machtkampf zwischen Egg und Burt gekommen ist. Burt will, dass wir bei Sir Cloom unterschreiben, und Egg will, dass wir einen Jerome Clincher (der übrigens einen Haufen großer Bands unter Vertrag hat) in seinem Label besuchen.

Selbst wenn er wieder bei der Band einsteigen sollte, wird Egg nie und nimmer bei Wilson Cloom unterschreiben. Das hat er uns ganz klar gesagt. Da hat Clipper sich unglaublich reingesteigert, dass wir doch alle Billy Visconti die Hand geschüttelt hätten, worauf Egg geantwortet hat, dass man immer drei Angebote einholen muss, bevor man einen Handwerker anheuert. Ich glaube, ich habe sogar ungefähr kapiert, was er damit sagen wollte. Außerdem meinte er, dass er erst fünfzehn ist und ohne elterliche Zustimmung gar nichts machen kann, und seine Mum würde niemals zulassen, dass er als Vollzeitgitarrist einer Rockband endet. (Eggs Mum ist die Furcht einflößendste, rothaarigste Frau, die ich je gesehen habe, aber sein Dad macht einen sehr gechillten Eindruck.)

Irgendwann habe ich gesagt, dass ich kein Problem damit habe, mir diesen Jerome Dings anzuschauen.
Ich habe Egg einen Deal vorgeschlagen: Wenn ich Burt überrede, zu diesem Jerome mitzukommen, kommt er dann wieder zur Probe und hört auf zu schmollen?
(»Schmollen« habe ich natürlich nicht gesagt.)
Darauf hat Egg sich eingelassen.
Habe ich das nicht geschickt geregelt? Ich fürchte, ich bin ein Genie. Als Clip und ich wieder draußen waren, meinte Clip, dass er Bex anrufen will, um zu hören, wie sie die Sache so sieht. Es gibt nur sehr wenige Menschen, die ich wirklich leiden kann, aber ich glaube, seit ich in der Band bin, ist Clipper zu einer Art bestem Freund geworden. Er ist ein richtig korrekter Typ. Und er ist der Einzige von uns, der keinen Vollknall hat.

Rebecca Lopez Vargaz saß auf der Hohen Bank und starrte auf die Stadt, die vor ihr ausgebreitet lag wie ein Ozean. Die dicht gedrängten Bürotürme an der Spitze des Canary Wharf beherrschten das Panorama; die sanft abfallenden Wiesen, die hinunter zum Greenwich Village führten, leuchteten im Sonnenlicht limonengrün; hinter V-förmig angeordneten Platanen waren die ehrwürdige, makellos weiße Fassade und die beiden Türme des Queen's House zu erkennen. Burt war nicht der Einzige, der diese Aussicht mochte. Auch Bex hatte die Bank, die Burt »Hohe Bank« getauft hatte, liebgewonnen. Der Blick in die Ferne beruhigte sie. Und nach der ganzen Aufregung brauchte sie dringend ein bisschen Ruhe.

Sie hätte Egg gleich nach dem verhängnisvollen Abend anrufen sollen, aber sie hatte sich zu sehr geschämt. Supermans Schwachstelle war das Kryptonit; Bex' Schwachstelle waren Cocktails.

Wie konnte es nur so weit kommen? Wie konnte sie sich von diesem Vollidioten küssen lassen? Sie erinnerte sich kaum noch an den Abend, aber Burt war äußerst hartnäckig gewesen – und ja, auch sehr charmant. Jedenfalls war er ihr mit einigen Promille im Blut plötzlich sehr charmant vorgekommen. Und das Schlimmste war, dass Egg alles gesehen hatte. Das wusste sie von Riana, die mitgekriegt hatte, wie er aus dem Club gerannt war.

Warum hatte sie das getan? Diese Frage hatte sie sich immer und immer wieder gestellt. Ihre beste Erklärung war, dass sie unterbewusst *wollte*, dass Egg alles sieht – um ihn zu zwingen, endlich den ersten Schritt zu machen. Egg und sie konnten sich wunderbar unterhalten. Bex bewunderte seinen scharfen Verstand, sogar seinen schrägen Humor mochte sie. Er war nicht der klassische Traumtyp, aber die gut aussehenden Jungs, die sie bisher kennengelernt hatte, hatten alle eine erstaunliche Ähnlichkeit mit Burt und mit solchen Typen würde sie es nie lange aushalten.

In diesem Moment entdeckte sie Egg, der langsam den Hang herauflief, die Augen nicht auf Bex, sondern auf das Gras vor seinen Füßen gerichtet. Als er endlich oben ankam, war er ziemlich außer Atem.

»Langen Abend gehabt?«, fragte Bex mit einem zurückhaltenden Lächeln.

»Ich schlafe ehrlich gesagt in letzter Zeit nicht so gut.« Egg setzte sich neben sie und blickte auf die Stadt.

»Hör mal, Egg. Du fragst dich bestimmt, warum ich mich mit dir treffen wollte. Am besten komme ich gleich zum Thema.«

»Ja, bitte.«

»Okay … na ja … also streng genommen geht es dich ja nichts an, aber … ich fühle mich absolut beschissen, weil ich … weil ich Burt geküsst habe. Verstehst du? Wenn ich die Zeit zurückdrehen könnte, würde mir das nicht noch mal passieren. Ich weiß auch nicht wieso, aber wenn ich besoffen bin, mache ich immer den größten Scheiß.«

Ein langes Schweigen entstand.

»Warum erzählst du mir das?«, meinte Egg. »Wo es mich doch nichts angeht.«

»Okay.« Bex zuckte mit den Schultern und starrte auf ihre Knie. »Aber wenn … wenn das so ist, warum bist du dann aus dem Club gestampft und hast mich eine Woche lang nicht zurückgerufen? Warum warst du dann so wütend?«

Sie sah, wie er rot wurde.

»Weiß nicht«, sagte er schließlich. Er konnte sie nicht anblicken.

Bex biss sich auf die Unterlippe. Sie musste ihre Worte mit Bedacht wählen. »Vielleicht weil du bis über beide Ohren in mich verliebt bist und es nicht erträgst, wenn ich einen anderen Typen küsse?«

»Nein!«, rief Egg lauter als beabsichtigt.

»Aha. Aber warum hast du dann nicht zurückgerufen?«, flüsterte sie. »Ich dachte, wir wären Freunde.«

»Ich weiß es nicht. Hab ich doch gesagt.«

»Okay. Aber können wir dann vielleicht wieder Freunde sein? Das hier … das ist doch Schwachsinn.«

Egg stieß ein tiefes Seufzen aus – und nickte.

»Gut. Und, wie läuft es mit den …« Eine dramatische Pause. »… *RockAteers?*«

Er verdrehte die Augen und schnaubte. »Burt will uns zwingen, bei Sir Wilson Cloom zu unterschreiben, aber ich bin noch fünfzehn und brauche daher sowieso die Zustimmung meiner Eltern, und davon abgesehen würde ich mir vorher gern anhören, was dieser Jerome zu sagen hat.«

»Dann hör's dir an. Du hast genauso viel zu sagen wie Burt. Lass dir von dem Idioten keinen Vertrag aufschwatzen, bei dem du ein schlechtes Gefühl hast.«

Zum ersten Mal sah Egg sie richtig an, und als sein Blick ihre Augen streifte, huschte ein Lächeln über sein Gesicht. Doch genauso schnell verschwand es wieder. Seine Stirn kräuselte sich, sein Blick schweifte in die Ferne.

»Du hast gesehen, wie ich Burt geküsst habe«, sagte Bex leise. »Geküsst und nichts weiter.«

»Okay.« Egg stand auf. »Ich muss los.«

Bex sah zu, wie er langsam den Hang hinuntertrottete, bis sie ihn am schmiedeeisernen Tor am Fuß des Hügels aus den Augen verlor.

* * *

Burt – 9. August

Okay, jetzt waren wieder alle bei der Probe, aber die Jungs hatten sich offensichtlich gegen mich verschworen – sie haben alle ihren Text aufgesagt wie in einem Theaterstück. Sie wollten mich überreden, mir diesen Jerome anzuschauen. Ich habe mit einem unschlagbaren Gegenargument gekontert: »Warum in aller Welt sollen wir mit dem drittwichtigsten Menschen im Business reden, wenn der wichtigste Mensch im Business total rattig darauf ist, uns unter Vertrag zu nehmen?«

Und was sagt Egg dazu? Der Typ erzählt mir was von Handwerkern! Von verschissenen Handwerkern! WTF? Was hat das denn mit dem Business zu tun? Mann! Mittlerweile wollen mir selbst meine eigenen Freunde einreden, dass Egg ein unglaublich kluger Kopf ist und dass er sich ja ach so sehr verändert hat, seit er richtige Klamotten trägt, aber für mich ist er immer noch derselbe hirnamputierte rothaarige Schlaffi. Wer hat ihn denn in die Band geholt? Ich! Wer hat für seinen neuen Look geblecht, für seine Kontaktlinsen und für alles andere? Der großzügige Burt! Egg denkt, ich hätte keine Ahnung, aber ich weiß genau, dass Bex und er mit meiner Karte shoppen waren. Schon mal was von Kontoauszügen gehört, Egg?

Kommen wir zum nächsten Problem: Wie soll ich den anderen beibringen, dass wir Clipper rauswerfen müssen? Billy hat mich schon zweimal angerufen, seit ich letzte Woche bei Big Tone war. Ich glaube, ich muss eine Notfallkonferenz mit mir, Egg und Tea einberufen. Und warum antwortet Bex nicht auf meine Anrufe? Was ist das für ein verfluchter Teufelskreis? Erst ruft Bex nicht zurück, dann steht plötzlich Crazel vor der Tür, und weil ich so einsam bin, mache ich es halt mit ihr. Nach dem Showcase-Gig habe ich sie übel beschimpft, aber darüber verliert sie kein Wort. Und wenn sie dann wieder weg ist, geht es mir nur noch beschissener. Ich sollte es nicht immer wieder mit ihr treiben. Aber ihr Körper ist eben sehr okay und sie ist extrem experimentierfreudig. Neulich hat sie mir am Computer gezeigt, was sie alles für die Band macht, und Mann, das ist wirklich eine Menge. Ich weiß, ohne unseren fetten Sound hätte sie rein gar nichts erreicht, aber ich glaube, sie bringt uns schon was. Sie schreibt in tausend Foren über die Band und postet Kommentare in allen möglichen sozialen Netzwerken. Das hat sie echt drauf. Das Blöde ist nur, dass sie ernsthaft verliebt in mich ist, und wenn ich über meine kleine Krise hinweg bin, werde ich sie selbstverständlich abschießen.

Momentan geht sowieso alles ein bisschen drunter und drüber, weil die Kleine aus Wilsons Büro neulich noch mit zu mir ist. Wir hatten Sex. Das ist mal ein Körper! Sophia ist das Überbabe überhaupt. Ich glaube, ich habe sie volle zehn Minuten lang einfach nur angestarrt. Ihre Titten haben genau die richtige Größe und ihre Haut ist fast so perfekt

gebräunt wie meine. Ich habe ihr sogar ein Kompliment gemacht – dass man eine Statue anfertigen müsste, um ihre Geilheit zu verewigen. Da wollte sie mich gleich noch mehr. Den Spruch muss ich mir merken.
Okay, ich will mal hundertprozentig ehrlich sein: Im Bett ist Crazel vielleicht sogar besser als Sophia, obwohl Sophia eine klare Neun von Zehn ist und Crazel höchstens eine Sechs. Bex ist selbstverständlich eine Zehn. Ich habe »sexuelle Kompatibilität« gegoogelt. Anscheinend geht es doch nicht nur um körperliche Anziehung und tierische Instinkte.
Ja, und blöderweise hat mein Laken wohl noch ein bisschen nach Sophia gerochen, denn Crazel hat auf einmal gesagt: »Oh. Da war eine andere in deinem Bett.«
Ich meinte, das wäre Quatsch, aber sie hat sofort losgeheult. Sie ist nicht mal wütend geworden oder so.
Da hatte ich schon ein schlechtes Gewissen.

* * *

Tea – 14. August

Burt wollte sich mit mir und Egg treffen. Das Treffen sollte bei der Hohen Bank im Greenwich Park stattfinden. Die nennt er so, weil sie ziemlich hoch liegt und eine Bank ist. #wieeinfallsreichBurt #deshalbschreibstdunichtdieSongs

Weil ich weiß, dass Jack Schwanzgesicht Windsor ein hinterhältiges Arschloch ist, und weil ich geahnt habe, dass da irgendein Hirnschiss auf uns zukommt, habe ich es wie Sherlock Holmes himself gemacht und das Gespräch mit dem Handy aufgezeichnet. War eine weise Entscheidung.

BURT: Wie ihr wisst, war ich letzte Woche noch mal bei Billy Visconti und Wilson Cloom.
ICH: Und da hast du seine Sekretärin klargemacht?
BURT: Ja, aber darum geht es jetzt nicht. Die beiden haben gesagt, dass wir der Hammer sind, dass ich ein Hammerfrontmann bin und dass ihr zwei auch nicht übel seid.
ICH: Wie nett.
BURT: Lässt du mich bitte ausreden, Tea? Also, die Jungs wollen uns unter Vertrag nehmen, und ich finde, es wäre purer Wahnsinn, zu Big Tone Nein zu sagen. Außerdem finde ich, ihr könntet ruhig mal ein bisschen auf mich hören, schließlich habe ich die Band gegründet.
EGG: Du weißt schon, was »Band« bedeutet? Kein Mensch kann allein eine Band gründen. Nicht mal du, Burt.
BURT: Sicher, aber es war meine Idee, kapiert? Aber egal. Darf ich jetzt bitte mal zum Thema kommen? Billy und Wilson meinen, dass wir einen neuen Drummer brauchen. Wir sollen Clipper abservieren.

Eine Ewigkeit lang starrten Egg und ich ihn bloß an.

EGG: Und warum?
BURT: Weil er nicht tight genug spielt und weil er ein bisschen fett ist.
EGG: Aber das ist doch Schwachsinn. Clip spielt sehr gut und er ist überhaupt nicht fett.
BURT: Mann, Egg, warum musst du mir dauernd widersprechen?

EGG: Das kann ich dir erklären, Burt. Weil in 99,9 % der Fälle nur Scheiße aus deinem Mund kommt.
BURT: So, so. Und was sagst du dazu, Tea?
ICH: Ich finde, Egg untertreibt. Aus deinem Mund kommt immer nur 100%ige Scheiße.
BURT: Das meine ich doch nicht! Was sagst du dazu, dass Clipper die Band verlassen soll?
ICH: Du meinst, dass Clipper aus der Band geschmissen werden soll? Ich glaube kaum, dass er freiwillig geht. Aber das sehe ich wie Egg. Clip ist ein super Drummer. Und wen interessiert's, wenn er ein bisschen schwere Knochen hat?
BURT: Jetzt mal im Ernst, Jungs. Ist ja toll, dass ihr zu eurem Kumpel haltet und alles, aber heutzutage ist das richtige Image absolut entscheidend, und Clipper passt einfach nicht zu uns. Tut mir leid, aber ein schwuler Drummer? Wie sieht das denn aus!? Nicht falsch verstehen, ich bin nicht misogyn, ich habe tausend schwule Freunde. Aber in einer Band haben Homos halt nichts zu suchen.
ICH: Was soll das jetzt heißen?
BURT: Nee, oder? Du hast nicht gecheckt, dass Clip homo ist?
EGG: Okay, Burt. Wir vergessen einfach mal, was du da gerade gesagt hast. Aber kapierst du jetzt, was ich vorhin gemeint habe? Du redest zu 99,9 % Müll. Deine letzten Äußerungen sind das perfekte Beispiel.
BURT: Blablabla. Labert ihr nur euren Bullshit. Das prallt alles an mir ab. Das fällt alles auf euch zurück. Sprich mit der Hand, Loser!

Burt hielt Egg die flache Hand vors Gesicht. Da wurde Egg so richtig wütend.

EGG: Wie alt bist du eigentlich, Burt? Außerdem, falls es dir irgendwie entfallen ist – du hast genau gar keine schwulen Freunde. Und du hast dich soeben als übelst homophob geoutet. Mit Misogynie, das bedeutet übrigens Frauenfeindlichkeit, hatte das ausnahmsweise nichts zu tun, aber was das angeht … ich bin mir ziemlich sicher, dass die Frauen, die sich aus irgendwelchen Gründen mit dir einlassen, nicht viel Freude im Leben haben.
BURT: Aber klar doch. Die haben Freude im Leben. Vor allem nachts. Bei mir kriegen alle Ladys, was sie brauchen.
EGG: Perfekt! Das war misogyn, Burt! Ein hervorragendes Beispiel! Ach, wie schön. Du übertriffst mal wieder alle Erwartungen. Aber irgendwie habe ich plötzlich keine Lust mehr, in deiner Nähe zu sein. Nur eins noch: Wir gehen nächste Woche zu Jerome Clincher. Klar? Sollte er auch der Meinung sein, dass wir einen neuen Drummer brauchen, können wir vielleicht noch mal reden, aber selbst dann werden wir die Entscheidung nicht von Clippers sexueller Orientierung abhängig machen, sondern von seinen Fähigkeiten als Drummer. Und meine Meinung ist sowieso klar: Einer für alle, alle für einen. Sonst hat die Band keine Chance.

Egg stand auf und ging.

ICH: Woher weißt du, dass er schwul ist?
BURT: Weil es offensichtlich ist? Weil er auf mich steht, weil ich ein Kerl bin, und weil das ziemlich schwul ist?
ICH: Du glaubst doch, dass alle auf dich stehen.
BURT: Nein. Du zum Beispiel nicht.
ICH: Stimmt auch wieder. Ich stehe nicht auf dich. Ich stehe überhaupt nicht auf Kerle.
BURT: Also denkst du auch, dass wir ihn rauswerfen sollten?
ICH: Das habe ich nicht gesagt. Im Moment habe ich keine Ahnung, was ich denken soll.
BURT: Entscheide dich mal. Wenn du zu lange nachdenkst, können wir den Vertrag vergessen.

Ich kann es selbst nicht genau erklären, aber auf einmal war die Entscheidung für mich klar. Clipper ist ein genialer Typ, und selbst wenn er schwul ist, ist er immer noch der beste Freund, den ich habe. Clipper hat einen super Humor und spielt exzellent Schlagzeug. Was will man mehr?

ICH: Okay, ich hab mich entschieden. Ich bin Eggs Meinung.
BURT: Weißt du, was du bist, Tea? Ein Idiot. Ein richtiger Vollidiot.
ICH: Und weißt du, was du bist? Ein Verräter. Ein himmelschreiendes Arschloch von einem Verräter.

Ich stand von der Bank auf und lief den Hang hinunter. Nach ungefähr zwanzig Metern fing Burt an zu schreien. (Man hört es sogar noch leise auf der Aufnahme. Ich habe sie erst angehalten, als ich aus dem Park raus war.)

BURT: Big Tone will uns übrigens zum Songdoktor schicken! Dein Homokollege Egg ist also doch nicht so ein Genie!

Ich habe mich nicht umgedreht. Ich habe bloß den Arm gehoben und den Mittelfinger ausgestreckt. Sprich du doch mit der Hand, Blörgiboy.
Morgen werde ich siebzehn. Vielen Dank auch für das schöne Geburtstagsgeschenk, Burt. Hast du toll gemacht.

11. Song
Veränderungen

Zehn Jahre hatte Jerome Clincher gebraucht, um vom Junior-Mitarbeiter der A&R-Abteilung zum Geschäftsführer von Fictitious Records aufzusteigen. Mit fünfunddreißig Jahren hatte er es geschafft – und direkt nach seiner Beförderung hatte er drei neue Acts unter Vertrag genommen, die sich einer nach dem anderen zu weltweiten Erfolgsgeschichten entwickelt und Fictitious zum gefragtesten Rock- und Independent-Label Großbritanniens gemacht hatten.

Natürlich würde es nicht leicht sein, die RockAteers von Sir Wilson Cloom abzubringen. Cloom lockte die Band mit dem großen Geld. Aber Jerome wollte nicht lügen, er wollte keine leeren Versprechungen machen. Das war nicht seine Art. Das Bandleben war nichts für schwache Nerven und zartbesaitete Naturen. Seine dringendste Aufgabe war, den Jungs klarzumachen, worauf sie sich da einließen und was auf sie zukommen würde.

Sein Telefon summte – die Empfangsdame meinte, die Band warte unten in der Lobby. Langsam stand Jerome von seinem

Stuhl auf, warf einen Blick auf die Kollegin am Schreibtisch gegenüber und lächelte.

»Viel Glück, Jerome«, sagte sie und erwiderte sein Lächeln.

Jerome nickte. »Drück mir die Daumen.«

Er ging in den separaten Besprechungsraum und setzte sich ans Kopfende des langen Eichentischs. Kurz darauf erschienen seine jungen Besucher.

Zuerst trat der Sänger ein – ein hoch aufgeschossener, gut aussehender Typ, den eine Aura der Arroganz umgab. Aber das ging schon in Ordnung, ein Frontmann brauchte ein gesundes Ego. Dann tauchte der Bassist auf – ein Kerl mit olivfarbener Haut, der vom Aussehen her fast mit dem Sänger mithalten konnte, nur dass er offenbar keinen blassen Schimmer hatte, wie gut er rüberkam. Beim Konzert war Jerome gleich aufgefallen, dass er ein extrem solider Bassist war, immer entspannt und zugleich hoch konzentriert. Auch seine Art, auf der Bühne zu stehen, hatte ihm gefallen: locker, cool, den Bass irgendwo weit unten vor der Hüfte.

Auf Tea folgte Egg, der vielseitigste und innovativste Gitarrist, den Jerome seit Langem erlebt hatte. In Sachen Selbstvertrauen könnte er sich ruhig eine Scheibe vom Sänger abschneiden – doch dafür war dieser fünfzehnjährige Kerl ganz nebenbei der beste Songwriter, der Jerome in zehn Jahren Musikbusiness untergekommen war.

Als schließlich der Drummer hereinspazierte, war das Quartett vollständig. Der Typ am Schlagzeug war wieder eine andere Nummer: ein stämmiger, freundlich lächelnder Hüne, der immer ganz aufgeregt wirkte. Den würden die Fans sofort ins Herz schließen. Auch auf der Bühne machte er sich großartig – er brüllte jeden Song mit und tobte dabei hinter den

Drums herum wie der wiederauferstandene Keith Moon. Jerome fand sie perfekt.

Nachdem sich alle kennengelernt hatten, brachte Jerome das Gespräch in Gang. »Ich hoffe, ihr seid mir nicht böse, aber ich habe ein paar Freunde angerufen und gefragt, ob sie mal in eure Songs reinhören wollen … und in etwa zwei Sekunden werde ich anfangen, euch mit großen Namen zu beeindrucken.«

Die Band lachte.

»Cab Jones von den Desert Kings hat zurückgerufen und zehn Minuten lang von *Love And War* geschwärmt. Er hat gesagt, der Song könnte von einem poppigeren Neil Young sein. Und Sergio von Karakus hat mir eine Mail geschickt, in der stand: ›Die RockAteers sind die Zukunft.‹ Er ist ein Riesenfan von euch. Beide lassen euch ausrichten, dass sie nächstes Jahr gern mit euch auf Tour gehen würden.«

Clipper hob die Hand.

»Du musst dich nicht melden, Clipper.« Jerome lächelte. »Oder sehe ich aus wie ein Lehrer?«

»Findest du auch, dass die Band einen neuen Drummer braucht?«, fragte Clipper mit ruhiger Stimme.

Die übrigen Bandmitglieder betrachteten ihn schockiert.

Jerome war ebenso überrascht. »Nein, überhaupt nicht. Wie kommst du darauf, Clipper?«

»Na ja, ich … ich habe Teas Blog gelesen, und da …«, murmelte der Drummer und feuerte einen wütenden Blick auf Burt ab, der hoch konzentriert auf den Tisch starrte.

»Aha. Und weiter?«, meinte Jerome.

»Die anderen haben sich zu dritt getroffen, weil ich Sir Cloom offensichtlich nicht gut genug bin.« Clippers Wut blitzte immer deutlicher auf. »Und Burt meint, es wäre ein Problem, dass ich schwul bin.«

»Soll das jetzt heißen, du *bist* tatsächlich schwul!?«, rief Tea und rutschte nervös auf seinem Stuhl herum. »Aber … Moment mal, wie bist du überhaupt in meinen Blog gekommen, der ist doch passwortgeschützt?«

Clipper verschränkte die Arme und schwieg. Er ignorierte seine Bandkollegen und betrachtete Jerome erwartungsvoll.

Nachdem Jerome eine Weile zwischen den vier Typen hin und her geblickt hatte, brach er das Schweigen: »Mal der Reihe nach, Jungs. Zuerst wollte ich euch sagen, dass ich euch alle fantastisch finde. Ihr müsst wissen, dass Wilson Cloom zu den intelligentesten Personen gehört, die im Musikbusiness unterwegs sind – und wenn er sich etwas in den Kopf gesetzt hat, arbeitet er mit allen Mitteln. Ich weiß nicht, was da gelaufen ist, aber falls Wilson euren Leadsänger manipulieren will, indem er irgendwelche Forderungen stellt, zeigt das nur, was für ein cleverer Kerl er ist – und wie genial er eure Band findet. Jack …«, sagte Jerome und sah Burt bei diesen Worten eindringlich an. Doch der weigerte sich, von der Tischplatte aufzuschauen. »Auf mich machst du einfach einen sehr ehrgeizigen Eindruck, und das ist *die* Grundvoraussetzung für einen erfolgreichen Leadsänger. Und eine gute Singstimme natürlich, aber mal ehrlich, darüber müssen wir bei dir nicht diskutieren. Clipper …« Jerome wandte sich an den Drummer, der seinen Blick starr und mit verschlossener Miene erwiderte, immer noch sichtlich verletzt. »Du bist ein toller Drummer und es wäre völliger Blödsinn, dich auszutauschen. Überhaupt … ihr dürft jetzt nichts überstürzen, Jungs. Darf ich euch einen Tipp geben? Ihr braucht einen Manager. Sehr, sehr dringend, wenn ihr mich fragt. Irgendwen, der zwischen euch allen vermitteln kann. Ihr seid doch erst fünfzehn. Also warum …«

»Ich bin letzte Woche siebzehn geworden«, fiel Tea ihm ins Wort. »Ich bin eine Klasse über den anderen.«

»Dann alles Gute nachträglich, Tea. Aber außer dir sind alle noch fünfzehn, oder?«

»Ich bin sechzehn«, sagte Clipper.

»Ich auch«, sagte Burt in beleidigtem Tonfall.

»Aha. Und du, Egg?«

»Ich bin noch fünfzehn. Aber in einer Woche werde ich sechzehn.«

»Okay. Dann müsst ihr sowieso bis nächste Woche warten, bevor ihr irgendwas unterschreibt. Außer deine Eltern würden für dich unterschreiben, Egg?«

Jerome registrierte Burts entnervten Blick.

»Aber was ich eigentlich sagen wollte: Warum habt ihr es so eilig? Vielleicht denkt ihr, es wäre ganz normal, dass ihr von tausend hochkarätigen A&R-Typen gejagt werdet, aber ich sag euch was: Für neunzig Prozent aller Bands interessiert sich kein Mensch, und konkrete Angebote …«

»Findest du unseren Namen gut?«, unterbrach Tea ihn schon wieder.

»Euren *Namen*? Äh … nein. Ehrlich gesagt finde ich ihn schrecklich. Aber gerade deshalb könntet ihr damit ganz gut fahren.«

»Siehst du?« Tea drehte sich zu Burt. »Ich hab gleich gesagt, dass es ein Scheißname ist.«

Burt blickte wieder nicht auf, sondern schloss nun sogar die Augen. Er schien große Schmerzen zu leiden.

»Ich habe das Gefühl, wir reden aneinander vorbei«, meinte Jerome. »Worauf ich hinaus wollte … warum genießt ihr das Ganze nicht erst mal? Habt Spaß zusammen, schreibt weiter brillante Songs, tretet vor kreischenden Fans auf … und verirrt euch nicht in dem geschäftlichen Mist.«

»Und dass ich schwul sein soll?«, fragte Clipper. »Dazu hast du noch nichts gesagt.«

»Nein. Weil es unwichtig ist«, erwiderte Jerome. »Wart mal ab, bis du ein bisschen älter bist. Dann wirst du schon sehen, dass sich kein Schwein dafür interessiert. Das tut überhaupt nichts zur Sache.«

»Okay«, sagte Tea. »Also bietest du uns einen Vertrag an?«

»Hm. Ja, als ihr hier reingekommen seid, wollte ich euch ein Angebot machen. Ich war sogar wild entschlossen. Aber wenn ich so drüber nachdenke … ich glaube, ihr seid noch nicht so weit. Warten wir erst mal ab, ob es euch in einem Monat überhaupt noch gibt. Wenn ja, können wir über alles reden. Eine Band unter Vertrag zu nehmen ist ein großes Risiko – man investiert viel Zeit und Geld. Da muss ich wissen, dass ihr voll bei der Sache seid. Eine Band muss rundlaufen.«

»Dann ist ja alles klar.« Burt erwachte zum Leben und blickte seine Kollegen an. »Wir unterschreiben bei Wilson!«

Jerome wollte etwas sagen, doch Egg kam ihm zuvor. »Gar nichts ist klar, Burt«, fauchte er leise. »Du hast kein Stück zugehört, oder? Erstens können wir vor meinem Geburtstag gar nichts unterschreiben. Zweitens benimmst du dich wie ein Geistesgestörter, seit Cloom aufgetaucht ist. Wir brauchen ein paar Grundregeln, zum Beispiel, dass niemand hinter dem Rücken der anderen redet, und wir brauchen einen Manager. Wir müssen wieder eine richtige Band sein. Im Moment sind wir bloß ein Haufen aufgescheuchter Hühner. Kommt, stimmen wir ab.« Egg nickte Jerome zu. »Würdest du die Abstimmung beaufsichtigen?«

Jerome war ehrlich überrascht. »Äh … schätze schon?«

»Gut. Im Grunde machen wir das nur wegen dir, Burt, aber was soll's … alle, die sofort bei Wilson Cloom unterschreiben wollen, heben bitte jetzt die Hand.«

Langsam wanderte Burts Hand in die Höhe.

»Danke. Und jetzt heben alle die Hand, die den ganzen Plattenvertragsschwachsinn hinter sich lassen und einfach wieder eine richtige Band sein wollen. Eine Band mit einem schwulen Drummer, der auf die Becken einprügeln kann wie kein Zweiter.« Egg hob die Hand und grinste.

»Pass auf, was du sagst!«, rief Clipper und hob die Hand.

Tea hob ebenfalls die Hand.

Alle drei musterten Burt.

»Okay, okay! Hab's kapiert!«, rief der Sänger. »Wir sagen Wilson ab und werden erst mal wieder eine richtige Band.« Er stand auf und ging zum Fenster. »Aber könnt ihr dann bitte aufhören, mich wie ein Arschloch zu behandeln? Das ist verdammt anstrengend!«

* * *

Egg – 22. August

Elf von elf möglichen Einsern. Da hast du's, Mum!

Clipper und ich waren zusammen Zeugnisse abholen.

Es war ein bisschen seltsam: Obwohl er fünf Vierer, eine Fünf und eine Sechs hat, war Clip kein bisschen nervös – und zuerst wollte er mir gar nicht glauben, dass man in elf Fächern GCSE machen und dabei auch noch jedes Mal eine Eins schreiben darf!

Clipper hat ein schlechtes Zeugnis bekommen, aber es war ihm egal. Ich habe ein gutes Zeugnis bekommen, und mir war es nicht egal, weil ich dadurch endlich ein freier Mann bin. Nur als ich Clipper gefragt habe, was jetzt aus seinem Platz in der Jugendmannschaft von Charlton wird, wurde er traurig.

Er hat es seinem Dad immer noch nicht gesagt.

Seit unserer Aussprache bei der Hohen Bank sehen Bex und ich uns ständig. Ich habe einen Song über sie geschrieben. Jetzt, wo Burt sich eingekriegt hat und die Band wieder super läuft, schreibe ich plötzlich viele gute Sachen und alle paar Tage ruft Jerome an und fragt, was es so Neues gibt. Er hat uns einen guten Anwalt und eine hervorragende Managementfirma vermittelt.

Unser aktueller Favorit heißt Harry, wahrscheinlich wird das unser Manager. Schon komisch – irgendwie ist bei den ganzen Diskussionen vollkommen untergegangen, was Jerome am Anfang erzählt hat: dass Cab von den Desert Kings und Sergio von Karakus unser Zeug gehört haben! Kaum zu glauben, dass den Typen unsere Sachen gefallen (ich hoffe nur, Thom von Radiohead gefallen sie auch). Keine Ahnung, wie es wäre, mit einer der Bands zu touren, aber es wäre auf jeden Fall ein Traum. Die Desert Kings sind brillant.

Bex verwirrt mich. Hat sie jetzt Gefühle für mich oder

nicht? Manchmal macht sie einen richtig verliebten Eindruck, aber dann redet sie wieder stundenlang von anderen Typen und sagt mir, dass ich mich verhalte wie ein Dreißigjähriger. Ich müsste sie wahrscheinlich bloß küssen, aber weil ich mich doch nie überwinden werde, habe ich beschlossen, ihr stattdessen meinen Bex-Song vorzuspielen. Er heißt *Sovereign*. Ich habe ihn in einer ziemlich kitschigen und romantischen Stimmung geschrieben. Hoffentlich denkt sie nicht gleich, ich würde denken, dass sie mich liebt – das wäre eine Katastrophe. Überhaupt geht es in dem Song natürlich nur ganz allgemein um Mädchen und die Liebe und … Mann, was erzähle ich da? Jeder Song, den ich im letzten Jahr geschrieben habe, dreht sich um Bex und nur um Bex. Man könnte fast meinen, sie ist meine Muse.

SOVEREIGN

Wake me up before you fly, dry my bones and wipe my eyes
Take my hell and move it over there
Meet my heart and tell me true
What would I do with or without you
There's something in the way that she loves me
There's something in the way that she moves me
I won't beg and I won't borrow, I won't steal a single thing
You could be my sovereign and I could be your king

Zornig starrte Sir Wilson Cloom auf den Monitor.

Von: The RockAteers
An: William Visconti
FW: Wilson Cloom
Datum: 30. August, 08:08

Betreff: FW: Re: Sorry

s. u. ... sorry, Boss ...

Lieber Billy Visconti,
tut mir leid, aber wir können leider nicht bei deinem Label unterschreiben. Bitte sag Sir Wilson Cloom, dass es uns sehr leidtut, und danke für das Interesse an unserer Band.
Jack »Burt« Skill

* * *

Wilson lehnte sich in seinem Chefsessel zurück und blickte aus dem Fenster. Hinter seiner regungslosen Fassade tobte es. In solchen Situationen konnte ihn nur eines aufmuntern: Rache. Ruckartig drehte er sich zu seinem Schreibtisch und betätigte den Knopf der Sprechanlage.

»Rein hier, Sophia! Sofort!«

Binnen Sekunden stand seine Assistentin vor ihm. Sorgenfalten gruben sich in ihr junges Gesicht.

»Jack Skill?«, fragte Wilson.

Sophia nickte zögerlich. »Der Junge, den ich ein paarmal hier raufbegleitet habe, Sir?«

»Tu nicht so unschuldig, junge Dame. Ich weiß, dass du dich mit ihm eingelassen hast.«

»Wir haben uns geküsst«, sagte Sophia und wurde rot. »Ich habe nicht mit ihm geschlafen.«

»Setz dich.«

Das Mädchen gehorchte, verschränkte die Arme und schlug die langen, gebräunten Beine übereinander.

»Du musst mir einen Gefallen tun, Sophia. Melde dich wieder bei Jack Skill. Triff dich mit ihm.« Als Wilson ihren überraschten Blick sah, verzog er leicht den Mund. »Keine Sorge. Du verstößt schon nicht gegen das Gesetz. Der Junge ist sechzehn.«

Nun wirkte Sophia erst recht entgeistert. »Aber … aber mir hat er gesagt, er ist zwanzig!«

Cloom lachte schallend. »Der Hosenscheißer? Das hast du ihm doch nicht geglaubt? Nicht ernsthaft? Ich habe Billy recherchieren lassen, wann die Jungs geboren sind, damit wir keine Probleme wegen Verträgen mit Minderjährigen bekommen. Vertrau mir, der Junge ist noch keine zwanzig.«

»Aber … aber das wusste ich nicht. Wirklich nicht!«

»Na gut, ich glaube dir. Ich bin einer der wenigen, der dir das glaubt. Aber zurück zum Thema – ich will, dass du Jacks Vertrauen gewinnst und mir berichtest, was die Band vorhat. Etwa zu welchem Label sie gehen will.«

»Ich soll ihn ausspionieren?«

»Es wird sich für dich lohnen. Vorausgesetzt, du lieferst mir die richtigen Informationen.«

Sophia schloss die Augen und antwortete mit einem einzigen, ruckhaften Nicken.

»Aber Sophia … stell dich bitte ein bisschen geschickt an, ja?« Fast hätte Wilson gelächelt. »Schön unauffällig, okay? Gut. Dann wünsche ich dir viel Erfolg.«

Er wedelte mit der Hand. Sophia verstand, drehte sich um und ging zur Tür.

»Ach ja, Sophia?« Sie blieb abrupt stehen. »Druckst du mir bitte einmal unser Standard-Kündigungsschreiben aus? Ich unterzeichne es dann später.«

»Aber natürlich, Sir.« Sophia stand weiter bewegungslos in der Tür, einen Fuß auf der Schwelle. »Und an wen soll das Kündigungsschreiben gehen, Sir?«

»An Billy Visconti.«

* * *

Egg hatte seinen neuen Song geübt, bis die Hornhaut an seinen Fingerspitzen blutig gescheuert war und seine Stimme einen heiseren Unterton angenommen hatte, den sich andere Sänger für teures Geld antrainieren ließen. Aber was, wenn der Song Bex nicht gefiel? Wenn ihr die romantischen Anspielungen unangenehm waren? Bex und er waren Freunde und nichts weiter und dieser Song war eindeutiger als ein selbstverfasstes Liebesgedicht. Was war das überhaupt für eine Aussage: »Something in the way that she loves me«? Wie konnte er sich das rausnehmen? Selbst wenn sie ihn liebte, wäre eine andere Version angebrachter: »Something in the way *I* love her«. Aber das passte nicht in den Song. Egg hatte es ausprobiert, es ergab keinen Sinn.

Noch am selben Tag würden sie sich bei der Hohen Bank treffen. So hatte er es geplant. Nun musste er nur noch den Mut aufbringen, seine Gitarre einzupacken und Bex den Song vorzuspielen. Er hatte lange genug gewartet. Er musste endlich seine Angst besiegen und ihr alles sagen.

Egg stellte die Akustikgitarre in den Gitarrenständer, hockte sich auf die Bettkante und blickte sich in seinem winzigen Zimmer um. Er hatte eine Entscheidung getroffen – dieselbe Entscheidung, die er heute schon x-mal getroffen und wieder umgeworfen hatte: Er würde Bex den Song nicht vorspielen. Eine Minute später beugte er sich wieder vor, schnappte sich seine Gitarre und griff den ersten Akkord.

* * *

Burt angelte sich seine Jacke und drehte sich zum großen Flurspiegel. Sein Haar war platt wie eine Flunder. Das neue Gel, das der Friseur ihm angedreht hatte, taugte nichts. Er knetete seinen langen Pony durch, um den Strähnen etwas mehr Volumen zu verleihen, biss die Zähne zusammen und zwinkerte seinem Spiegelbild zu.

»Was bist du nur für ein Schönling!«, spottete eine Stimme in seinem Rücken.

Burt zuckte zusammen. Als neben ihm eine Gestalt auftauchte, spürte er einen Kloß im Hals.

Lässig lehnte sein Vater in der Tür. Es war das Gegenteil einer schönen Überraschung, ihn zu sehen – sein silbriges Haar, sein glänzender Maßanzug. Burt würde sich nie daran gewöhnen, wie ähnlich sein Dad und er sich waren: die gleiche Statur, die gleiche Größe, die gleichen Gesichtszüge. Kaum ein Unterschied. Burt erblickte sich selbst in dreißig Jahren. Welch grausige Vorstellung.

»Du hier?«, fragte Burt nervös. »Jetzt schon?«

Ein Hauch Verunsicherung zuckte über das Gesicht seines Vaters, als wäre ihm seine kühle Gelassenheit für einen Moment entglitten. »Ich wohne hier, Burt. Ich zahle die Rechnungen, die Lebensmittel und eure Babysitter.« Er sog ausgiebig an einem Zigarillo und blies Burt den Rauch ins Gesicht.

Burt wollte zur Haustür.

Doch sein Dad machte einen Schritt zur Seite und versperrte ihm den Weg. »Was erzählt deine Schwester da für einen Unsinn? Du bist neuerdings in einer Band?«

»Das ist kein Unsinn. Wir sind verdammt gut und wir werden endlos Geld verdienen«, erwiderte Burt trotzig und versuchte, sich an ihm vorbeizuquetschen.

Richard Windsor stieß eine höhnische Lachsalve aus. »Ganz die Mutter! Nichts als Flausen im Kopf!« Er packte Burt am Jackenkragen.

Burts Hand krallte sich um das Handgelenk seines Vaters. »Lass mich los. Bitte, lass mich einfach los!«

Das glimmende Ende des Café-Creme-Zigarillos näherte sich Burts Wange. »Du willst also Musiker werden? Aber hast du schon mal einen Leadsänger mit *Brandnarben im Gesicht* gesehen? Hm, mein Hübscher?«

Mit einem Ruck riss Burt sich los und hastete die Treppe hinauf.

Auf halber Höhe hörte er noch den Schrei seines Vaters: »Aus dir wird nie was, Junge!«

* * *

Burt – 1. September

Gestern ist Dad nach Hause gekommen. Eigentlich hätte er erst in ein paar Wochen auftauchen sollen. Der Typ ist nicht nur ein Arschloch, nee, der ist durch und durch böse.

Als er am nächsten Tag wieder weg war, hätte ich mir fast vor Freude in die Hose gemacht. Scheiß auf Dad. Ich werde dem heimtückischen Wichser schon zeigen, was ich draufhabe. Bald sind wir die größte Rockband der Welt und zwanzigmal reicher als mein Arschlochvater, Bex heiratet mich und wir kriegen einen Haufen wundervolle Kinder, und ich werde nicht zulassen, dass Dad meinen Kids zu nahe kommt.

* * *

Bex saß auf der Hohen Bank und beobachtete das Tor am Fuß des Hügels. Sie tauchte immer etwas früher auf, weil sie gern zusah, wie die hochgewachsene Gestalt mit dem rotbraunen Haar den steilen Hang hinaufwanderte. Wie Egg immer näher kam. Bex spürte ein angenehmes Kribbeln. Am Telefon hatte Egg gesagt, er habe eine Überraschung für sie.

Seit er Burt wegen Clipper in die Schranken gewiesen hatte, hatte Egg sich nochmals sehr verändert. Vielleicht hatte der Vorfall sein Selbstvertrauen weiter gestärkt – oder konnte er sich in ihrer Gegenwart nur immer mehr entspannen? Bex wusste es nicht, und im Grunde war es nebensächlich. Viel wichtiger war, dass er ihr offenbar ihren Fehler verziehen hatte. Sie war froh, dass sie nie über Burt redeten. Sie hielt sich von Burt fern, so gut es ging, und wenn er Flirtversuche unternahm, zog sie sich noch weiter zurück oder ignorierte ihn vollständig. Sie durfte ihre Beziehung zu Egg nicht aufs Spiel setzen. Das wurde ihr von Tag zu Tag klarer.

Mittlerweile unterhielten sie sich über alles Mögliche. Er erzählte ihr von seinen Ängsten und Träumen, sie ihm von ihren. Sie hatten sich ein Spielchen angewöhnt, einen kleinen Wissenstest übereinander – zwischendurch bombardierten sie sich immer wieder mit detaillierten Fragen: »An welchem Tag und um welche Uhrzeit wurde ich geboren?«, »Wie lautet der Mädchenname meiner Großmutter mütterlicherseits?« – als müssten sie unbedingt alles übereinander wissen.

Als Bex sah, wie Egg in den Park trottete, lächelte sie. Bei seinem Anblick musste sie immer lächeln. Und heute hatte er auch noch seine Gitarre dabei! Die Überraschung, von der er vorhin gesprochen hatte, fiel ihr wieder ein …

* * *

»Sie wollen zu Fictitious Records gehen«, berichtete Sophia. »Und nächstes Jahr touren sie mit den Desert Kings, hat Jack gesagt. Er redet über nichts anderes.«

Quälende Sekunden lang studierte Sir Wilson Cloom seine Untergebene, ehe er nachdenklich sagte: »Vielleicht wird aus dir doch noch ein tüchtiges A&R-Mädchen, Sophia.« Seine schmalen Lippen krümmten sich zu einem Lächeln. »Sehr gut. Du hast den Auftrag erfüllt. Jetzt kannst du anfangen, ihm Ideen einzuflüstern.«

»Was für Ideen?«

»Ach, bloß kleine Andeutungen … dass es vielleicht ein kluger Schachzug wäre, als Solokünstler zu Big Tone zu gehen.« Wilson machte eine Pause. »Aber etwas anderes ist viel wichtiger. Erzähl ihm, im Business hätte sich schon lange herumgesprochen, dass Jerome Clincher ein schäbiger Lügner ist. Er verspricht seinen Bands das Blaue vom Himmel, und am Ende kommt nichts dabei rum. Verstanden?«

»Aber, Sir …«, bettelte Sophia. »Jetzt wissen Sie doch, was Sie wissen wollten. Bitte, zwingen Sie mich nicht mehr dazu. Ich habe kein gutes Gefühl dabei.«

Wilson beugte sich vor, stützte sich auf die Ellenbogen und legte die Fingerspitzen aneinander. »Nur ein Weilchen noch, Schätzchen.« Seine kalten Augen fixierten Sophias Gesicht. »Andernfalls wäre ich sehr enttäuscht – und du willst mich doch nicht enttäuschen?« Er verabschiedete sie mit dem üblichen desinteressierten Wink und sah zu, wie sie aus dem Büro trippelte.

Als er wieder allein war, drehte Wilson seinen Chefsessel um neunzig Grad und blickte auf das Londoner Panorama. Sein nächster Schritt wollte gut überlegt sein. Sollte er Jeromes Boss anrufen? Fictitious Records gehörte zu einem größeren Konzern und der dortige Obermacker war ein guter Bekannter. Ja, so könnte er die glückliche Zweisamkeit zwischen Fictitious und den RockAteers am schnellsten zunichtemachen. Andererseits konnte Wilson sich nicht hundertprozentig sicher sein, ob seine Drohgebärden Jeromes Boss ausreichend beeindrucken würden – oder ob er sich vielmehr vor seinen besten Mann stellen würde? Jerome war ein beliebter Kerl mit einem wahren Goldhändchen für junge Talente. Nein, dachte Wilson. Das wäre zu riskant.

Da hellte sich sein Gesicht auf. Er nahm den Hörer ab und wählte. »Geben Sie mir Hans Molander. Sagen Sie ihm, Wilson Cloom will ihn sprechen.«

Hans Molander war Chef einer der größten internationalen Konzertagenturen. Ein Anruf bei Jeromes Boss wäre ungefähr so elegant gewesen wie ein Hammerschlag; Hans konnte er dagegen benutzen wie ein zartes Skalpell. Seine Agentur veranstaltete weltweit Shows der wichtigsten Acts und viele dieser Acts standen bei Big Tone unter Vertrag. Diese Aufträge brachten Hans Millionen ein. Es käme ihn teuer zu stehen, Sir Wilson Cloom zu verärgern.

»Wilson!«, tönte eine vertraute Stimme mit schwedischem Akzent aus dem Hörer. »Wie geht es dir?«

»Danke, kann nicht klagen. Leider bin ich wie immer in Eile, Hans. Ich muss dich um einen Gefallen bitten.«

»Was kann ich für dich tun?«

»Du musst den Tourbooker der Desert Kings anrufen. Sag ihm, dass sie bei ihrer nächsten Tour nicht die RockAteers als Vorband mitnehmen dürfen.«

Ein langes Schweigen, gefolgt von einem deutlich hörbaren Seufzer. »Das ist aber ein großer Gefallen, Wilson. Man hört überall, dass diese Band, diese … RockAteers … bald richtig abgehen werden. Ich kann es mir nicht leisten, mir neue Bands zum Feind zu machen. Die sollen später mal für mich die Stadien füllen.«

Wilson spielte seinen Trumpf aus. Einen Trumpf, der immer stach. »Und da machst du dir lieber *deinen alten Freund Wilson* zum Feind? Glaub mir, Hans, wenn es mir nicht wirklich wichtig wäre, würde ich dich nicht darum bitten.«

»Aber Wilson!« Ein ängstlicher Unterton schlich sich in Hans' Stimme ein. »Was sagst du da? Du kennst mich doch! Aber hier geht es um eine ernste Sache …«

»Das ist mir bewusst. Wäre es mir nicht ernst, hätte ich dich nie darum gebeten.« Wilson setzte ihm die Pistole an den Kopf. »Aber die Frage ist doch die, Hans: Kann ich mich auf dich verlassen? Ja oder nein?«

Stille in der Leitung.

»Natürlich kannst du dich auf mich verlassen, Wilson«, sagte Hans endlich. »Aber ich muss kurz darüber nachdenken, okay? Darf ich dich in ein paar Stunden zurückrufen?«

* * *

Wie stellte sie das nur an? Diesmal war Egg wirklich überpünktlich, doch Bex saß schon wieder vor ihm auf der Hohen Bank. Es war eine Qual, unter ihren Augen den Hang hinaufzuwatscheln. Egg hasste seine Art zu gehen – und es war umso schlimmer, wenn er dabei von einem Mädchen beobachtet wurde, das er unbedingt beeindrucken wollte.

Erst als er den Gipfel erklommen und den Gitarrenkoffer abgestellt hatte, blickte er vom Boden auf.

»Der Anstieg macht mich jedes Mal fertig«, sagte er grinsend.

Bex lächelte ihn an. »Vielleicht solltest du dein Fitnessprogramm um ein bisschen Herz-Kreislauf-Training erweitern.«

Egg setzte sich neben sie, beugte sich zu ihr und gab ihr einen kleinen Kuss auf die Wange. Früher hatte er sie bloß mit einem schüchtern gemurmelten »Hallo« begrüßt, doch vor einer Woche war ihm der Durchbruch gelungen und seitdem gab es jedes Mal einen Wangenkuss. Es war toll.

»Okay!«, rief Bex. »Ich weiß eine perfekte Frage für das Egg-Bex-Quiz! Es steht dreißig beide, oder? Ich glaube, damit kann ich in Führung gehen!«

»Du kannst es versuchen. Aber gegen *The Brain* hast du keine Chance. *The Brain* ist unschlagbar.«

»Das werden wir schon sehen. An welchem Tag haben wir uns kennengelernt und was habe ich als Erstes zu dir gesagt?«

»Oh, da müssen wir erst noch über die Regeln reden … die Frage zählt zwei Punkte, oder?«

Bex runzelte die Stirn und schüttelte den Kopf. »Nichts da! Ein Punkt. Es geht ja nur um einen Tag.«

»Immer diese Schummelei! Aber na gut, lass mich nachdenken …« Egg kniff die Augen zusammen und massierte sich den Nasenrücken, als müsste er tief im Gedächtnis graben. »Der 26. September. Du hast dich vorgestellt und gesagt, es sei genial, was ich aus dem Ding da raushole. ›Das Ding‹ war meine Gitarre. Ich erinnere mich so gut, weil ich vor lauter Panik nichts sagen konnte.«

»Stimmt alles.« Bex lehnte sich zu ihm und gab ihm einen freundlichen Stups mit der Schulter. »Okay, Bonusrunde! *Warum* konntest du vor lauter Panik nichts sagen?« Sie schaute ihn abwartend an.

Egg sah sie lange an.

Sie lächelte.

»Ich habe einen Song für dich geschrieben«, sagte Egg und blickte zu Boden.

»Echt? Ist ja toll«, meinte Bex mit einem enttäuschten Seufzen und rutschte ein Stück zur Seite, weg von Egg.

Egg nahm seine Gitarre aus dem Koffer und würgte den Kloß in seinem Hals hinunter, schloss die Augen, spielte die ersten Akkorde und murmelte: »Ich hoffe, der Song gefällt dir.« Dann fing er an zu singen.

Als er fertig war, öffnete er die Augen wieder, warf einen Blick auf Bex – und wäre am liebsten auf der Stelle tot umgefallen. Bex vergoss keine Tränen der Rührung, Bex strahlte ihn nicht staunend an. Ganz im Gegenteil. Sie wirkte nicht sonderlich beeindruckt.

»Hat's dir nicht gefallen?«, fragte er betrübt.

Bex schaute ihn ungeduldig an. »Doch, schon.«

»Ich habe den Song nur für dich geschrieben.«

»Nett von dir.«

Egg packte die Gitarre weg. Er wünschte, er könnte mit in den Koffer kriechen und vom Erdboden verschwinden.

Da legte sich Bex' Hand auf seine Hand. »Egg«, flüsterte sie und rutschte wieder näher an ihn heran. »Bitte sag mir, wieso du nichts sagen konntest, als ich dich damals angesprochen habe.«

Egg drehte sich zu ihr, doch in die Augen schauen konnte er ihr nicht. »Weil du mich noch nie wahrgenommen hattest und weil ich dich liebe, seit ich dich zum ersten Mal gesehen habe.«

Als er aufblickte, bemerkte Egg, dass Bex noch näher gekommen war, die Lippen zu einem sanften Lächeln geöffnet. Ihre grünen Augen blitzten. Er lehnte sich zu ihr – und auf einmal lagen ihre Lippen auf seinen. Vor Staunen wäre er beinahe in Ohnmacht gefallen. Seine Nackenhaare stellten sich auf, in seinem Kopf herrschte ein einziges Rauschen und Knistern, wie von einer Million Wunderkerzen, und in seiner neuen engen Jeans wurde es plötzlich noch enger. Aber das war ihm egal. Das Glücksgefühl war zu stark, dagegen kam seine Scham nicht an. Der alte, ängstliche Egg wäre in Panik geraten – aber dieser Kuss war der wichtigste Moment seines Lebens. Er hob die Hand, legte sie an Bex' Hinterkopf und strich ihr mit den Fingern durch das volle, glänzende Haar, während ihre Lippen immer gieriger nach seinen schnappten und ihr Oberkörper sich so fest an ihn presste, dass er fast ihren Herzschlag spürte. Nach langer Zeit löste Bex sich von ihm, atmete seufzend durch und schenkte ihm ihr einzigartiges Lächeln – und Egg wusste, dass sich sein Leben grundlegend verändert hatte.

* * *

Egg – 2. September

Ich fürchte, nicht mal mein eigenes Tagebuch wird mir glauben, was gestern Abend passiert ist. Ich kann es selbst noch nicht richtig fassen. Bex und ich haben uns bei der Hohen Bank getroffen und ich habe ihr ihren Song vorgespielt. Aber der Song war ihr egal. Sie hat bloß immer wieder gefragt, warum ich nichts sagen konnte, als wir uns kennengelernt haben. Also habe ich es ihr gesagt – und zack! haben wir uns geküsst. Aber so richtig! Wir konnten gar nicht mehr aufhören. Es war das beste Gefühl der Welt und aller Zeiten und überhaupt. Jetzt weiß ich, wie es auf Wolke sieben ist, und ich will nie wieder runter auf die Erde.

* * *

Clipper – 2. September

Heute habe ich Dad gestanden, dass ich nicht zu Charlton Youth gehe. Er hat gar nichts gesagt, sondern bloß todtraurig geschaut. Was soll ich jetzt machen? Er ist so enttäuscht. Wie soll ich ihm da auch noch sagen, dass ich schwul bin? Außerdem macht Mum sich Sorgen wegen meiner schlechten Noten in den Abschlussprüfungen. Wenn ich kein Fußballer werde, hat sie gesagt, was will ich denn dann machen? Meine Antwort war klar: In einer erfolgreichen Rockband spielen. Aber das hat sie nicht überzeugt. Ich habe ihr noch erzählt, dass Burt in allen seinen Fächern durchgefallen ist, weil ich dachte, dass meine beschissenen Noten dann etwas weniger beschissen rüberkommen. Mum fand sie immer noch beschissen. Bei der Band ist wieder alles mehr oder weniger beim Alten. Dass ich schwul sein soll, ist überhaupt kein Thema mehr, dass Burt mich rausschmeißen wollte, auch nicht. Gestern bei der Probe hat Egg die ganze Zeit gegrinst wie ein Vollidiot, und als ich ihn gefragt habe, was los ist, meinte er, er ist jetzt mit Bex zusammen. Aber das darf keiner wissen, also kein Wort zu niemandem. Zuerst habe ich mich für ihn gefreut, doch dann dachte ich mir: Ach du Scheiße – die Band ist gerade wieder in der Spur, da fängt unser Gitarrist was mit der Angebeteten des Leadsängers an.

Die neuen Songs, die Egg uns gestern vorgespielt hat, sind mal wieder brillant. Dann hat er vorgeschlagen, langsam wieder mit Labels zu reden. Er meint, wir sind jetzt so weit, und ich glaube, er will zu Fictitious gehen. Warum nicht, wo die doch offensichtlich auf uns stehen? Seit dem Treffen mit Jerome ist Egg quasi zu unserem Boss geworden, und nicht mal Burt hat wirklich was dagegen.
Ich glaube, am Ende hat Burt auch noch kapiert, was Jerome uns sagen wollte. Außerdem ist er der weltgrößte Desert-Kings-Fan, und wenn wir mit denen auf Tour gehen können, macht er wahrscheinlich alles mit. Oder es liegt mal wieder an den Frauen – er hat mir erzählt, dass er und Sophia jetzt fest zusammen sind. Hoffentlich dreht er dann nicht ganz ab, wenn er das mit Bex und Egg rausfindet.

12. Song
Enthüllungen

Kaum hatte Burt das Haus betreten, witterte er ihr Parfüm. Zuerst sein Dad, jetzt seine Mum. Was wollte die hier? Und was stand da für ein fremder Range Rover in Burts Einfahrt? Den Typen hinterm Steuer hatte Burt noch nie gesehen … Er vergaß seinen gewohnheitsmäßigen Blick in den Flurspiegel und marschierte in die Küche.

Als Burt den Raum betrat, hatte er sofort ein schlechtes Gefühl: Millie hockte am Esstisch und starrte tieftraurig auf die Tischplatte. Neben ihr saß eine gertenschlanke Frau und rauchte eine dünne, schneeweiße amerikanische Zigarette – Claudia Windsor. Sie drehte sich nicht um, um ihren Sohn zu begrüßen.

Aber Millie sprang auf, stürmte quer durch die Küche und warf sich in seine Arme. »Burt!«

»Was ist hier los?«, fragte Burt laut, während er seine Schwester hochhob und an sich drückte.

»Mum will mich wegschicken! In ein Internat nach Schottland! Aber ich will nicht! Bitte, Burt, das darf sie nicht machen! Bitte! Ich will hierbleiben, bei dir. Ich will nicht weg. Bitte!«

»Was?« Burt glotzte seine Mutter an.

Claudias ebenmäßiges Gesicht drehte sich zu ihm. Ungerührt sah sie zu, wie ihre Tochter immer lauter schluchzte. Ihr glatter blonder Pferdeschwanz, ihre perfekt manikürten und mit blutrotem Chanel-Lack bemalten Fingernägel und ihr scharf geschnittenes schwarzes Vivienne-Westwood-Kleid unterstrichen ihr erhabenes, eiskaltes Auftreten. »Ich weiß, dass deine Schwester hier bei dir wohnt, Burt. Also bitte spar dir die Lügen, ja?«

»Was für Lügen? Klar wohnt sie hier. Wo denn sonst? Das ist ihr Zuhause! Mit Grandma ist nichts anzufangen. *Ich* kümmere mich um Millie. Aber seit wann interessiert dich das? Du bist doch eh nie da.«

»Selbstverständlich interessiert es mich, James. Ich bin ihre Mutter.«

Millie weinte in Burts Nacken, als wollte sie nie wieder damit aufhören. Sie war längst zu schwer für ihn, aber er ließ sie nicht los, sondern kratzte seine ganze Kraft zusammen und presste sie weiter an sich.

Da bemerkte er den großen Hartschalenkoffer an der Tür.

»Was ist das?«, fragte er.

»Ich war ja von Anfang an dagegen, aber Millie wollte unbedingt noch bleiben, um sich von dir zu verabschieden«, antwortete Claudia.

»Was soll das heißen?« Burt spürte, wie seine Unterlippe zitterte.

»Das Internat hat sich bereit erklärt, Millie früher aufzunehmen, und Donnerstag muss ich wieder in Dubai sein.«

»Das darf sie nicht, Burt!«, wimmerte Millie. Feuchtes Haar klebte an ihren nassgeweinten Wangen, als sie sich zu ihrer Mutter drehte. »Ich will nicht ins Internat! Ich will NIRGENDWOHIN, und schon gar nicht MIT DIR! Ich will hierbleiben, bei BURT!«

»Es reicht, Amelie!«, bellte ihre Mutter, stampfte herüber und versuchte, die Geschwister auseinanderzureißen. »Wenn du erst mal da bist, wird es dir wunderbar gefallen! Ich bin mit sieben ins Internat gekommen, und du bist schon fast zehn!« Sie zerrte an Millies Hand, doch die klammerte sich mit eisernem Griff an Burts Nacken. »Lass los! Deine Eltern geben Tausende aus, damit du es gut hast! Und jetzt müssen wir gehen!«

Burt schüttelte seine Mutter ab. »Hau ab, Claudia! Hau ab und lass uns in Ruhe!« Er drückte seine Schwester an sich, so fest er konnte.

»Ich hatte schon befürchtet, dass du nicht loslassen kannst«, spottete Claudia. »Du warst schon als Kind viel zu anhänglich.« Sie ging zum Küchentisch, nahm ihr Handy und hielt es gelassen ans Ohr. »Kommen Sie rein. Ich könnte doch etwas Hilfe gebrauchen.«

Sekunden später stand der Kerl aus der Einfahrt in der Küche. Burt bebte vor Wut. Was mischte der Typ sich in ihre Familienangelegenheiten ein?

»Raus hier!«, brüllte Burt. »Verpiss dich!«

Der hünenhafte Kerl warf Burts Mutter einen Blick zu. Er wartete auf ihre Befehle.

»Könnten Sie das Mädchen rausbringen?«, fragte sie gebieterisch. »Dann nehme ich das Gepäck.« Sie fasste den Koffer am Griff und rollte ihn aus der Küche.

Der Fahrer machte einen Schritt nach vorn. Er war mindestens einen Kopf größer als Burt. Unter seinem dünnen Jackett wölbten sich gut austrainierte Muskeln. Sein grau melierter Dreitagebart verlieh ihm eine gewisse Ähnlichkeit mit einem Wolf.

»Fass uns nicht an!«, stieß Burt zwischen zusammengepressten Zähnen hervor und blickte dem Typen entschlossen in die Augen. »Sonst bist du ein toter Mann.«

Seelenruhig legte ihm der Fahrer eine Hand ans Genick und quetschte Burts Muskeln zusammen. Burt kreischte vor Schmerz, ließ Millie los, kippte zur Seite und fasste sich an die Schulter. Millie trat noch mit den Beinen aus, doch der Fahrer war schnell. Er warf sie einfach über die Schulter und folgte seiner Chefin aus der Küche. Sofort rappelte Burt sich auf und rannte hinterher. Kurz vor der Haustür schmiss er sich gegen den Rücken des Fahrers – und prallte ab wie von einer menschlichen Betonmauer. Er taumelte zurück, knallte mit dem Hinterkopf gegen den Flurspiegel und sank auf den Boden.

Hilflos musste er zusehen, wie seine Schwester aus dem Haus getragen wurde. Nein! Burt schüttelte den Kopf, stand auf und rannte die Vortreppe hinunter. Gerade wurde die schreiende Millie in den Range Rover gepackt. Sie wehrte sich mit Händen und Füßen, während Burt über den Schotter sprintete und – zu spät. Als er den Geländewagen erreichte, schlug die Autotür bereits zu. Brüllend prügelte er auf das Fenster ein, hinter dem das panisch verzerrte Gesicht seiner Schwester zu sehen war.

Der Range Rover setzte sich in Bewegung und beschleunigte rasch aus der Einfahrt hinaus. Doch Burt verfolgte ihn. Er rannte auf die Straße, die Augen auf das Rückfenster, auf Millies tränenüberströmtes Gesicht gerichtet. Bis der Wagen um die nächste Ecke raste und verschwand. Auf einmal verließ Burt seine Kraft. Er hockte sich im Schneidersitz auf den Asphalt und weinte.

* * *

Burt – 2. September

Millie ist weg. Ich habe versucht, sie auf dem Handy anzurufen, aber die Nummer existiert nicht mehr. Wie konnten die das nur machen? Ich schwitze schon die ganze Nacht, als hätte ich Fieber. Ich wache immer wieder auf, weil ich Millie vor mir sehe, wie sie mich durch das Rückfenster anstarrt. Ich habe sie so lieb. Aber damit sind Mum und Dad für mich gestorben. Sobald ich mein eigenes Geld habe, hole ich mir meine Schwester zurück und kümmere mich um sie. Das schwöre ich. Auf solche Eltern können wir verzichten.

* * *

An jenem Morgen erhielt Jerome zwei wichtige Anrufe. Zunächst meldete sich Egg, um ihm mitzuteilen, dass die RockAteers ihre Meinungsverschiedenheiten ausgeräumt hätten und nun bereit seien, ernsthaft über einen Vertrag zu sprechen. Danach rief Alan Clyro an, der CEO von Fictitious Records' Mutterkonzern, also praktisch Jeromes Boss. Alan selbst war wiederum von Hans Molander angerufen worden, der ihn aufgefordert hatte, die Bewerbung der RockAteers um den

Support bei der nächsten Desert-Kings-Tour zurückzuziehen. Als Jerome nach dem Grund fragte, war sein Boss ratlos.

»Hans hat den Gig anscheinend schon vor sechs Monaten einer anderen Band versprochen und das hat er dem Agenten der Kings jetzt auch klargemacht. Ich habe *ihm* klargemacht, dass wir die Sache mit Cab Jones persönlich abgesprochen haben. Da ist Hans sehr deutlich geworden – solltest du nicht mitziehen, solltest du die Desert Kings kontaktieren oder einen irgendwie gearteten Aufstand anzetteln, müssen wir mit ernsten und weitreichenden Konsequenzen rechnen.«

Jerome war Hans Molander schon drei, vier Mal über den Weg gelaufen, und das schien ihm überhaupt nicht Hans' Stil zu sein. *Ernste und weitreichende Konsequenzen?* Diese Wortwahl ließ Jerome keine Ruhe mehr. Ganz abgesehen von der Tatsache, dass den RockAteers eine riesige Tour entgehen sollte, ergab es schlicht keinen Sinn: Cab Jones hätte doch davon gewusst, wenn der Support bei ihrer eigenen Tour bereits einer anderen Band zugesagt worden wäre. Außerdem hatte Jerome noch nie davon gehört, dass Supportslots ein Jahr im Voraus verschachert wurden.

Doch bevor Alan aufgelegt hatte, hatte er nochmals betont, dass Jerome bloß nicht seinen Freund Cab anrufen oder irgendwelche anderen Manöver hinter Hans Molanders Rücken starten sollte, und Jerome hatte eingewilligt. Trotzdem wollte er wissen, was zum Teufel da passiert war. Es war das erste Mal, dass ihm ein Vorgesetzter einen Maulkorb anlegte; das war ihm nicht mal am unteren Ende der Karriereleiter passiert. Zum ersten Mal in seinem Leben fühlte Jerome sich völlig machtlos.

Den halben Tag lang saß er schweigend an seinem Schreibtisch und suchte nach einer Lösung. Was war schiefgegangen? Und vor allem: Wie sollte er es den RockAteers erklären? Doch als plötzlich Lily Vendettas unverkennbare Stimme aus dem Büroradio schrillte, ging ihm ein Licht auf – das Ganze roch nach Sir Wilson Cloom.

Wie hatte Cloom von der geplanten Tour erfahren? Cab und Jerome hatten sich mündlich geeinigt, eine Absprache unter Freunden, und soweit er wusste, waren Wilson und Cab keine dicken Kumpels. Andererseits war Jerome eines klar: Wer sich auf einen Zweikampf mit Sir Wilson Cloom einließ, konnte seinen Job im Musikbusiness gleich an den Nagel hängen. Die Schlacht um die Tour hatte Jerome verloren. Er musste sich darauf konzentrieren, den Krieg zu gewinnen.

Und den Krieg würde er gewinnen, indem er die RockAteers unter Vertrag nahm und zu weltweitem Ruhm führte. Mach deine Arbeit, dachte Jerome, sag den RockAteers die Wahrheit. Sag ihnen, dass die Desert-Kings-Tour gestorben ist. Aber vorher organisierst du ihnen eine neue Tour. Eine noch bessere.

* * *

Burt – 10. September

Ich war vier Tage nur zu Hause. Linda wollte mich immer wieder überreden, wenigstens was zu essen, aber ich habe mich geweigert. Am fünften Tag kam eine Mail von Mills. Sie ist in Schottland. Sie ist nicht besonders happy, aber zumindest in Sicherheit. Ich war so froh, dass ich eine halbe Stunde lang Rotz und Wasser geheult habe. Ich musste ihr versprechen, dass ich mir keine Sorgen mache und dass ich mich weiter auf die Band konzentriere. Ich hab dich lieb, hat sie geschrieben. Ich habe ihr geantwortet, dass sie die beste Schwester des Universums ist.

Dann habe ich Sophia angerufen, zum ersten Mal seit einer Woche. Bisher hatte ich alle Anrufe weggedrückt, aber wenn Millie will, dass ich weitermache, mache ich weiter. Später ist Sophia vorbeigekommen. Sie sieht immer noch scheiße gut aus, aber langsam langweilt mich ihr endloses Gerede schon ein bisschen. Ohne Millie hat das alles keinen Sinn mehr. Außer Bex wäre hier. Mit Bex hätte alles wieder ein bisschen Sinn. Sophia sagt viele nette Sachen über meinen Gesang, aber ich bin ja nicht blöd. Ich weiß, dass sie mich zu Big Tone locken will, weil sie denkt, sie kriegt dann einen A&R-Job.
Sie meinte, Jerome Clincher macht seinen Bands immer große Versprechungen und lässt sie dann im Regen stehen. Mal schauen, was Jerome dazu zu sagen hat. Wir sehen ihn ja bald wieder.

Okay, ehrlich gesagt, langweilt mich inzwischen nicht nur Sophias Gelaber, sondern Sophia selbst. Wird Zeit, dass ich mich wieder mehr um Bex kümmere. Seit dem Kuss hat sie kaum mit mir gesprochen, aber mein Gott, die Ereignisse haben sich halt überschlagen. Und dieser Kuss ... Junge, das waren die besten fünf Minuten meines Lebens – bis Bex mich plötzlich so seltsam angestarrt hat und weggestolpert ist. Ich werde einfach nicht schlau aus der Frau. Erst sendet sie eindeutige Signale aus, dann schickt sie mich wieder gnadenlos in die Wüste. Als ich gestern einen Blick auf den Kalender geworfen habe, ist mir klar geworden, dass ich sie jetzt seit exakt sechs Jahren liebe, und ich glaube, wenn ich sie nicht haben kann, macht mein Leben keinen Sinn mehr. Sonst ist doch eh alles scheiße.

Crazel hinterlässt mir immer noch fünfzig Nachrichten am Tag, aber wenigstens lungert sie nicht mehr vor dem Haus rum. Das letzte Mal hat sie vor einer Woche an der Tür geklingelt. Sophia hat ihr aufgemacht, und zwar sehr leicht bekleidet. Ich habe nicht aus dem Fenster geschaut, aber man hat die beiden sehr gut gehört. Sie haben sich ein kleines Zickenduell geliefert. Crazel hat gesagt: »Wer bist du denn?« Und Sophia so: »Nee, wer bist du denn?« Dann hat Sophia ihr erklärt, sie wäre meine Freundin, und Crazel wäre wohl die Psychopathin mit den Hängetitten, von der ich ihr erzählt hätte. (Das stimmt nicht. Ich habe nie gesagt, dass Crazel Hängetitten hat. Ich mag Crazels Titten.)

Crazel hat gar nichts mehr gesagt und Sophia hat die Tür zugeknallt. Danach habe ich mir nur noch eine von Crazels Nachrichten angehört, die erste, und ich muss schon sagen, das hat mich traurig gemacht. Sie meinte, dass sie mich liebt, dass sie wirklich verzweifelt ist und dass ich es ihr doch sagen kann, wenn ich sie nicht mehr sehen will. Aber dass wir uns doch eigentlich ganz gut verstanden hätten.

Als hätte ich nicht gewusst, dass sie mich liebt! Für wie blöd hält die mich? George hat mir geraten, ihr eine richtig üble Mail zu schicken, dass sie wegen mir von der Brücke springen kann oder so, klare Worte halt, aber ich bin mir nicht sicher. Nur eins ist sicher: Wenn Bex endlich zur Vernunft kommt und einsieht, dass wir füreinander geschaffen sind wie Romeo und Julia, können sich alle anderen Frauen mal schleunigst aus meinem Leben verpissen.

* * *

Egg – 20. Oktober

Jetzt ist wieder Schule, aber es ist ganz locker. Ich habe mich für A-Levels in Musik, Mathematik und Englisch entschieden, was kaum Arbeit macht. Ich muss nicht mal jeden Tag hingehen. Mum wollte, dass ich vier A-Levels belege, aber ich habe bloß den Kopf geschüttelt. Jetzt, wo ich sechzehn bin, hat sie mir nichts mehr zu sagen.

Die Proben mit der Band laufen gut. Wir treffen uns neuerdings fünf Mal die Woche, und das merkt man. Zum Glück dürfen wir immer noch in der Mensa proben und unseren Kram bei Mr Andrews im Musikzimmer unterstellen.

Vorhin hat Jerome angerufen. Das war sehr schräg. Erst hat er behauptet, dass er nur noch mal fragen wollte, ob unser Treffen noch steht. Dann wollte er plötzlich wissen, ob Burt noch Kontakt zu Wilson Cloom hat.
Keine Ahnung, habe ich gesagt, aber prinzipiell würde ich Burt alles zutrauen. Und dann hat Jerome mich gefragt, mit welcher Band ich am liebsten auf Tour gehen würde.

Mit den Desert Kings, habe ich natürlich geantwortet. Nee, meinte er, was meine absolute, ganz persönliche Traumband aller Zeiten wäre? Ich habe nachgedacht. »Led Zeppelin?« Da hat er nichts mehr gesagt. Nur dass wir uns ja bald sehen, und weg war er.

Ich bin grad ziemlich aufgeregt, weil wir nachher in den Club gehen. Ich war noch nie im Club. Neulich hätte ich Bex beinahe gesagt, dass ich sie liebe, aber ich konnte mich gerade noch zurückhalten. Was, wenn sie mich auslacht? Das wäre nicht so optimal.

Bex und ich haben Burt immer noch nicht gesagt, dass wir jetzt ein Paar sind.

* * *

Clipper – 26. Oktober

Die zwölfte Klasse ist supereasy und wir müssen keine Schuluniform mehr tragen! Neulich war ich mit Bex und Egg im Club. Die beiden sind ein cooles Paar und Egg ist ein egg-zellenter Gentleman. Bex und ich haben uns stundenlang über Mode unterhalten, sie hat richtig Ahnung, und Egg hat sich null aufgeregt, weil seine Frau deshalb kaum noch Zeit für ihn hatte. Bex kennt sich super aus, von der kann ich noch was lernen. Das Tanzen hat auch Spaß gemacht, obwohl Bex gesagt hat, ich tanze wie ein alter Knacker.
Schade, dass Burt nicht mitgekommen ist. Ich finde, Bex und Egg sollten ihm langsam sagen, was los ist. Burt tut

mir irgendwie leid. Seit seine Schwester im Internat in Schottland ist, hockt er ganz allein in seiner Villa. Das muss ein Scheißgefühl sein.

Mit meinem Dad war es eine Zeit lang ziemlich kompliziert, aber ich glaube, jetzt ist er über die Sache mit Charlton Youth hinweg. Das heißt, er hat mich einfach noch mal angemeldet, für nächste Saison – und die haben mich schon wieder genommen! Anscheinend bin ich wirklich verdammt gut.
Ich habe Burt gefragt, ob er mal bei mir vorbeikommen will, aber er meinte, ich hab sie ja wohl nicht mehr alle.
Was soll's! GO, ROCKaTEERS! Egg und ich sind uns einig, dass das nächste Jahr unser Jahr wird.
Ich freue mich drauf.

»Sophia hatte recht! Du hast uns Scheiße erzählt!«, rief Burt, nickte seinen Bandkollegen zu und stand halb auf. »Kommt, Leute, ich will das Arschloch nicht mehr sehen.«

Jerome und die RockAteers aßen im Tabernacle zu Mittag. Der Pub hatte eine gute Küche, die Rechnung würde natürlich Jerome zahlen, und bisher war das Treffen reibungslos verlaufen.

»Langsam, Jack«, sagte Jerome. »Wer ist Sophia?«

»Keine Ahnung, was dich das angeht, aber Sophia ist die Sekretärin von Sir Wilson Cloom. Sie hat gesagt, du machst uns nur was vor, und ich habe ihr kein Wort geglaubt – bis jetzt!«

»Verstehe. Bitte warte noch einen Moment.« Jerome hob die Hand, um den Sänger davon abzuhalten, sofort aus dem Pub zu marschieren. »Lass mich kurz überlegen … Sag mal, hast du Sophia erzählt, dass ihr darüber nachdenkt, zu Fictitious zu gehen? Und dass ihr mit den Desert Kings touren sollt?«

Burt krümmte sich auf seinem Stuhl, plötzlich in die Enge getrieben. »Weiß nicht so genau … ja, kann sein, wahrscheinlich … aber was hat das jetzt damit zu tun?«

»Das ist eine interessante Frage, Burt. Aber wenn man mal ein bisschen drüber nachdenkt, könnte man fast den Verdacht haben, dass Sophia alles, was du ihr erzählt hast, ihrem Boss erzählt hat. Ich meine, das wäre doch im Rahmen des Vorstellbaren? Und den Rest kannst du dir denken.«

»Soll das heißen …«, sagte Egg nach einem kurzen Schweigen, »… dass Wilson uns die Tour mit den Kings kaputtgemacht hat?«

»Das wollte ich damit nicht sagen«, erwiderte Jerome. »Und wir sollten uns alle hüten, irgendwelche schlimmen Andeutungen zu machen.« Hinter dem Gestrüpp seines dichten Barts flackerte ein Lächeln auf. »Aber ist das nicht toll? Wilson muss so was von angepisst sein wegen euch. Und ich glaube, ich weiß schon, wie wir's ihm heimzahlen können …«

* * *

Tea – 1. November

Jerome ist so ein hammer Typ! Der Cloominator denkt, er kann uns übelst verarschen, aber Jerome hat einen Plan. Und Burt ist erstaunlich schnell wieder runtergekommen, wahrscheinlich weil er bei dem Plan die Hauptrolle spielen soll. Burt muss bipolar sein oder so. Aber Burts Hirnschuss hat auch sein Gutes. Burt ist ein Typ wie aus dem Leadsänger-Baukasten: arrogant, egozentrisch, ein kompletter Vollarsch. Ich habe alle Biografien aller wichtigen Bands gelesen, und so einen braucht man als Frontmann. Ein echtes Charakterschwein.

Misstrauisch beäugte Wilson die beiden Gestalten auf der anderen Seite seines Schreibtischs. Auf einmal bereute er es, sich auf dieses Treffen eingelassen zu haben. Was die Wiedereinstellung gefeuerter Mitarbeiter anging, legte er Wert auf Prinzipientreue: Niemand wurde wieder eingestellt. Doch nun saß ihm Billy Visconti gegenüber. Wilsons Vater, ein Investor an der Börse, hatte seinem Sohn schon früh Sprichwörter, Lebensweisheiten und Leitsätze eingehämmert, und eine dieser Maximen kam Wilson nun in den Sinn: Man setzt nie zwei Mal auf dasselbe Pferd.

Wilson war bewusst, dass er besessen war. Er *wollte* die RockAteers – so sehr, dass es ihm schwerfiel, einen kühlen Kopf zu bewahren. Er hatte das Treffen nicht ablehnen können, die Versuchung war zu groß. Und wie war es ihm denn gelungen, sich bis an die einsame Spitze der Musikindustrie hochzukämpfen? Durch seine Besessenheit!

»Sorry«, sagte er betont gelangweilt. »Mir ist immer noch nicht ganz klar, was das hier werden soll.«

»Das ist verständlich, Wilson. Ich will es mal so ausdrücken …«, meinte Billy. »Die RockAteers haben gemerkt, dass Jerome Clincher seine Versprechen nicht halten kann, und sind deshalb noch einmal in sich gegangen. Sobald ich wieder eingestellt werde, unterschreiben sie bei Big Tone.«

Seit seinem Abgang von Big Tone Records war es mit Billy

steil bergab gegangen. Leute, die ihm noch vor einer Woche voller Begeisterung die Schuhe geputzt hätten, reagierten nicht mal mehr auf seine Nachrichten. Überall stieß er auf verschlossene Türen. Wilson hatte ihn nicht nur rausgeworfen, er hatte ihn auf eine inoffizielle schwarze Liste gesetzt.

Wilson sah Burt an. »Stimmt das, Jack?«

»Ja. Das tut uns alles sehr leid, Sir. Wir wollen unbedingt zu Big Tone«, antwortete Burt demütig.

Wilsons Misstrauen löste sich in Wohlgefallen auf. Der Sieg war in greifbarer Nähe. »Na dann … das ist doch schön zu hören!«, rief er, lächelte triumphierend – und fügte an seinen ehemaligen Angestellten gewandt hinzu: »Ich verstehe nur noch nicht, was *du* damit zu tun hast, Billy.«

»Die Band will, dass ich ihre A&R übernehme«, erwiderte Billy, plötzlich nicht mehr ganz so selbstbewusst. »Sonst unterschreibt sie nicht.«

Wilson lehnte sich zurück und dachte einen Augenblick nach. »In Ordnung«, sagte er dann, sprang auf und hielt Billy die Hand hin.

Billy nickte sichtlich erleichtert, schlug ein und drehte sich zu Burt. »Könntest du kurz draußen warten, Jack? Ich müsste einen Moment mit Wilson reden.«

Burt stand auf und schlurfte aus dem Büro.

»Ich will eine Gehaltserhöhung«, sagte Billy, kaum war die Tür ins Schloss gefallen. »Ich habe versprochen, die Rock-Ateers ins Boot zu holen, und ich *habe* sie ins Boot geholt.«

Wilson ließ sich Zeit mit seiner Antwort. »Okay. Fünf Prozent, Billy. Aber …« Er legte eine Pause ein, um der Drohung maximale Wirkung zu verleihen. »Wenn der Deal doch noch platzt, *mache ich dich kaputt.*«

Billy lächelte unsicher. »Der blöde Clincher wird sich totärgern, Boss. Fictitious hätte doch zu den RockAteers gepasst wie Arsch auf Eimer. Wie hast du das nur wieder angestellt?«

»Was soll ich sagen, Billy?«, meinte Wilson mit einem verstohlenen Zwinkern. »Ich habe meine Beziehungen …«

»Ja, aber trotzdem – wie zum Teufel hast du das gemacht? Die Verträge waren praktisch unterschrieben, die Tinte war fast schon trocken.«

Wilson tippte sich an die Nase. »Alles kein Problem, solange sich die Arbeiterbienen brav an ihre Anweisungen halten und den Bienenkönigen klar ist, wer den dicksten Stachel hat …«

»Ich kann nicht ganz folgen, Boss«, sagte Billy und kratzte sich an der Stirn.

»Du meine Güte, Billy! Ich habe dich doch gerade erst wieder eingestellt. Tu wenigstens so, als könntest du intellektuell mithalten.« Wilson seufzte. »Okay, noch mal für einfältigere Naturen: Meine brave Arbeiterbiene Sophia hat dem Idioten da draußen alle Informationen entlockt, die ich brauchte.« Cloom deutete durch die Glaswand auf Burt, der drüben auf der Couch saß. »Dann hat sie ihn glauben gemacht, man könnte Jerome nicht trauen – und schon konnte ich zum entscheidenden Schlag ausholen.«

»Und weiter? Was für ein entscheidender Schlag? Mach's nicht so spannend, Boss!«

Wilson gluckste. »Na gut. Ich musste bloß dem etwas kleineren Bienenkönig Hans Molander mitteilen, dass ich ihm das Leben zur Hölle machen werde, sollte er nicht sofort die Tour der RockAteers mit den Desert Kings absägen. Damit war der Band klar, dass Jerome tatsächlich nicht zu seinem Wort steht, und ich war wieder im Spiel.« Eine Pause. »Dass du auch noch mitspielen würdest, war natürlich nicht geplant, aber manchmal muss man wohl flexibel sein.«

»Unglaublich! Du bist ein Genie, Boss. Ich ziehe den Hut.« Billy neigte respektvoll den Kopf und stand auf. Er wusste aus Erfahrung, dass seine Audienz bei Sir Wilson damit beendet war.

* * *

Clipper – 6. November

Gestern haben Bex und ich uns bei der Hohen Bank getroffen und keine Ahnung, was passiert ist, aber auf einmal habe ich ihr alles Mögliche erzählt. Auch dass George mich vor den anderen als Hinterlader hingestellt hat. Da ist Bex verdammt wütend geworden. Sie hat gesagt, dass sie George Graves schon immer für das letzte Arschloch gehalten hat. Und dann hat sie mich gefragt, ob ich schwul bin. Glaube ja, habe ich gesagt. Einfach so. Aber ich konnte sie dabei nicht ansehen.
Es war halt immer noch extrem schwer, es auszusprechen, schwerer als alles andere, was ich in meinem Leben gemacht habe. Weiß auch nicht, was ich erwartet habe, vielleicht dass Bex mich auslacht oder so, aber das hat sie nicht getan. Sie war unglaublich nett zu mir, richtig lieb. Also habe ich ihr gleich alles erzählt. Zum Beispiel dass ich mich lange irgendwie zu Burt hingezogen gefühlt habe, aber jetzt nicht mehr, weil Burt sich als Scheißkerl herausgestellt hat. War ein gutes Gefühl, mal alles rauszulassen. Bex meinte, ich bin der liebenswürdigste Mensch, den sie kennt.

Da musste ich weinen. Ich habe so vor mich hin geschluchzt und Bex erzählt, was für eine Angst ich habe, es Mum und Dad zu sagen, vor allem Dad, der eh schon so viel mitmachen musste, und wenn er jetzt auch noch erfährt, dass sein Erstgeborener schwul ist? Ich habe mich überhaupt nicht mehr beruhigt. Bis Bex gesagt hat, das sei doch alles halb so wild, aber ich soll Dad bloß nicht verraten, dass ich mal in den Mittelstürmer meiner Mannschaft verknallt war!

Ich liebe Bex. Egg hat Glück, dass ich nichts von ihr will. Ich hätte sie ihm schon dreimal ausgespannt.

* * *

Tea – 9. November

Das muss einfach für die Nachwelt festgehalten werden. Es war zu geil. Ich und George und ungefähr zehn andere Typen hängen nach dem Unterricht im Park rum und irgendwann fängt George an, über irgendwelche Leute aus der Schule zu lästern, wie immer halt. Wir sitzen so da und ziehen einen durch, George turnt vor uns rum.

Plötzlich taucht Bex hinter ihm auf. Aber sie legt sich den Zeigefinger auf die Lippen, deshalb halten wir alle schön still. George nimmt das mit dem Schlabberlook sehr ernst, seine Hose hängt immer irgendwo zwischen den Knien – und Bex steuert von hinten auf ihn zu und zieht ihm in einem Rutsch Hose und Unterhose runter. George steht da wie versteinert, während sein nacktes Gehänge fröhlich

in der Herbstluft baumelt. Eine gute Sekunde lang ist es totenstill, dann bepissen sich alle vor Lachen. George gibt seit Jahren mit seinem Gigantoschwanz an. Tja, leider hat er keinen.
Dann versucht George, sich im vollen Panikmodus die Hose hochzuziehen, wir wälzen uns vor Lachen auf dem Boden, und genau in diesem Moment taucht Clipper auf. Es war perfekt. Clip musste sich von George so viel Scheiße gefallen lassen, da wäre es doch ein Jammer gewesen, wenn er das verpasst hätte. Nur schade, dass Egg nicht dabei war.

Dann dreht Bex sich um und geht, aber ihre Worte wehen noch zu uns herüber: »Du bist ein mieses kleines Arschloch, George Graves. Aber jetzt wissen alle, dass der Schwanz in deinem Sackgesicht doppelt so groß ist wie der in deiner Hose.«

George starrt sie an wie ein Massenmörder und plötzlich rennt er ihr hinterher und schlägt ihr die Faust gegen den Hinterkopf. Wir konnten nichts machen, es ging viel zu schnell. Der Schlag schleudert Bex nach vorn und sie bleibt auf dem Gras liegen. Wir konnten es alle nicht fassen. Damit war er zu weit gegangen. Als ich klein war, hat Dad mal meine Mum geschlagen, das habe ich bis heute nicht vergessen. Ich stehe also auf und sprinte auf ihn zu, aber als ich grad die Faust balle, klatscht George aufs Gras wie ein nasser Sack Scheiße – Clip hatte ihn mit einem brutalen rechten Haken niedergestreckt! Clip ist der Champ. Der beste Mann weit und breit.

Und am nächsten Tag kommt Bex in der Pause an und gibt uns beiden einen Schmatzer auf die Wange. Die anderen haben ihr erzählt, dass Clip nur eine Sekunde schneller war als ich, und jetzt sind wir beide ihre großen Helden. Ich durfte die fette Beule an ihrem Hinterkopf abtasten, was fast noch angenehmer war als der Kuss. Schräg, ich weiß.

Ich sag euch was: Wäre Egg mir nicht zuvorgekommen, wäre ich längst vor Bex auf die Knie gefallen.

* * *

»Spreche ich mit Sophia?«, fragte Jerome mit möglichst ruhiger Stimme.

»Entschuldigung, aber wer ist da?« Sophia erhielt jeden Tag gut zwanzig Anrufe von labellosen Musikern, die um jeden Preis mit Wilson Cloom reden wollten.

»Jerome Clincher«, sagte Jerome. »Wir hatten noch nicht das Vergnügen, aber Sie haben sicher von mir gehört. Ich bin der Typ, den Sie verarschen wollten.«

»Oh. Oh Gott. Das war wirklich nichts Persö–«

»Sparen Sie sich die Ausflüchte. Ich will Ihren Boss sprechen.«

»Äh … ich bin mir nicht sicher, ob er gerade Zeit …«

»Bitte. Wenn Sie mich nicht augenblicklich mit Cloom verbinden, komme ich vorbei und mache Sie vor Ihren versammelten Kollegen lächerlich.«

Die Verbindung brach ab. Jerome dachte schon, Sophia hätte aufgelegt.

Dann kam eine Stimme aus dem Hörer. »Cloom?«

»Hier ist Jerome.«

»Ah! Du willst mir wohl zu meinem Sieg gratulieren?«

»Nein. Ich wollte dir von einer interessanten Aufnahme erzählen, die ich mir gerade angehört habe.« Jerome zögerte es genüsslich hinaus. »Es handelt sich um eine Audioaufnahme der Besprechung, die du vor ein paar Tagen mit Billy Visconti und Jack Skill hattest.« Er wartete auf Wilsons Reaktion. Nichts. »Es klingt fast, als hättest du mit ein paar unschönen Tricks verhindern wollen, dass die RockAteers die Desert Kings supporten.«

Stille.

»Und?«, sagte Wilson endlich.

»Tja … solltest du nicht dafür sorgen, dass die RockAteers den Supportslot wie geplant bekommen, und solltest du die Band und mein Label weiter belästigen, landet die Aufnahme bei meinem Kumpel Jordan vom Daily Blog.«

»Ich warne dich, Jerome«, sagte Wilson nach einer weiteren langen Pause. »Es wird dir nicht bekommen, dich mit mir anzulegen. Es wird dir sogar sehr, sehr schlecht bekommen. Ich werde dich *fertigmachen.*«

»Ich hatte gehofft, dass du so oder so ähnlich reagierst. Es freut dich sicher zu hören, dass auch dieses Gespräch mitgeschnitten wird … Total nett von dir, dass du so berechenbar bist.«

»Ach, schick dem Typen ruhig deinen albernen Mitschnitt. Ist mir egal. Ich glaube, du hast das Ausmaß meiner Macht noch nicht begriffen. Ich fürchte nichts und niemanden, Jerome.«

»Ach wirklich? Denk nach, Wilson. Klar, du bist reich, du

hast Beziehungen … aber ich weiß, wie wichtig dir deine netten Fernsehshows sind. Und wie soll es damit weitergehen, wenn das öffentlich wird? Der ›Wütende Wilson‹, der rumtobt wie der grüne Kobold aus *Spider-Man*, kommt sicher gut an – aber ein *echter* gewissenloser Bonze? Das will doch keiner sehen.« Er machte eine Pause. »Hast du's jetzt begriffen, Wilson? Lass mich und meine Band in Frieden.«

Wieder Stille.

»Was willst du?«, knurrte Wilson. »Geld?«

»Sprich mir einfach nach: Ich schwöre, dich und deine Band in Frieden zu lassen.«

Keine Antwort.

»Wie du willst«, sagte Jerome. »In drei Sekunden lege ich auf. Eins … zwei …«

»Okay, okay. Von mir aus. Ich werde dich und deine Band in Frieden lassen, Jerome.«

»Vielen Dank auch. Nur eins noch: Solltest du Billy Visconti wieder rauswerfen, landen die Aufnahmen natürlich auch beim Daily Blog. Alles klar?«

Ehe Wilson antworten konnte, legte Jerome auf, nahm den Hörer wieder ab und wählte Eggs Nummer.

* * *

Burt – 17. November

Jerome rockt. Als ich und die anderen gestern bei ihm waren, sagt er plötzlich ganz lässig: »Übrigens geht ihr mit den Desert Kings auf Tour.« YES! Ich kann es nicht erwarten, die Bitches von der Bühne zu fegen.
Danach hat Jerome uns einen Plattenvertrag angeboten

(wurde auch Zeit, Mann!) und wir waren sofort dabei. Als Jerome noch meinte, ohne meinen heldenhaften Einsatz wären wir den Fängen des Cloominators niemals entkommen, haben die Jungs mich ordentlich gefeiert (was auch mal Zeit wurde! Mann!).

In einem Monat wird der Plattenvertrag mit einer fetten Party begossen, auf der selbstverständlich die RockAteers auftreten werden – auf einem Luxusdampfer, den ich schon tausendmal gesehen habe, wie er die Themse rauf und runter schippert! Aber das Beste ist: Millie kommt auch. Sie hat Mum gefragt und Mum hat ihr Okay gegeben, weil Mills da schon Weihnachtsferien hat. An diesem Abend werde ich Bex sagen, dass ich sie liebe. Das habe ich mir einen Tag nach der Trennung von Sophia überlegt. #ZeitfüreineCheckliste:

1. Ich denke dauernd an Bex.
2. Ich denke dauernd an unseren einzigen Kuss.
3. Bex ist verdammt lecker.
4. Ich liebe sie.

Seit die RockAteers zugestimmt hatten, bei Fictitious Records zu unterschreiben, hatte Jerome vier Proben miterlebt, und jede einzelne hatte ihn in seinem Glauben an die Band bestärkt. Seine Begeisterung wuchs und wuchs, Eggs neueste Songs waren fast noch besser als seine ersten. Darüber hinaus hatte Jerome der Band ein für alle Mal bewiesen, dass sie ihm vertrauen konnte. Er hatte schon früh erkannt, dass er die

Jungs nicht mit Worten, sondern mit Taten überzeugen musste. Am Anfang hätte er sich absolut nicht vorstellen können, dass es auf einen derart dramatischen Showdown hinauslaufen würde, doch er hatte den Sieg davongetragen. Es war das härteste Stück Arbeit seines Lebens.

Heute Abend wurde der Plattenvertrag gebührend gefeiert. Zur Party hatte Jerome Mitglieder der größten Bands Großbritanniens eingeladen, echte Stars, außerdem hochkarätige Journalisten und ein paar einflussreiche Personen aus der Medienwelt. Jeder wollte den nächsten Streich des talentierten Mr Clincher mit eigenen Augen sehen, und Jerome selbst war überzeugt, dass die RockAteers die beste Band waren, die er je an Land gezogen hatte.

Die *Silver Sturgeon* bot einen majestätischen Anblick; die Innenräume wirkten modern und luxuriös, aber nicht protzig. Das Schiff, das momentan mitten in der Stadt am Savoy Pier vor Anker lag, war die ideale Location für Londons Rock-Elite. Voller Zuversicht schritt Jerome durch die leeren Räume. Beim Soundcheck hatte es keinerlei Probleme gegeben und der außergewöhnliche, kultige Rahmen des Gigs sollte die Wirkung der Musik noch steigern. Wie viele Bands standen jemals auf einer Bühne, die die Themse hinunterglitt, mitten durch das Herz der vielleicht coolsten Stadt der Welt?

Jerome blickte aus einem Seitenfenster. Die ersten Gäste wankten in Ausgehklamotten über den Landungssteg. Als er die Treppe hinaufstieg und auf das weitläufige Oberdeck trat, schlug ihm brackige Luft mit einem Hauch Meer entgegen. Einen Moment lang blieb er im Eingang stehen und beobachtete die Band, die auf dem Promenadendeck stand, lachte und scherzte. Was für ein verrückter, talentierter, unschuldiger Haufen! Die Jungs waren erst sechzehn und siebzehn – und heute wurde ihnen zu Ehren eine gigantische Party geschmissen.

Jerome ging zu ihnen und lächelte herzlich. »Bereit für euren großen Abend?«

»Aber immer doch, Roma«, sagte Tea und grinste ihn an.

»Roma?«, fragte Jerome verwundert.

»Na ja, Jerome … Rom … Roma. Dein neuer Spitzname.«

»Hm. Roma.« Jerome lächelte. »Na, hätte schlimmer kommen können. Okay, in einer Stunde steht ihr auf der Bühne. Alles klar?« Er tippte auf seine Armbanduhr und ging wieder unter Deck, um die Gäste in Empfang zu nehmen.

* * *

Kurz nachdem Jerome verschwunden war, tauchte Bex auf. Ihr neues Partyoutfit raubte der gesamten Band den Atem. Als sie Egg entdeckte, strahlte sie, rannte zu ihm, warf ihm die Arme um den Hals und küsste ihn auf den Mund.

»Was soll das?«, fragte Burt und machte einen Schritt nach vorn, auf das ineinander verschlungene Paar zu. Auf seinem Gesicht spiegelte sich pure Verwirrung.

Egg versuchte, sich aus Bex' Umklammerung zu befreien, schaffte es aber nicht. »Äh …«, sagte er und blickte sich Hilfe suchend nach Clipper um, doch der starrte wie alle anderen auf Burt.

»Das macht dir doch nichts aus, oder?«, fragte Bex den schockierten Sänger. Ihre Wange klebte noch immer an Eggs Gesicht. »Ich habe Egg gleich gesagt, dass du sicher kein Problem damit hast.«

»Nein«, ächzte Burt. »Warum sollte ich damit ein Problem haben?«

»Dann ist ja alles gut!«, rief Bex und schmiegte sich an Eggs Hals.

Burt blickte auf das unruhige Wasser der Themse. »Ich gehe Backstage, meine Stimme aufwärmen«, sagte er roboterhaft. »Mein Vocalcoach meint, das ist sehr wichtig.«

Burt schüttelte die Schweißperlen von der Stirn und spähte in den düsteren Saal. Hinter dem grellen Bühnenlicht konnte er nur dunkle Umrisse von Köpfen erkennen. Er verstand nicht, was die Leute schrien, aber es interessierte ihn auch nicht. Millie war nicht aufgetaucht. Burt machte den grausamsten Abend seines Lebens durch. Als er sich umdrehte und seinen angestrengt schnaufenden Drummer ansah, zwinkerte Clipper ihm zu, schlug seine Sticks viermal gegeneinander und stampfte auf das Pedal der Bassdrum – der krachende Auftakt von *Golden*, dem letzten Song des Abends.

Ein gewaltiges Brüllen und Pfeifen brandete auf, als der Schlussakkord verklang. Burt schleuderte den Mikrofonständer in die Menge und flüchtete von der Bühne. Hinter ihm forderte die rasende Masse eine Zugabe, doch er ging zügig zum Ausgang und rettete sich ins Freie. Kühle, salzige Luft strich über sein schweißüberströmtes Gesicht. Überrascht stellte er fest, dass das Schiff wieder vor Anker lag. Als er über den Steg zum Pier stolperte, rumorte es in seinen Eingeweiden. Er beugte sich vor, stützte die Hände auf die Oberschenkel und erbrach seinen Mageninhalt in die Themse.

»Einen über den Durst getrunken?«, fragte eine spöttische Stimme.

Burt drehte sich halb um, blickte finster und versuchte, den Typen mit einem ärgerlichen Wink zu verscheuchen.

»Ich hätte bloß ein paar Fragen.«

»Verpiss dich. Ich bin beschäftigt.«

»Woran denken Sie, wenn Sie auf der Bühne stehen, Mr Skill?«

»Wer bist du überhaupt, Mann?«

»Ich bin vom Daily Blog. Jerome hat mich eingeladen.«

Burt richtete sich auf, wischte sich über den Mund und musterte das Gesicht in der Dunkelheit. »Was ich auf der Bühne denke? Ich denke an die ganzen Weiber, die mich anstarren. Reicht dir das?«

Als der Journalist zu einer Antwort ansetzte, hörte Burt eine altbekannte Stimme.

»Alles in Ordnung mit dir, Burt!?«

»Crazel!«, stöhnte er.

»Das war ein genialer Auftritt! Wahnsinn, was für Fortschritte ihr gemacht habt!« Sie rieb ihm den Rücken. »Und eure neuen Songs sind umwerfend!«

»Ich hab jetzt keine Lust auf … kannst du mich nicht mal in Ruhe lassen? Bitte?«

Doch Hazel dachte nicht daran. »Ich muss dir was sagen.« Sie klammerte sich an ihn und neigte den Kopf zu seinem Ohr. »Ich bin schwanger. Kein Witz. Und ich will das Baby behalten«, flüsterte sie. »Ignorier mich ruhig, wenn du willst, aber ich bin jetzt ein Teil deines Lebens. Für immer. Also gewöhn dich lieber dran. Du wirst mich nicht mehr los.«

Kaltes Grauen schwappte über Burt hinweg. Er riss den Körper hoch, schüttelte Hazel ab und rannte den Landungssteg im Zickzack hinunter.

»Ja, renn ruhig weg! Aber davor kannst du nicht wegrennen!«, brüllte Hazel ihm hinterher. »Du hast keine Ahnung, wer mein Dad ist, oder? An deiner Stelle würde ich ein bisschen aufpassen!«

Das waren die letzten Worte, die er hörte, ehe er die Straße erreichte und in die Dunkelheit floh.

* * *

Kurz nach Mitternacht war Burt endlich zu Hause. Er bezahlte den Taxifahrer und schleppte sich die marmorne Treppe hinauf, duschte schnell, zog sich eine frische enge Jeans über und tapste mit freiem Oberkörper hinunter in die Küche, wo er eine Dose Bier aus dem Kühlschrank angelte, die er jedoch nach kurzem Nachdenken wieder zurückstellte. Stattdessen lief er rüber in das Arbeitszimmer seines Dads und direkt zum Barschrank. Er öffnete die Klappe, suchte sich einen schönen Wodka aus, fläzte sich hinter den massiven Eichenholzschreibtisch und setzte die Flasche an die Lippen. Und weinte.

Burt weinte zwei Stunden lang, immer wieder unterbrochen von tiefen Schlucken aus der Pulle. Dann stand er auf, klemmte sich den Wodka unter den Arm und stolperte zurück in die Küche. Er wünschte, Millie wäre hier, aber Millie war in Schottland. Offensichtlich hatte Mum es sich anders überlegt. Wahrscheinlich nur, um ihnen eins auszuwischen.

»Schlampe«, murmelte er, während er durch die Küche torkelte.

Burt steuerte auf den Medizinschrank zu und durchwühlte die Tabletten und Fläschchen, bis er die Antidepressiva seiner Mutter gefunden hatte. Er schraubte den Deckel von der Dose, kippte sich alle Pillen in die Kehle und spülte sie mit einem Schwall Wodka hinunter. Sein Rücken sank gegen den Kühlschrank. Er glitt zu Boden.

Sein Handy piepte, die tausendste SMS an diesem Abend. Burt hatte alle Anrufe und Nachrichten ignoriert, doch diese eine SMS sah er sich ausnahmsweise an. Sie stammte von Clipper.

BOSS VON SONY USA WAR @GIG UND IST BEGEISTERT!
HAT GESAGT, WIR WERDEN AMERIKA EROBERN. HOFFE,
DIR GEHT'S GUT? WARST SO SCHNELL WEG!
PS: DEINE KLEINE MILLIE IST GRAD AUFGETAUCHT!
KOMM ZURÜCK, MANN!

Es schleuderte Burt in die Höhe, als hätte ihn ein Blitz getroffen. Er ließ die Pillendose fallen und schob sich die Finger tief in die Kehle. Als nichts geschah, packte ihn blanke Panik. Er sprintete zurück ins Arbeitszimmer, schnappte sich die Autoschlüssel aus der Schale auf dem Schreibtisch seines Dads und taumelte zur Haustür.

Der Wagen schlingerte aus der Einfahrt. Burt riss das Steuer zu weit herum und bretterte den gegenüberliegenden Bordstein hinauf, doch er brachte das Auto wieder unter Kontrolle und raste Richtung Krankenhaus. Er kam bis Blackheath Hill, bevor ihm schwarz vor Augen wurde. Der Außenspiegel schrammte an vier anderen Wagen entlang, dann rammte die Motorhaube eine Gartenmauer.

Zehn Minuten später war der Krankenwagen vor Ort.

Bonustrack

Ein Sound, der Tote zum Leben erweckt

Clipper – 20. Dezember

Wir haben erst am nächsten Morgen erfahren, was mit Burt war. Sie hätten ihn fast nicht identifizieren können, weil er nichts in der Tasche hatte außer einem alten Flyer von einem unserer Gigs, aber die Krankenschwester war ein Genie: Sie hat die Band auf dem Klinikcomputer gegoogelt und uns eine Mail geschickt. Als Egg die Mail gelesen hat, hat er uns sofort alle angerufen. Ich glaube, er hatte ein verdammt schlechtes Gewissen. Bex und er hätten es dem armen Burt echt irgendwie geschickter beibringen können.

Nach dem Gig war irgendein Typ im Range Rover vorgefahren, hatte Millie abgesetzt und war wieder abgehauen, und weil Burt weg war, musste sich irgendwer um die Kleine kümmern. Bex hat sie mit nach Hause genommen und ihr irgendeine Geschichte erzählt, wieso ihr Bruder nicht da war. Und frühmorgens hat dann Egg angerufen.

Wir sind mit Millie zum Krankenhaus und haben zusammen gewartet, bis Burt wieder aufwacht. Aber wir mussten nicht lange warten, unser Burt ist hart im Nehmen. Als er Millie gesehen hat, hat er zuerst gelächelt – und im nächsten Moment angefangen zu heulen. Die beiden haben sich so fest umarmt, so was habe ich noch nie gesehen. Und weil sie nur noch geweint haben, habe ich irgendwann mitgeweint. Mit Burt ist es halt nie langweilig, was? Die alte Dramaqueen! Aber keine Ahnung, was ich jetzt machen würde, wenn er nicht überlebt hätte. Sonst hat ihn niemand besucht. Ich glaube, seine Eltern haben nicht mal angerufen, keiner von beiden. Wie kann man nur so sein?
Ich bin kein Psychologe oder so, aber ich finde, Burts Selbstmordversuch hat vieles verändert. Wir wissen wieder, was wichtig ist und was nicht. Und ich habe kein so schlechtes Gewissen mehr. Ich kann mich eh nicht ändern, und warum sollte ich? Dann werde ich halt kein schwuler Fußballer, sondern ein schwuler Rockstar. Hauptsache, mein Leben gefällt mir und ich freue mich auf die Zukunft. Das ist doch das Entscheidende, oder?

* * *

Tea – 24. Februar

Es war wie in einem Film: *Captain Blörg und die Todesfahrt des verzweifelten Rock 'n' Rollers!* Wenn ich ein alter Mann bin und an mein Leben zurückdenke, werde ich mir sicher wünschen, ich könnte alles noch mal erleben. Nur bitte ein bisschen langsamer und in 3D. Seit Burt aus dem Krankenhaus raus ist, arbeiten wir wie die Tiere. Clipper meint,

Burts Überdosis war das Beste, was der Band passieren konnte, sie hätte uns zu einer echten Einheit zusammengeschweißt oder so. Weiß nicht, aber auf jeden Fall macht die Band jetzt richtig Spaß. Jerome hat uns allen ein paar Tausender überwiesen, damit wir bis zum Vorschuss auf das erste Album über die Runden kommen. Davon habe ich erst mal meine Schulden bei Onkel Frank bezahlt.
Er wollte das Geld nicht, aber ich habe nicht mit mir reden lassen, und am Ende war er so stolz auf mich, dass ich fast geheult hätte.
Er meinte, das sind die ersten Scheine, die er sich ehrlich verdient hat. Da kamen mir dann doch die Tränen, aber vor Lachen.

* * *

Egg – 15. März

Burt ist der seltsamste Mensch, der je auf Erden gewandelt ist. Das ist mir jetzt endgültig klar. Burt tut immer noch, als hätte er nicht mitbekommen, dass Bex und ich zusammen sind. Er will es einfach nicht wahrhaben.
Zuerst war das schwierig, weil ich sie bei den Proben oder im Studio immer mal wieder erwähnt habe, aber seit mir aufgegangen ist, dass das Thema für ihn tabu ist, spreche ich nicht mehr von ihr. Eine vorübergehende Lösung für ein Problem, für das es keine endgültige Lösung gibt. Der Hype war schon vor Burts Selbstmordversuch kaum zu glauben, aber jetzt ist es nur noch Wahnsinn. Es schadet vermutlich auch nicht, dass Burt der Sohn des Supermodels Claudia Windsor ist.

Mir war völlig neu, dass er so eine berühmte Mutter hat, er redet ja nie über seine Eltern. Ich dachte, auf Twitter und Facebook hätten wir langsam das Maximum erreicht, aber jetzt haben wir mehr Follower, Fans und Freunde als Holland Einwohner! Als Jerome uns das vorgerechnet hat, ist uns so richtig bewusst geworden, was hier läuft. Burts Überdosis war das perfekte PR-Manöver.
Nur dass es kein Manöver war, sondern bitterer Ernst.

Wegen des Plattenvertrags musste ich meine A-Levels absagen. Mum ist völlig ausgerastet. Aber wie! Es gab so viel Ärger, dass Bex schließlich einen Vorschlag gemacht hat: Mit dem Geld von Jerome könnte ich doch ausziehen. Ich habe mir eine nette kleine Wohnung in Blackheath gemietet, und seitdem fühle ich mich endlich frei. Es ist wundervoll. Aber es war nicht leicht – Mum war total von den Socken, als ich es ihr erzählt habe. Jerome musste den Mietvertrag unterschreiben. Mum hat gedroht, vor Gericht zu ziehen, weil ich rechtlich gesehen nur mit ihrer Einwilligung ausziehen darf ... aber Dad hat sie zur Besinnung gebracht, auf den ist Verlass. Und seit ich aus dem Haus bin, verstehen Mum und ich uns fast wieder besser.

Letztendlich habe ich beschlossen, dass alle vier Bandmitglieder den gleichen Anteil an den Songrechten bekommen sollen. Bex hat mich umgestimmt. Die Jungs lassen sich mit dir auf ein riesiges Abenteuer ein, meinte sie, und es bringt doch nichts, wenn sie sich ungerecht behandelt fühlen. Gestern habe ich es den RockAteers

gesagt. War ein schöner Moment. Die anderen haben mich durchgeschüttelt und mit mir eingeschlagen. Sogar Burt.
Manchmal denke ich daran, wie es vor achtzehn Monaten war. Das war ein vollkommen anderes Leben. Was ist aus dem traurigen Nerd auf der falschen Seite der Mensa geworden? Wo ist der hin? Das Leben zieht nicht mehr an mir vorbei. Ich bin mittendrin. Aber wie geht so was? Bex meint, es liegt an mir, ich hätte an mich geglaubt und alles für meine große Leidenschaft getan – für die Musik. Ich weiß es nicht. Aber ich bin mit Bex zusammen und ich liebe meine Band. Mehr Glück kann ein Mensch nicht haben.

* * *

Jack Skill – 30. März

Ich bin voll drauf. In ein paar Wochen wird die gesamte Menschheit wissen, wer Jack Skill ist, und #rockateers wird auf Twitter trenden wie nix. Was sagst du jetzt, Dad? Denkst du immer noch, ich hätte eine große Klappe und nichts dahinter? Fick dich doch, du hinterhältiges Stück Dreck!
Unsere Musik ist die Härte, unsere Liveshow geht ab wie Bombe, und ich habe endlich kapiert, wie Bex tickt. Bex will keinen Loser in irgendeiner Loserband. Bex will einen hundertprozentigen Rockstar, und spätestens Ende des Jahres werde ich einer sein. Burt gibt nicht auf. Niemals.

Außerdem weiß ich inzwischen, wie ich das mit Millie und mir regeln werde. Das wird schon. Okay, ihre Mails klingen inzwischen, als finde sie ihr Internat gar nicht mehr so scheiße, und wegen der Pillenschluckaktion ist sie immer noch verdammt wütend auf mich. Aber ich bin froh, dass ich überlebt habe. Jack Skill hat der Welt noch so viel zu geben.
Crazel kriegt das Kind wirklich – und es wird ein Junge! Sie ist im siebten Monat. Den Vaterschaftstest habe ich mir gleich gespart, von wem soll es denn sonst sein? Jetzt, wo ich mich langsam dran gewöhnt habe, dass ich Vater werde, finde ich es sogar ziemlich cool.

Einfach zu heftig, was alles passiert ist, seit ich die RockAteers gegründet habe. Aber irgendwo ist es auch keine große Überraschung. Eine Band mit mir als Frontmann muss ja die Welt erobern. Mit der richtigen Kombination aus Talent und Genialität kann man alles erreichen.

Danksagung

Zuerst möchte ich Mark und Danny danken, weil sie von Anfang an unermüdlich an mich geglaubt haben. Ich danke meinem Dad, der mich jahrelang ermutigt und meine Texte korrigiert hat; Amanda Punter von Penguin Books, die mir das Selbstvertrauen geschenkt hat, immer weiterzumachen; Jimbo Barry, der dafür gesorgt hat, dass das Songwriting eine wahre Freude war; und Penny Luithlen für ihr Vertrauen, ihre Arbeitsmoral und ihre schiere Genialität.

Außerdem geht ein riesiges Dankeschön an Chris Fleetwood, Alexander Wolfe, *Officer Kicks*, Caffy St Luce, Tom Woods, Albie, David Juul Hansen, Barry Mazhari, Jeremy Greenland, Gary Kelly, Paul Banks, Aoife Kelly, Christopher Little, Jill Sawyer, George James, Deli, Glen Power, Rodney, Ben Sargeant, Quinner, Martin Hall und alle bei Hall or Nothing.